僕を成り上がらせようとする
最強女師匠たちが
育成方針を巡って
［しゅらば］
修羅場
赤城大空
［イラスト］タジマ粒子
HIROTAKA AKAGI PRESENTS
JN019242

「うん、剣の太刀筋もよくなってたし、この調子でいけばもっと伸びるぞ」
NAME
リオーネ・バーンエッジ

わしゃわしゃわしゃっ。
乱暴に、けれど優しさのこもった手つきで
僕の頭をなでてくれた。
「あ、ありがとうございます……っ」
NAME
クロス・アラカルト

リュドミラ・
ヘィルストーム
NAME
「言葉通りの意味だ。下着まで脱ぐ必要はないから、そう慌てず横になるといい」
「え、あ、うぅ、はい……」

リュドミラさんの真面目な物言いに
異論を挟む余地はなく、
僕は言われるがままに服を脱ぐ。
う、うぅ、恥ずかしい……。
「説明が遅れてしまったが、
いまから君にはこの薬液を使った
疲労回復のマッサージと同時に、
魔力開発のマッサージを施そうと思っている。
怖くないから、安心して位置に戻りなさい」

「えへへぇ。これならスキルが使えない
いまのクロス君でも魔力を伸ばしていけるし、
魔力総量が増えれば
リュドミラちゃんの魔力開発と併せて、
スキルも出やすくなるはずだよぉ。
魔力が完全に空っぽになると
気絶するみたいに寝ちゃうし、
眠りも深くなって体力もばっちり回復。
良いことだらけだねぇ……？」
「あ、あうぅ……」

テロメア・
クレイブラッド
NAME
なでなで、ぷにぷに、ごそごそ。
甘い匂いの充満するベッドの中で
甘い言葉を囁かれ、
全身を柔らかい感触に包まれて
なでなでされる。
こ、こんなの、ダメ人間にされる……!?

CONTENTS

僕を成り上がらせようとする最強女師匠たちが育成方針を巡って修羅場《しゅらば》

HIROTAKA AKAGI PRESENTS

赤城大空

［イラスト］タジマ粒子

Boku wo nariagaraseyou to suru saikyou-onna-sisho tachi ga Ikusei-houshin wo megutte SYURABA

CHARACTERS

NAME クロス・アラカルト

冒険者に憧れるヒューマンの少年。

NAME リオーネ・バーンエッジ

世界最強種の一角《龍神族《ドラゴニア》》にして、
世界に９人しかいないS級冒険者の１人。

NAME リュドミラ・ヘィルストーム

世界最強種の一角《ハイエルフ》にして、
世界に９人しかいないS級冒険者の１人。

NAME テロメア・クレイブラッド

世界最強種の一角《最上位不死族《ノーライフキング》》にして、
世界に９人しかいないS級冒険者の１人。

NAME エリシア・ラファガリオン

勇者の末裔。
歴代最高の天才と称されるサラブレッド。

NAME ジゼル・ストリング

冒険者学校付属の孤児組のリーダー格を
務めるヒューマンの少女。

プロローグ　世界最強たちの悩み

あるところに、世界最強クラスと称される三人の女傑がおりました。

その強さはまさに人外。

一人は拳《こぶし》で山を吹き飛ばし、一人は魔法の一撃で数万の兵士を消し飛ばし、一人は回復魔法と補助魔法で人を殺せる意味不明女と恐れられていたのです。

たった一人で国を滅ぼしかねないそんな女傑が三人でつるめば歩く天災、魔神の再来、地域によっては邪神扱い。その強さをもってすれば大抵のことは彼女たちの思いどおりです。

しかしそんな三人にも手に入らないモノがありました。

それは——男。

強さだけでなく、三者三様に絶世の美貌《びぼう》を持つ彼女らです。

長命種ではありますが、ヒューマンに換算すれば20歳かそこら。女の盛りも真っ盛り。

いくら幼い頃から各々の事情で戦いに明け暮れていたとはいえ、生まれてこのかた男性経験がないなど本来ならばあり得ません。

ところがどっこい、彼女たちは〝最強〟でした。

つがいにするなら自分よりも強いか、せめて同格であってほしい。いざというときは守ってほしい——相手に求めるハードルがあまりにも高すぎたのです。

他の二人には絶対に先を越されたくないという意地はありつつ、かといって妥協もしたくありません。

世界最強格である彼女たちに近しい強さを持ち、なおかつ性格や立ち振る舞いも完璧に自分好みであってほしい——そんな世界最強の無理難題に応えられる男などいるはずもなく、彼女たちは欲求不満を募らせているのでした。

しかしあるとき、そんな彼女らに天啓が舞い降ります。


好みの男がいないなら、自分で育てりゃいいじゃない！


これはとても良い案に思えました。

見込みのある若い男に自分好みの戦闘スタイルや立ち振る舞いを叩き込み、良い塩梅《あんばい》になったら〝収穫〟するのです。一から育てれば男性経験のない自分たちが変に気後れすることもないでしょうし、なにより存在するかどうかもわからない理想の男を探し求めるよりよほど効率が良いことは間違いありません。

善は急げ。彼女たちは早速、未来の旦那候補……もとい弟子候補を探しはじめたのでした。

……が、弟子探しはこれまた難航しました。

才能のある者はちらほら見つかるものの、誰も彼もが生意気で自信過剰。確かにその国や地域で右に出る者のいない才能や実力があれば自惚《うぬぼ》れるのも当然ですが、世界最強クラスの実力を持つ彼女らからしてみれば、中途半端な才能で粋がる小物にしか見えません。

まあ性格に難があるなら力ずくで矯正してもよかったのですが、調子に乗ったガキなどそもそも育てる気にはなりませんでした。

そんなこんなで旦那候補＝弟子探しを始めてから早数か月。

三人は弟子をとるどころか弟子候補にすら巡り会えず、計画は早くも暗礁に乗り上げていたのです。

「あー、次はどこ行くかな。ウルカ帝国なんてどうだ？」

「あの国では以前、第二都市を壊滅させた件で私たちは皆指名手配されている。落ち着いて弟子探しなどできないだろう」

「だからだよ。あそこに行けばあたしらを捕まえようって骨のあるヤツがわんさか出てくるだろ？　そいつらを叩きのめして、その中から見込みのあるヤツを攫《さら》えばいいんだ」

「う〜ん、わたしたちに向かってくるような人って大体ベテランだから、もう伸び代のないおじさんばっかりなんじゃないかな〜」

「ぐっ、確かに……」

などと、弟子はおろか次に向かう街や国の選定にさえ困る始末。

と、そんなときでした。

とある王国の北端に位置する世界最高峰の冒険者学校に勇者の末裔《まつえい》が入学する――そんな情報が三人の耳に入ったのです。

勇者の一族といえば、数百年前に人族を滅ぼしかけた最強の魔王――魔神を討ち取ったとされる英雄の血脈です。彼らはいつか復活するとされている魔神を今度こそ完全に討ち滅ぼすため強き血を残すことにご執心。跡継ぎは代々優秀な伴侶《はんりよ》を探すため、冒険者の聖地とも呼ばれる要塞《ようさい》都市バスクルビアの冒険者学校に入学するという伝統がありました。

三人は「これだ……！」と思いました。

勇者の末裔が冒険者学校に通う数年間、要塞都市バスクルビアには様々な理由で世界中から若き才能が集結します。その賑《にぎ》わいはまさに世界の縮図、未来の英雄の見本市。

勇者の末裔本人を弟子にしてもいいし、世界中から集まってくる若き猛者の中から見込みのある者を探してもいい。将来の旦那候補＝弟子探しにはこれ以上ない理想的な環境です。

「あそこの学長とは顔見知りだしな」「うむ、色々と融通が利くだろう」「行ってみる価値は十分だよね～」

そうして三人は旅馬車も使わず、凄《すさ》まじい速度でバスクルビアを目指すのでした。

第一章　世界最弱の少年

1

いまも脳裏に焼き付いて離れない光景がある。

あれはいまからおよそ四年前。

僕――クロス・アラカルトがまだ10歳だった頃のことだ。

生まれ育った村がモンスターの群れに襲われた。

事故で早くに両親を亡くした僕を、村全体の子供として育ててくれた暖かい村だった。

けどモンスターにそんなことは関係ない。

畑は荒らされ、家は壊され、見知った人たちの悲鳴と怒号が何重にも響いていた。

もうダメだ。全員殺される。一人残らずモンスターに蹂躙《じゅうりん》される。

武器をもった大人たちが次々と倒れ、モンスターが僕たちの目の前に迫り、誰もが絶望に顔を歪めたとき――その人は現れた。

情けなくへたり込む僕の眼前に。まるで風のように。

宙を走る銀の剣閃《けんせん》。研ぎ澄まされた宝剣のように輝き翻る白銀の髪。

勇者の末裔《まつえい》と呼ばれるその人は、当時十歳だった僕よりも二つ年上なだけの幼い身で、巨大なモンスターの群れをあっという間に切り捨てていった。

修行のために冒険者として各地を回っていたというその人は治癒のスキルを使える護衛も連れていて、倒れた村の人たちを全員助けてくれた。

「怪我《けが》はない？」

たまたま僕が近くにいたからだろう。

すべてのモンスターを瞬く間に片付けたその人は、そう言って僕に手を差し伸べてくれた。

そうして村を救ってくれたその人を見上げながら、僕は強く思ったのだ。

この人みたいに、たくさんの人を守れる強くてカッコイイ冒険者になりたいと。

強烈に、痛烈に、胸が張り裂けそうなほどに憧《あこが》れた。

この人みたいになれるのなら、どんな努力も惜しまないと。

――けれどこの世界の現実は、そんな望みが簡単に叶うほど、甘くはなかったんだ。

＊

要塞《ようさい》都市バスクルビア。

巨大な城壁に囲まれたこの大都市が冒険者の聖地と呼ばれている理由はいくつかある。

ひとつは、この都市がかつて魔神と戦うための前線基地として成立した歴史を持つこと。

ひとつは、街のすぐ北に広がるモンスターの巣窟《そうくつ》――かつて魔神の支配領域だったと言われる世界最大の魔力溜まり――《深淵樹海》を適正に管理すべく、貴族に代わって冒険者ギルドが街の運営を取り仕切っていること。

そしてバスクルビアが冒険者の聖地と呼ばれるなによりの理由は、この街に世界最高峰の冒険者学校が存在することだった。

アルメリア王国と冒険者ギルドの共同出資によって運営される、アルメリア王立冒険者学校。

城壁と一体化するようなかたちで建設された校舎兼ギルド本部を中心としたその広大な敷地には、冒険者にとってなにより重要な〝スキル〟を磨くための施設がよりどりみどり。

講師陣には各分野で功績を挙げたベテランや英雄級の実力者がそろい、街の周囲には修行の成果を試すのにもってこいな魔物の領域が数多く点在する。

冒険者、あるいは武芸者としての腕を磨くためにこれ以上の環境はないとも言われ、他国の亜人冒険者や各地の領兵が何か月もかけて街を訪れることも珍しくないほどだった。

そしてここバスクルビアの冒険者学校はそのほとんどに分け隔てなく門戸を開き、冒険者全体の底上げのために実技から座学まで、様々な講義を行っている。

――と、このようにアルメリア王立冒険者学校はその性質上、すでに冒険者として活躍する人材のさらなるスキルアップのための巨大総合訓練施設という色合いが強い。

けれどその一方で、この学校はギルドに併設された孤児院で身寄りを失った子供を養い、希望する者には将来の冒険者候補として一から教育を施す特殊な養護施設としての側面もあった。

その広い敷地内にある訓練場では今日もまた、将来どんな《職業《クラス》》を授かっても役に立つだろう基本的な戦闘訓練が行われ、《職業》授与後の本格的な訓練と見習い冒険者デビューに向け、少年少女が活気に満ちたかけ声を響かせているのだった。

――そんな中で、

「うわあああああああああ!?」


あまりにも情けない悲鳴が訓練場一帯に轟《とどろ》いた。

誰の悲鳴かって?

……僕、クロス・アラカルトの悲鳴だ。

『ギュイイイイッ!』

と、地面に尻《しり》をついた僕の前で威嚇《いかく》の鳴き声をあげるのは角ウサギ。

危険度《リスク》0に分類される戦闘力の低さと繁殖力の高さから、れっきとしたモンスターにもかかわらず半ば家畜化されている珍しい種類だ。とはいえ人を襲う凶暴な性質はそのままであるため、肉にする際にはまだ《職業《クラス》》を授かっていない子供の実技訓練によく利用されている。

そして今日はその実戦訓練の日ということで僕は気合いを入れて角ウサギに向かっていったのだけど……体当たりで転ばされ、支給品のショートソードを取り落とし、こちらにトドメを刺そうと迫る角ウサギに対して為す術《すべ》なく悲鳴をあげていた。

と、そのときだ。

「おりゃっ！」

『ピギュッ⁉』

一緒に訓練を受けていた孤児院のルームメイトが横から割りこみ、剣を一振り。

角ウサギを一撃で仕留めてしまった。

「あ、ご、ごめん。ありがとう」

危ないところを助けられた僕はお礼を言いながら立ち上がる。

「いいってことよ。倒した分は俺の経験値になるしな。けどクロスお前な……14にもなって角ウサギに負けるってのはどうなんだ」

「うっ」

呆れたような声とともにルームメイトがため息を吐《つ》く。

「見てみろよ。数人がかりだけど、角ウサギなんて九歳の年少組でも倒せるんだぜ？」

言われて振り返れば、僕らのすぐ近くで三〜四人のパーティを組んだ年少組が角ウサギを取り囲み、これを難なく仕留めていた。

「それも年少組がパーティ組んでるのはすばしこい角ウサギを逃がさないようにするためで、お前みたいに思いっきりやられるやつなんて年少組にもいねーっつーの」

「ううっ」

「あー、こう言っちゃなんだけど、やっぱアレだ。お前は角ウサギとの実戦の前に、年少組との模擬戦からやり直したほうがいいんじゃねーか？」

と、ルームメイトが言いにくそうに漏らした瞬間。

「えーっ!?　いやだよ！　だってクロスにーちゃん弱いもん！」

「うぐっ!?」

突然の罵倒《ばとう》が僕の胸に突き刺さる！

「レベル0だし！　ステータスもぜんぶぜーんぶ0だし！」「普通、クロスにーちゃんの年なら訓練なしでもレベル5くらいにはなってるはずなのに！」「わたしたちだってもうレベル2なのにねーっ！」「クロスにーちゃん、この前なんて私たちとの腕力比べでも負けてたもん！」

「う、うぅ……」

年少組の女の子を中心に、訓練そっちのけで容赦のないブーイングが上がる。

「え、お前9歳の女の子に力比べで負けたってマジ？」

ルームメイトが驚いたように目を見開く。

「嘘《うそ》じゃないよ！　ほら！」

「えっ、ちょっ、うわあっ!?」

と、年少組が角ウサギよろしく僕に突っ込んできた。途端、まともに受け止めることもできず地面を転がされる僕。周囲からたくさんの笑い声が響いた。

「おいクロス、それ本気なのか!?」「いくら子供相手に本気出せないからってそりゃないだろ！」「角ウサギとの実戦は五年早かったんじゃねーの!?」「素振り練習に戻っとけって！」

……これが僕、クロス・アラカルト14歳の現状にして惨状だ。

村がモンスターの群れに襲われたあの日。死人こそ出なかったものの、魔力濃度の異変でモンスターの生息域が変わったために村は放棄せざるをえなくなった。

村の人たちが領主様の支援を受けて各地に離散していくなか、もう村ぐるみで育ててもらうわけにもいかず、僕は大人たちに勧められるまま、村から比較的近い場所にあったバスクルビアでお世話になることになったのだ。

のちにここが冒険者の聖地と呼ばれ、希望すれば冒険者の勉強ができると知ったときにはたいそう舞い上がったものだけど……現実はこれ。

僕は初歩的な訓練にさえまともについていけない、ぶっちぎりの落ちこぼれなのだった。

「だ、大丈夫だって！　次こそちゃんと狩るから！　だから訓練を続けさせてよ！」

僕は必死に周囲へ訴える。

ただでさえレベルが上がらないのに、街の中で経験値を稼げる貴重な実戦訓練まで逃したら周りとの差がさらに開いてしまう。みんなからの嘲笑《ちょうしょう》にも負けず、僕は懇願を続けた。

けどそんな訴えは、いともたやすく一蹴《いっしゅう》されてしまう。

「ああ？　次こそは次こそはって、てめーのそれは聞き飽きたんだよ0点クロス」

と、砂色の髪と褐色の肌が特徴的な一人の女の子が前に出てきて、整った相貌《そうぼう》を歪めながら僕を睨《にら》んできた。

「てめーみてーな才能0のザコ、訓練の邪魔だっつーの。とっとと消えやがれ」

そう言ってドスのきいた声を響かせるのは、ジゼル・ストリング。

僕と同じ14歳にして、孤児院の絶対的なボスとして君臨するヒューマンの女の子だった。

気の強さからくる強烈なリーダーシップもさることながら、彼女をボスたらしめているのは、その圧倒的な才能。

〝破格の天才〟の代名詞である《職業《クラス》》の早期授与とまではいかなかったものの、ジゼルは職業スキルと呼ばれる力を普通より半年も早く発現している。そのことから先輩冒険者に一目置かれていて、ここの卒業生どころか街の外からやってきた冒険者の間でも顔が広い。

さらにジゼルは生まれつきの特別な力——固有《ユニーク》スキルを所持しているらしく、それを買われて先輩冒険者のクエストにこっそり同行しているなんて噂《うわさ》もあるほどだった。

そのせいか、彼女のレベルはすでに15。

装備も僕たちが使っている支給品のレザーアーマーではなく、一人だけ自前で調達したらしい金属製だ。武器なんて立派なバスタードソードである。

まだ《職業》《クラス》も授かっていないにもかかわらず《職業》《クラス》持ちの下級冒険者を負かしたなんて話もあり、その実力に裏打ちされた自信も相まって、孤児院を支配する優秀なリーダーとして君臨しているのだった。その貫禄《かんろく》はすでにベテランの荒くれ冒険者と遜色《そんしょく》なく、率直に言ってしまうとすこぶるガラが悪い。

そしてその絶対的なリーダー格はなぜか昔から僕のことを毛嫌いしていて、その傾向はこの半年ほどで加速度的に強くなっていた。

こうして訓練を邪魔されるのも半ば日常と化しているほどに。

「い、いやいや！　でもさジゼル、訓練しないと、それこそ僕なんてずっと弱いままで――」

「ああ？」

決死の口答えも、たった一睨《ひとにら》みで潰《つぶ》される。

「角ウサギにも勝てねーようなザコがいくら訓練しようが無駄に決まってんだろうが。てめえはな、訓練の枠を無駄に消費して、他の連中が成長する機会を奪ってるだけの穀潰《ごくつぶ》しなんだよ。わかったら寮に戻って私らのぶんの掃除でもやってろ、０点クロス」

どんっ、どかっ。

ジゼルが僕の肩や足をどつき、訓練場の出入り口へと追いやる。

「おいジゼルー、やりすぎじゃねーのー？」とジゼルの取り巻きが半笑いで言うが、絶対的な支配者であるジゼルの横暴を誰も本気で止めようとはしていなかった。

訓練の様子を見守る先生でさえ「冒険者という荒くれ商売ではこういう理不尽への対処も訓練のうち」と、助け船を出してくれることはない。いつものように。

そうしてジゼルが支配する訓練場にはもう僕の居場所なんてなくて……。

「ちっ、なにが勇者みてーな冒険者になりたいだ。見てるだけで苛《いら》つくぜ、現実を舐《な》めたあいうカスはよ」

「……っ」

吐き捨てるようなジゼルの声を背に、僕は独り、とぼとぼと訓練場を後にするしかなかった。

2

「くそっ！　えいっ！　くそ、くそっ！」

訓練のあとに行われる座学講義とジゼルに押しつけられた雑用を終えて、夜。

誰もいない訓練場で一人、僕は日課の自主練を行っていた。

悔しさを発散させるように、刃引きされた訓練用ショートソードで金属板の巻かれた木偶を切りつける。

けどその悔しさは僕を目の敵にするジゼルに対するものというより、どれだけ努力してもまったく成長しない自分自身に対してのものだった。

「なんで……レベルが一つも上がらないんだろう……」

レベルとは、一個体の強さが具体的に数値化された指標のことだ。

モンスターなどを倒した際に発生する魂の構成要素――魔素を取り込むことで魂の強度が根底から強化され、各種能力《ステータス》に反映されるというのがレベルアップの仕組みらしい。

けど年少組の子たちが言っていたように、普通は魔素――俗に言う経験値を稼がなくても、5か6くらいまでなら年齢を重ねるだけで魂の強度《レベル》が上がるはずなのだ。

それなのに……。

「痛っ!?」

がむしゃらに剣を振っていたせい……というよりは僕自身のひ弱さのせいだろう。

手の平にできていた豆が潰《つぶ》れて出血してしまう。

汗だくになっていた僕はそれをきっかけに一度休憩を挟むことにした。

「……ステータスオープン」

やることもないので、いつもポケットに入れているステータスプレートを眺めてみる。

これは5歳の誕生日に教会から授かる偽造不可の身分証のようなもので、持ち主の種族や名前のほか、レベルやステータス、スキルといった重要な個人情報が列記されている。

持ち主が許可しない限り他人には閲覧できない神聖なアイテムで、ここに数値として具体的に表示される自分の強さをもとに、冒険者は日々の鍛錬が間違っていないかどうか、どの程度のモンスターなら相手取ることができるかどうかなどを確認しているのだ。

僕も例にならって毎日のようにステータスプレートをチェックしているのだけど——

固体名：クロス・アラカルト　種族：ヒューマン　年齢：14
職業：未授与
レベル：0
力：0　防御：0　魔法防御：0　敏捷《びんしょう》：0
（攻撃魔力：0　特殊魔力：0　加工魔力：0　巧み：0）
スキル：なし

表示されるのは相変わらず0ばかり。

ステータスの値というのは強化された魂が肉体をどれだけ補強しているかという指標で、それが0ということは素の肉体の強さしかないことになる。

そりゃあ年下の女の子に力比べで負けるわけだ。

攻撃魔力なんかの欄はそれに対応する《職業《クラス》》を授からない限りは誰でも0だからなにもお

かしくはないけど、他の項目までオール0なのはもう落ちこぼれどころの話ではなかった。

昔は「少し成長が遅いのかな?」とあまり気にしていなかったのだけど、年少組も言っていたように14歳でこれはあまりにも……。

みんなとはやっている訓練も食べているものも同じだというのに、一体どうして。

(……才能がない、見込みがない、適性がない)

そんな言葉が脳裏をよぎり、誰もが寝静まった夜闇の中で一人泣きそうになる。

「……いや、けど、諦《あきら》めるにはまだ早い。《職業《クラス》》さえ授かれば最低でも一つはスキルが出るし、スキルが出れば適切な努力の方向性だってわかるんだ。スキルを伸ばしてモンスターを倒せるようになればレベルだって上がる。0点クロスなんて、すぐに卒業できるはずなんだ!」

僕は自分で自分を励ますように呟《つぶや》いた。

《職業《クラス》》――それは草木の芽吹く季節、年に一度の豊穣祭にて、14歳となる者たち全員へ天から与えられる形を持った適性のことだ。

人は《職業《クラス》》を授かることで魂の形を決定づけられ、その《職業《クラス》》に応じたステータスが伸びやすくなると同時に、スキルと呼ばれる特殊技能を習得できるようになる。

スキルはこの世界の文化、そして力そのものだ。

戦闘、諜報《ちょうほう》、治療に加工……様々な技術や異能がスキルとして存在し、人々は繁栄を謳歌《おうか》している。人族が時にドラゴンだって倒せてしまうのは、レベルに加えて、このスキルという特殊技能が存在するからだ。

ジゼルのようなごく一部の例外を除き、スキルは《職業《クラス》》を授与していないと身につかない。

また、各《職業《クラス》》で習得可能なスキルは決まっていて、それぞれの《職業《クラス》》ができることは厳密に固定されている。

だからこの世界ではどんな《職業《クラス》》を授かって、その適性をどこまで伸ばしていけるかがなによりも重視されているのだ。

今年の豊穣祭はいまから一週間後。

そこで一人につき二、三は選択肢があるという適職の中からどれを選ぶかで、僕らの人生は大きく左右される。

「そうだ、そうだよ。《職業《クラス》》さえ授かればきっとどうにかなるし、もしかしたらなにか凄い《職業《クラス》》を授かって、一気に成長できるかもしれないんだ」

……まあ、《職業《クラス》》は誰もが例外なく下級職からスタートで、レベル上げとスキルの鍛錬によって中級職、上級職と地道にクラスアップしていくものなんだけど。

とにかく、腐るにはまだ早い。

授かった《職業《クラス》》にどれだけの適性があるかは、《職業《クラス》》授与時に発現するスキルの数で計れるとも言われている。そしてそのスキル数は、幼い頃からの努力が少なからず反映されるというのが定説なのだ。だからいま僕がやっている努力も、きっと無駄にはならないはず。

「よしっ！　休憩終わり！　落ち込んでる時間も終わり！」

僕は自分を奮い立たせるように頬《ほお》を叩き、森林の悪路を再現した競争コースでの走り込みを開始するのだった。

3

そして一週間後。

年に一度の豊穣祭を迎えたバスクルビアはとてつもない賑《にぎ》わいを見せていた。

もともと人口の多いバスクルビアの豊穣祭は毎年かなりの賑わいを見せるのだけど、今年は例年を遥《はる》かに超える人の数だ。

ヒューマン、エルフ、ドワーフ、竜人族《ドラゴニュート》、各種獣人と、様々な人種でメインストリートはごった返している。ヒューマンと区別がつかないけど、ハーフフットや吸血族《イモータル》の人たちもたくさんいるだろう。二週間くらい前からどんどん増えていた街の人たちの中には見るからに身分の高そうな人やベテランっぽい冒険者の姿も普段より多く見られ、お祭りの非日常感を際立たせていた。

その凄《すさ》まじい人の数と、ただのお祭り以上の高揚感が、ずっと前から街中で噂《うわさ》されていた〝あの話〟に現実味をもたせていく。

勇者の末裔《まつえい》と言われるあの人が今期からアルメリア王立冒険者学校に入学し……自らの伴侶《はんりょ》にふさわしい人物を探すという話に。

（村を救ってくれたあの人がこの街にやってくるなんていまだに信じられないけど……）

本当に来るんだ。

祭りの高揚、いよいよ《職業《クラス》》を授与できるという期待。

様々な要因が絡み合い、雑踏の中を歩く僕の足はどんどん軽くなっていった。


そうして賑《にぎ》わう街をひとかたまりになって移動し、僕たち孤児院組は《職業《クラス》》授与の会場にたどり着いていた。

そこはバスクルビアの中でも指折りの巨大円形闘技場。

今年14歳になる街の子供たちと僕たち孤児院組が土の敷かれた舞台に雑然と並ぶなか、それを見下ろす観客席は立ち見が出るほどの満員状態だった。正確な数はわからないけど、おそらく数万に達しているだろう。

毎年、この《職業《クラス》》授与にはたくさんの見学者が訪れる。

有望な冒険者候補をいち早く勧誘するため、見込みのある職人候補につばをつけるため、街の人や冒険者がこぞって品定めにやってくるのだ。

ただ、普通見学者はこんなに多くない。せいぜいが何千人といった程度で、円形闘技場が満員になるなんて本来ならばあり得ないことだった。

実際、毎年の授与式は教会前の広場で行われていた。こんな大規模な会場での授与式なんて、僕がこの街に来てから初めてのことだ。まして見学者に貴族まで混じっているような状況、普通なら絶対にあり得なかった。

先ほどまでの高揚感はどこへやら。

とてつもない数の視線が頭上から降り注ぎ、僕はなんだか萎縮《いしゅく》してしまう。

「つーかこれ、俺たちは完全におまけだよな。なんせ今日の授与式には……」

と、見学者の多さに圧倒される僕の隣で、同じ孤児院組の一人が呟《つぶや》いたそのときだった。

『皆様静粛に』

円形闘技場全体に、音響魔術師のスキルによって拡大された声が響いた。

『これより、豊穣祭《職業《クラス》》授与式を開催いたします。《職業《クラス》》授与に先立ちまして、式辞、アルメリア王立冒険者学校学長、サリエラ・クックジョー様。壇上へお願いします』

と、音響魔術師の司会に伴い、岩を切り出して作られた広い高座に一人の女性が登壇した。

三十代後半とは思えない若さと美貌《びぼう》を保つ、ローブに身を包んだヒューマンの女性だ。

彼女こそアルメリア王立冒険者学校の最高責任者、サリエラ・クックジョー学長。

大陸一の大国と名高いアルメリア王国にも十数人しかいないとされるA級冒険者の一人であり、この街の実質的な領主を務めるめちゃくちゃ偉い人だった。

サリエラ学長は余裕のある動作で壇上に上ると、傍らに控えた音響魔術師のスキル発動に伴い口を開く。

『アルメリア王立冒険者学校の学長を務める、サリエラ・クックジョーだ。今年もまた、天からの祝福を授かる前途有望な若者たちがこれだけ育ってくれたことを嬉しく思う。これから君たちが授かる《職業《クラス》》は君たちが望むものだったり、そうでないものだったりする。だが《職業《クラス》》は我々が自らの適性を見誤り、間違った努力をしないよう天が与えてくれる指針だ。どのような《職業《クラス》》であろうと、それは君たちの人生を豊かにする足がかりとなるだろう』

学長が堂々とした口ぶりで述べる。

いつもならここからまたしばらく話を続けるのがサリエラ学長の定番なのだけど……今回はなにやら雲行きが違った。

『……さて、いつもはここからもうしばらく話をするところなのだが、今年ばかりはそうもいかない』

言って、サリエラ学長が満員の客席に首を巡らせる。

『君たちの目的も、毎年代わり映えのしない私の挨拶《あいさつ》などではないだろう。ゆえに、今年の挨拶は早々にこちらへ譲ることとする――勇者の末裔《まつえい》、エリシア・ラファガリオン殿だ』

「……っ」

その瞬間、僕は周囲の時間が止まってしまったかのように錯覚した。

カツン、カツン。

ゆっくりとした足取りで闘技場の通路から現れ壇上に上がるのは、美しい白銀の髪をなびかせる一人の剣士。手足と胸回りを薄い鎧《よろい》で覆ったその人はサリエラ学長に代わり、音響魔術師の隣に堂々と立っていた。

その凛々《りり》しい姿を、僕はきっと、とても間抜けな顔で見上げていた。

だって仕方ないだろう。

この四年、ずっと憧《あこが》れ続けてきた女の子が、以前よりもずっと美しく成長して、そこに立っていたのだから。

『ご紹介に預かりました、エリシア・ラファガリオンです。本日はこのような場で挨拶をさせていただくことになり、大変光栄に思います』

鈴の音のような声でエリシアさんがそう名乗った途端、それまで静まりかえっていた闘技場が大きくざわめき始めた。その理由の大部分は、エリシアさんの性別だ。

「なんだあのすげぇ美少女……!?　てか勇者の末裔って女!?」

「なんだお前、知らなかったのか?」

「いやなんつーか先入観っつーか、勇者といえば男だろ、みたいなとこがあってな……」

どうやら勇者の末裔が女性だと知らない人が結構いたらしく、孤児院組から観客席の冒険者まで、かなりの人数が驚いているようだった。

エリシアさんの挨拶《あいさつ》が続くなか、群衆の中からは「あんなに可愛《かわい》い子が本当に勇者の末裔《まつえい》なのか？」なんて声もあがりだす。

と、そのときだった。

「ああん⁉　お前みたいな小娘が本当に勇者の血筋なのか⁉」

突然、客席から飛び降りてきた強面《こわもて》の男が大剣を携え、壇上に躍り出た。

威嚇《いかく》するように大剣を振り回す暴漢の乱入に会場が緊迫した空気に包まれるが、それも一瞬のことだった。

なぜなら暴漢の低い声があまりにも棒読みだったし、なによりその暴漢は僕たちもよく知る上級剣士の先生だったからだ。

つまるところ、これは外見と性別でエリシアさんを侮る人たちへ向けた実力見せなのだろう。

その想像を裏付けるように、上級剣士の先生はことさら派手に大剣で岩の高座を砕き、自らの強さと大剣が本物であることを露骨に強調しながらエリシアさんに近づいていった。

そしてその大剣を凄《すさ》まじい速度と勢いでエリシアさんにたたきつける――のだけど、

「え⁉」「おい、ちょっ、アレ――⁉」

僕の口から唖然《あぜん》とした声が、観客席からは悲鳴があがる。

なぜならエリシアさんは大剣を避けようとも受けようともせず、それどころか剣を抜くそぶりすら見せず、その場にぼーっと突っ立っていたからだ。

瞬間、誰かが止めるまもなく大剣がエリシアさんの整った相貌《そうぼう》にたたき込まれた。

だがその場にいた全員の予想に反し――破壊されたのはエリシアさんの顔面ではなかった。

「「「なっ!?」」」

エリシアさんの顔に触れた瞬間、大剣の刃が砕け散った――いや、鋭利な切り口とともに、細切れにされていたのだ。小指ほどの大きさの、均等な四角い破片に。

遅れて響くのは、チチチチチチチチンッ！　という無数の金属音と、鞘《さや》に剣を納めるパチンッ！　という音。エリシアさんの周囲で巻き起こる無数の風。

それらの音を最後に、闘技場全体が、本当に時が止まってしまったかのように静まりかえる。

しかし数秒後、いまなにが起きたのか――エリシアさんが文字通り目にもとまらぬ速度で大剣を細切れにしたのだと理解した人々は、爆発のような歓声を上げた。

「すげえ！　アレが16歳で《剣士》系の最上級職にまで上り詰めたっつー歴代最高の英雄血統か……！」

「最上級職!?　ってことはあの子、16歳でサリエラ・クックジョーと同じA級冒険者なのか!?」

「最上級職っつったら才能あるやつでも《職業《クラス》》授与から到達までに何十年もかかるって話じゃねーのかよ！」

「それが……今代の勇者は5歳で《職業《クラス》》授与したって噂《うわさ》だからな……」

「それもう早期授与の範疇《はんちゅう》超えてるだろ!?　つーかそれでも十年ちょいで最上級職とか、同じ人族とは思えねぇ……でもあんな神業見せられたら疑いようもねぇな……」

唖然《あぜん》とした声、賞賛、畏怖《いふ》。大剣を細切れにしたエリシアさんが観衆の反応にもかまわず淡々と挨拶《あいさつ》を続けるなか、人々の熱気はどんどん増していく。

「すげぇ……この街で名をあげれば、あの強くて可愛《かわい》い子の伴侶《はんりょ》になれるんだよな⁉」

「やる気出てきた！」

「……けっ。バカ男どもが。んなもん優秀な才能を持って生まれてきやすい貴族サマの若手や英雄血統、そうじゃなけりゃあ化け物じみた在野の冒険者から選ばれるのが、それこそ伝統ってやつだろうが」

浮ついたように言う孤児院組や見学の男性冒険者たちへ、ジゼルが白けたように吐き捨てる。

――そんなたくさんのざわめきが闘技場を埋め尽くすなか、

（凄い……やっぱりエリシアさんは凄いや……っ！）

周りの余計な声なんて一切聞こえない。

エリシアさんのその挨拶に渡された文章を無理矢理読み上げているような違和感はありつつ、そのときはそんなことさえまったく気にならなくて。

僕はその一振りの宝剣のように輝く彼女を、バカみたいにただ呆然《ぼうぜん》と見上げていた。

空に瞬く星のように、遥《はる》か遠い憧《あこが》れの少女の姿を。

僕も早く《職業《クラス》》を授かってあの人みたいになるのだと、焦がれる気持ちをどうしようもなく膨らませて。

＊

エリシアさんが挨拶を終えて闘技場の奥に戻ると、早速《職業《クラス》》授与の儀式が始まった。

儀式、とはいっても格式張ったものではなく、単なる流れ作業に近い光景だ。

なにせ今年14歳になる街の子供全員に《職業《クラス》》を授けるのだから、そうもたしてもいられない。

神官様が補助を行う台座の前には十以上の列ができ、一斉に適職の診断がなされていく。

普通はそこで誰もが戦闘職と生産職で二、三の適職がステータスプレートに表示される。その中から自分の希望にあったものを選び、それから正式に《職業《クラス》》を授かるのが儀式の流れだ。

なので適職の判定がされる台座の横には相談スペースが設けられており、街の子は親と、孤児院組は先輩冒険者やギルド職員の人たちと進路相談ができるようになっていた。

希《まれ》に一つしか適職がない場合は適職判定と同時に自動で《職業《クラス》》が授与されるそうだけど、いまのところそんな人はおらず、列は滞ることなく進んでいった。

もうすでに半分以上の人たちが適職候補の判定を終え、各所で様々な声があがる。

「よっしゃ！　騎士系の《職業《クラス》》だ！」

「わっ、《薬師見習い》にスキルが二つも出てる!? うーん、冒険者志望だったけど、《薬師》のほうが安全に身を立てられるかも……」

「うおっ、お前、火と水の二重魔術師が出てるじゃん。うらやましい」

「うーん、けど単属性魔術師のほうが早熟だっていうし、どうしよっかな……」

　等々、悲喜こもごもの声が途切れることなく響く。

（うぅ、緊張してきた……）

　エリシアさんの姿しか目に入らなかった先ほどまでと違い、周囲から様々な声が聞こえてくる。そんな中で自分の番が目前に迫り、心臓が張り裂けそうなほどに脈打っていた。

　と、そのときだ。

「おおおおおっ!? すげえ！　ジゼルお前、なんだよそれ!?」

　僕よりも先に適職判定を行っていた孤児院組のほうから、凄《すさ》まじい歓声が上がった。

「初期スキル数が十って……これ普通にA級冒険者も狙えるポテンシャルだぞ!?」

「はっ。当然」

　歓声の中心にいたジゼルは相談スペースで立ち止まることなどなく、涼しい顔でまっすぐ正式な《職業《クラス》》授与へと向かっていった。

　神官様に導かれて台座に上ったジゼルが光に包まれる。かと思うと、

固体名：ジゼル・ストリング　種族：ヒューマン　年齢：14
職業：撃滅戦士見習い
レベル：15
スキル数：10

闘技場に掲げられた巨大な布のようなマジックアイテムに、ジゼルの簡易的なステータスが表示される。そこには確かに、初期スキル十種という信じがたい結果が表示されていた。

普通、個々人の能力——特に冒険者などの戦闘職の能力は命にかかわるため口外しないのが鉄則だ。けど《職業《クラス》》授与直後のこの場においてはその限りではない。

冒険者デビューに向けたパーティ編成を滞りなく行ったり、先輩冒険者が勧誘しやすくなるよう、簡易的なステータスが大々的に公表されるのだ。その証拠に、

「初期スキル十種!?　早期授与並のポテンシャルじゃないか……！」

「おいっ、あの子覚えとけ！　授与式が終わったらすぐ勧誘に行くぞ！」

と、ジゼルの授与結果を見た観客が一斉に色めき立つ。

「初期スキルが十個……それに撃滅戦士って……っ!?」

そんなジゼルの華々しい《職業《クラス》》授与を見て、僕は呆然《ぼうぜん》と声を漏らしていた。

一般的に「強い」と言われる《職業《クラス》》はいわゆる一点突破型だ。

ジゼルが授かった撃滅戦士系列は前衛職の中でも特に攻撃力に特化した花形の近接戦闘職。冒険者を目指す男なら、誰もがうらやむ《職業《クラス》》だった。

当然、僕もめちゃくちゃうらやましい。正直に言えば、撃滅戦士は『これが発現すればいいな』と思っていた《職業《クラス》》の一つだ。

「……っ。僕だって……！」

ジゼルの結果をひどくうらやみながら、僕は自分を鼓舞するように呟《つぶや》いて前に進んだ。

いよいよ僕の番が回ってきたのだ。

と、僕が適職判定に向かっていることに気づいた孤児院組がクスクスと笑い声をあげる。

「おい見ろよ、０点クロスの番だぜ。あいつなんの《職業《クラス》》が出るんだろうな」

「《農民》が精々じゃね？　まあ少なくとも戦闘職は出ないだろ」

（……っ！　見てろ、僕もみんながあっと驚くような《職業《クラス》》を授かってやる……！）

心の中でだけ勇ましく吠えながら適職判定の台座に上る……が、内心ではかなりの不安が渦巻いていた。結果をすぐに直視するのが怖くて、ぎゅっと目を閉じながら祈りまくる。

（お願いしますお願いします！　近接戦闘職！　なんでもいいから近接戦闘職を！　それかせめて魔法職……もしくは人助けに秀でた僧侶職を……！）

とにかく冒険者としてやっていける《職業《クラス》》をどうか！　と天に懇願し続ける。

と、そのときだった。

「……っ？」

僕の身体《からだ》を不思議な温かさが包み込み、身体の中心からなにかが沸き上がるような感覚が生じた。え？　あれ？　これってもしかして、《職業《クラス》》が正式授与されてる……!?

「……？　おい、見ろよアレ」

「んー？　あっちの列で結果が表示されてるってことは、適職が一つしか出なかったのか？　珍しい。……って、え？」

目を閉じたままの僕が困惑していると、僕以上に困惑したような声が周囲から聞こえてきた。

続けて僕の周囲がシンと静まりかえり、その静けさはどんどん広がっていく。

そんな不自然な静寂の中で、

「……すげぇ……初めて見たぜ……」

「実在したのか……アレが数千万人に一人とも言われる超レア《職業《クラス》》……！」

戦慄《せんりつ》するようなささやきが確かに聞こえてきた。

中には「マジかよあいつ……」というジゼルの愕然《がくぜん》とした声まで混じっている。

（え、え、一体何が……）

明らかになにかおかしなことが起こっていることに気づき、僕は恐る恐る目を開ける。

「いっ!?」

瞬間、あまりのことに口から変な声が出た。

驚いたことに会場中の注目が僕に集まっており、テキパキと適職判断を行っていた他の神官様たちまで手を止めて唖然《あぜん》としたように僕のほうを凝視していたのだ。

僕個人、もっといえば、僕の背後に表示されているらしい《職業《クラス》》授与の結果を。

「ま、まさか……！」

まさか本当になにか凄い《職業《クラス》》が⁉　それともジゼル以上のスキル数⁉

と、僕は喜び勇んで背後を振り返った。するとそこに表示されていたのは、
固体名：クロス・アラカルト　種族：ヒューマン　年齢：14――そして、

職業：無職
スキル数：0

「……え？」

思考が止まった。口から変な声が出た。なにが起きているのかわからなかった。

呆然《ぼうぜん》とする僕。数万の人間がいるとは思えないほど静まりかえった闘技場。

そこに再び、誰かの戦慄《せんりつ》したような声が響く。

「初めて見た……アレが**レベルも一切上がらねぇ、スキルもろくに習得できねぇ、数千万人に一人の最弱無能職**……！」

「うわ……あの子、この先どうやって生きていくの……？」

「……え？」

そう。

闘技場を満たしていた沈黙は、決してなにか凄いものを前にして圧倒されたがゆえの沈黙ではなかったのだ。

それは、嘲笑《ちょうしょう》するのもはばかられるような、**とてもかわいそうなモノ**を見たがゆえのノーリアクション。哀れみの沈黙。

冒険者どころか、まともに生きていくことさえ困難なことが判明した無能に対する、これ以上ない憐憫《れんびん》の表れだった。

「……あの、これ、なにかの間違いですよね……？」

ぷるぷると震えながら振り返った僕の質問に、適職診断を担当してくれていた女性神官様は、

「……」

無言でそっと目をそらした。

4

「ふう、毎年のこととはいえ、何千人分もの授与式を最後まで見守るのは骨が折れるな」

大きな溜息《ためいき》をつきながら冒険者学校の廊下を歩くのは、この学び舎の長、サリエラ・クックジョーその人だった。

富裕層しか持てない懐中時計と呼ばれる道具でいまが昼下がりであることを確認しながら、一息つくために学長室へと足を向ける。

「しかし今年の授与式は特別だったな……」

勇者の末裔《まつえい》であるエリシアの存在もそうだが、まさかそう数も多くないギルドの孤児院組からああも両極端な結果が出るとは。

思い出すだに残酷な結果にサリエラが再び息を吐いていたところ、

「あ！　いた！　学長先生えええええええええええええ!!」

「な、なんだ!?」

その悲痛な絶叫にサリエラが驚いて振り返ると、そこにいたのはいままさにサリエラが哀れんでいたクロス・アラカルト本人だった。

薄紫の髪を揺らし、半泣きでこちらに突っ込んでくる。

一体何事かとサリエラが面食らっていると、

「あ、あのこれ！　寮に戻ったら、僕の寝床にこんなものがあって……！」

クロスがぷるぷると震えながら差し出してきたのは、ギルドから正式に発行された退学勧告の用紙だった。仕事が早い。というかあの結果を見れば、誰も迷うことなどなかったのだろう。

「ギルドの窓口にいっても『決定事項です』とか『今後の受け入れ、就職先の斡旋《あっせん》は可能な限り行いますので』の一点張りなんです！　先生たちに聞いても目をそらすばかりで、サリエラ学長に直談判《じかだんぱん》してみるといい、って……っ」

「ああ、なるほど……」

クロスの言葉に、サリエラは大体の事情を察した。要はクロスがあまりにも哀れで、全員が彼の説得から逃げ出したのだ。

しかしそれを上司に丸投げするとはいい度胸だな、とサリエラが思っていると、

「お願いします！　僕、子供の頃からずっとあの人みたいな冒険者になりたくて……だからお願いです！　なんでもしますから退学だけは勘弁してください！　なんでもしますから！」

「うっ……」

あまりにも必死な様子ですがりついてくるクロスに、サリエラは胸を痛める。

（く……っ、確かにこれだけまっすぐな子に冒険者を諦《あきら》めさせるのを躊躇《ちゅうちょ》する気持ちはわかるが、学長の私にこんな気の進まない役回りを押しつけおって……あとで覚えていろ）

サリエラは内心で改めて部下たちに悪態をつきつつ、腹をくくって口を開いた。

「……そうは言ってもな、クロス。レベルが上がらない以上、冒険者を目指すのは自殺行為だ。訓練も無駄に終わるだろう。ならばその時間を別のことに充てたほうがよほど君のためになる」

「で、でも！　僕の適正判断を担当してくださった神官様がおっしゃってくれたんです！　《無

職》はレベルが上がらない代わりにどの《職業《クラス》》のスキルも習得できるから気を落とすなって！」

「それは……」

と、言いよどむサリエラの態度を肯定と受け取ったのだろう。

クロスはさらに続ける。

「だからレベルが上がらなくても、例えば……ええと、剣士スキルと魔法スキルが使える本物の魔法剣士とか、盗賊スキルと戦士スキルを使える不意打ち近接職とか、とにかくスキルさえ伸ばせば可能性はあるはずなんです！　だから――」

「まったく……君を担当した神官は優しさをはき違えているな。的外れな期待をさせるなど」

「え……？」

クロスの必死な主張を、サリエラが途中で遮った。

「確かに《無職》には《職業《クラス》》別の習得不能基本スキルというものが存在しない。唯一無二の特性として、どの《職業《クラス》》のスキルも習得できるとされている」

「だ、だったら！」

「だが、それはあくまで理論上の話だ」

サリエラがぴしゃりと告げる。

「エルフやドラゴニュートといった長命種が気の遠くなるような修練を重ね、ようやくいくつかの基本スキルを習得できるかどうか。そして仮に習得できたとして、スキルの熟練度を実用レベルにまで鍛えるにはさらに果てしない時間を必要とする。一生を賭けて器用貧乏になれるかどうか。それが《無職》という《職業《クラス》》の成長速度なのだ。その証拠に――」

と、不意にサリエラがクロスの手をとる。

「え、わっ⁉」とクロスが初々しく赤面するが、その表情はすぐ痛みに歪む。

サリエラがクロスの手のひらにできた血のにじむマメを指で突いたからだ。

「私も夜遅くまで仕事をしていることが多いからね。君が夜中、講師たちに頼んで訓練場を開放してもらい、人一倍の努力していることは知っている。だがそれでも授与時に発現したスキルは0だ。本来ならば、《職業《クラス》》授与前の修練で初期スキルの数が多少は伸びるとされているにもかかわらず……君の場合は最低一つは発現するという法則さえ無視しての0。それほどまでに、《無職》のスキル習得は難易度が高いんだよ」

「……っ」

必死に続けてきた努力まで否定され、クロスの双眸《そうぼう》に涙がにじむ。だが、

「で、でも、これからどうなるかはわからないじゃないですか！　明日には修練の結果が出るかもしれないし……《無職》が数千万人に一人しか存在しない《職業《クラス》》だっていうなら、情報だって少ないはずで、もしかしたらなにか他に特別な長所だってあるかも……っ」

クロスは粘る。憧《あこが》れを捨てきれず、その場で思いついた理屈を並べて必死にすがっていた。

「うぅむ……聞き分けのない……」

と、サリエラが捨てられた子犬のようなクロスの嘆願にいよいよ困り果てていたときだった。

「学長！　良かった、こちらにおられましたか！」

廊下の向こうから、一人のギルド職員が慌てた様子で駆け寄ってきた。

職員はクロスの存在も目に入らないといった様子で割り込むと、サリエラになにやら耳打ちする。その瞬間、

「なん……だと……⁉」

サリエラはクロスの存在などすっかり忘れたように瞠目《どうもく》。

次の瞬間には普段の落ち着いた様子などかなぐり捨て、顔面蒼白でギルド職員に詰め寄っていた。

「あのろくでなしどもがここに……⁉　冗談だろう⁉　なにかの間違い……いや、奴らの名を騙《かた》る偽物ではないのか⁉」

「いえ……あの強さに威圧感はまさに本物。残念ながら間違いなくS級のお三方かと……いまは三人とも、学長室で勝手にお茶とお茶菓子を食べています」

「ぐあああああっ⁉　間違いなく奴らだ……！　し、知らん、私はなにも知らんぞ！　なんの報告も受けていないし、不幸な連絡ミスで奴らの訪問などまったく知るよしもなかった！　君も奴らにはこう報告しろ！　『サリエラ・クックジョーは豊穣祭と勇者来訪に伴う警備で街中を走り回っており、連絡がつかない』となー！」

「それが連中……学長室の壁掛け時計を指しながら『あたしらを一時間も待たせたら、学校の設備の一つや二つ、吹っ飛んでも仕方ねーよな?』と」

「ぐっ……!?　腹をくるしかないのか……!?　仕方ない……おい君！　いますぐ精神安定作用のあるハーブと、私の胃に穴があいたときのため、回復魔法に秀でた《聖職者《プリースト》》の手配を！　それから、奴らにはあと三十分ほどで行くと伝えろ！」

「え、いますぐ向かわれないのですか?」

「心の準備がいるんだよ！」

と、必死の形相で叫んだサリエラは頭を抱えながら、突然の事態に呆気《あっけ》にとられていたクロスに向き直った。

「すまない緊急事態だ。とにかく退学の決定は覆らない。早く割り切って、君は早く冒険者以外の道を探しなさい。くっ、それにしてもなぜ奴らがこの街に……!?」

「えっ、あ、ちょっ――」

と、クロスが反射的に追いすがろうとするが無駄だった。

サリエラはA級冒険者の速度で即座にその場を立ち去り、ギルド職員もレベル0のクロスには追いつけない速さでサリエラを追いかけていってしまう。

一人ぽつんと廊下に取り残されたクロスは、寄る辺を失った子供のようにうなだれる。

「退学、だけは……」

ギルドから渡された退学勧告の用紙をぐしゃりと握りしめた。そのときだった。

「おいおいおいおい」

「っ⁉」

クロスの背後から、明らかに苛立《いらだ》っているような声が聞こえてきた。

その聞き慣れた声にクロスが振り返ると、

「ジ、ジゼル……っ」

廊下の陰から現れたのは、複数の取り巻きを引き連れたジゼル・ストリングだった。

《職業《クラス》》授与によって発現した十のスキルを早速訓練場で試射していたのだろう。

自前のメタルプレートと愛用のバスタードソードを装備したジゼルは苛立ちを隠そうともせず、威圧的にクロスへと詰め寄った。

「ぎゃあぎゃあ騒がしいやつがいると思って来てみりゃあ……てめえ、まだ諦《あきら》めてなかったのかよ、0点クロス。いや、今日からはノージョブクロスか？」

ジゼルは嘲《あざけ》るように言うと、そのままクロスを壁際へと追い詰める。

そして息がかかるほどの近さでクロスを睨《にら》みつけると、

「なあ、おい。てめぇはまだわかんねぇのか？　レベルもあがらねえ、スキルも覚えられねぇ。クソの役にも立たねぇてめえが、なにをどうしたら冒険者になれるんだ、ああ⁉　苛つくんだよ！　てめえみてえな間抜けは！　さっさと退学して、二度とその面見せるんじゃねえ！」

ガンッ！　ガンッ！　バスタードソードの柄で石造りの壁を殴りつけながら、ジゼルが尋問でもするかのようにドスのきいた声でクロスをなじる。

クロスはジゼルから発される敵意にすくみ上がりながら、それでも必死に口を開いた。

「ス、スキルは覚えないわけじゃ、ないよ！　頑張れば覚えられる可能性だってあって……だから、ここで退学になるわけにはいかないんだ……！　あ、あの人みたいな冒険者になるために！」

世界最高峰の冒険者学校。

ここを退学になれば、ただでさえスキルの習得が難しいとされる《無職》の自分は本当に冒険者を目指すことなどできなくなる。そう必死にクロスは訴えるのだが、

「……てめえ、ホントに現実ってやつが見えてねーよな」

突如、ジゼルの目が据わる。そしてあろうことか、

「――撃滅戦士スキル《身体能力強化【小】》、剣技《捻《ひね》り突き》」

ドガン！　先ほどまでとは比べものにならない打突音が、クロスの真横から響いた。

クロスは最初、なにをされたのかわからなかった。

ジゼルが振るった剣が頬《ほお》をかすめて壁に当たるまでまったく見えなかったというのもあるし、なにより訓練以外で人に向けてスキルを放つなど、規則違反もいいところだったからだ。

「なっ、あ……ジゼル……!?　なにを……!?」

「冒険者ってのはな、モンスターと戦うんだぞ！　剣技《なぎ払い》！」

「がはっ⁉」

今度は頬《ほお》をかすめて背後の壁を突く、などという生やさしい攻撃ではなかった。

バスタードソードの腹がクロスの脇腹にたたき込まれ、まるで反応できなかったクロスはボロ切れのように地面に転がる。遅れてやってきた凄《すさ》まじい鈍痛がクロスを襲い、立つどころかまともに呼吸することさえ難しかった。

そんなクロスに、容赦ない追撃が降りかかる。

「オラ！　避けてみろよ！　防いでみろよ！　本物のモンスターはこんなもんじゃねーんだぞ！　凶暴で、人と同じようにスキルも使う！　危険度《リスク》０の角ウサギなんかにやられるようなヤツが！　下級職の発現したばっかのスキルさえ目で追えないようなヤツが！　冒険者になんかなれるわけねーだろうが！」

ドガッ！　ボゴッ！

地面で丸くなるクロスの背中に、頭に、ジゼルの蹴りが何発もたたき込まれる。

「やめっ、ジゼルっ、痛い……っ！」

「命乞いすりゃあモンスターが見逃してくれんのか⁉　ああ⁉」

ドゴンッ！

「げほっ……⁉」

ひときわ強い蹴りがたたき込まれ、いよいよクロスからは悲鳴さえ上がらなくなる。

「ちょっ、ちょっとジゼル。いくら弟さんのことがあるからって、これはさすがにやりすぎなんじゃ……ひっ!?　あ、いや、ご、ごめんっ、余計なこと言って……」

さすがに見かねた取り巻きがジゼルを制止しようとするが、無言の一睨《ひとにら》みで黙らせられる。

そしてジゼルは動かなくなったクロスの横に腰を下ろすと、薄紫の頭髪を掴《つか》みあげ、

「おい約束しろ。潔く退学して、二度と冒険者になるなんて舐《な》めたこと言わねーってな。そうすりゃこれ以上、痛い目に遭わなくて済むぜ？」

脅すようにそう告げる。だがクロスはかすれた声で、

「い、やだ……僕は……あの人みたいな冒険者に……」

「……あぁそうかよ」

ジゼルの顔からすっと表情が消える。

「だったらてめえの気が変わるまで、私のスキルの練習台にしてやるよ」

地面に倒れるクロス目がけ、ジゼルがバスタードソードを振りかぶる――そのときだった。

「なにをしているの？」

静かで美しい声が、ジゼルの蛮行をとがめるように響いた。

瞬間、その場にいた誰もが驚愕《きようがく》に時を止める。

特にクロスの驚愕は凄まじく、痛みさえ忘れてその声の主を見上げていた。

白銀の髪をなびかせた一振りの宝剣のような少女、エリシア・ラファガリオンその人を。

「……これはこれは。勇者の末裔様《まつえいさま》じゃないですか。そっちこそ、こんなところでなにを？」

取り巻きたちが見るからに萎縮《いしゅく》するなか、ジゼルは一人、さすがの胆力でエリシアに聞き返す。

「サリエラ学長に改めて挨拶《あいさつ》と、入学の正式な手続きに。それと、少し一人になりたかったから。……それで、そっちはなにを？」

「いえ別に？　ただ《無職》の分際で冒険者になりてぇなんて言ってるバカを、説得してただけですよ」

「それは、暴力に訴えなければできないこと？」

静かに言いつつ、エリシアが腰に下げた刀の鞘《さや》に手をかける。

「……チッ」

最上級職のレベルなら、音や気配だけで私刑の一部始終を把握していてもおかしくはない。

さすがにこの状況で誤魔化《ごまか》すのは不可能と判断したのか、ジゼルは取り巻きたちに目配せし、

『これで助かったと思うんじゃねえぞ、０点クロス』

と言わんばかりにクロスを一睨《ひとにら》み。乱暴な足取りで廊下の向こうへと去っていった。

と、そんなやりとりの一部始終を「これは夢か？」とばかりの間抜け面で見上げていたクロスだったが、

「大丈夫？」

「……え？」

エリシアが地面に転がる自分と目を合わせて手を差し伸べてくれたことで、ようやくこれが現実なのだと認識した。

それと同時にいま自分が酷《ひど》く無様で情けない状態にあると気づき、顔を真っ赤に染めると、

「え、あ、だ、大丈夫！　全然、大丈夫ですよこれくらい！」

エリシアの手をとることなく、全身の痛みを無視して無理矢理立ち上がる。

だがその頭の中は未だ大混乱の真っ最中だった。

しかしそれも仕方ないだろう。

ずっと憧《あこが》れ続けていた少女が目の前にいるという信じがたい現実。

その少女に情けなくもまた助けられてしまったという男として耐えがたい恥ずかしさ。

さらにその少女はこの四年で目もくらむような美少女に成長しており、こうして目の前に立っているだけでクロスの頬《ほお》に熱が集まる。

なんだかもうクロスはわけがわからず、頭に浮かぶことをそのままぶちまけていた。

「あ、あの、助けてくれてありがとうございます！　その、えと、今日のことだけじゃなくて、覚えてないでしょうけど、実は僕、前にもあなたに助けてもらったことがあって……それからずっと、あ、あなたみたいな冒険者になりたいって……」

ああくそっ、こんなことエリシアさんに言ってもしょうがないだろ……！

頭の片隅ではそう思いつつ、それでも四年間ずっと募らせていた思いの丈を混乱のまま口にすることしかできないでいた、そのときだった。

「……ああ、それ。やっぱり本気で言っていたのね」

突如。

エリシアの声が、表情が、酷《ひど》く冷たいものに変化した。

「私は《盗賊《シーフ》》じゃないけれど、廊下に響いてよく聞こえたわ。あのガラの悪い子とのやりとりだけじゃない。サリエラ学長とのやりとりも、全部」

「え……？」

エリシアの豹変《ひょうへん》にクロスが面食らっていた、次の瞬間、

「《無職》が冒険者になんて、なれるわけないでしょ」

「……え……」

憧《あこが》れの少女の口から発せられた氷のように冷たいその言葉が、クロスの胸に深く突き刺さった。そんなクロスを追い打つように、エリシアの言葉は止まらない。

「人には生まれ持ったものがある。生まれ持ったもので全部決まる。この世界はそういうものだって、子供でも知っているわ。努力で変えられることなんて、最初から変えられる範囲のこ

とでしかない。常識よね？」

　そしてエリシアは右手で自分の身体《からだ》を抱くようにして顔を伏せ、クロスには聞こえないほど小さく呟《つぶや》いた。

「……その証拠に、勇者の末裔《まつえい》なんて持て囃《はや》されてる私にだって、望むように生きていける自由なんてないのに」

　それから愕然《がくぜん》とするクロスの目をまっすぐ見つめると、低い声ではっきりと告げる。

「わかったら、ちゃんと自分の運命を受け入れなさい。ワガママを望んだって、周りに迷惑がかかるだけなんだから」

　そうしてエリシアは、突き放すようにクロスに背を向けるのだった。

「……は……い……」

　廊下に一人取り残されたクロスは、喉《のど》の奥から掠《かす》れきった声を漏らす。

　サリエラ学長のように理路整然とした説得ではない。

　ジゼルのように暴力に訴える強引なやり方でもない。

　短いやりとり。

　内容だけ見れば、言っていることは先の二人と大差はないだろう。

　だが――。

　ずっと憧《あこが》れてきた少女から叩きつけられた暗い感情に、容赦のない言葉に、現実に――クロスは初めて、自分の心が折れる音を聞いた。

「……う……あ……」

ボロボロとこぼれる涙が、誰もいない廊下へ静かにしみこんでいった。

＊

それから、どのくらいの時間が経っただろうか。

「……ぐすっ……はぁ……これからどうしよう……」

あれからろくに頭も働かず、クロスは学校から逃げ出すようにふらふらと街をさまよっていた。しかし今日は豊穣祭。どこに行っても幸せそうな陽気が街を満たしており、クロスが落ち着ける場所などどこにもなかった。

祭りの陽気を避けるようにさまよっていると、その足は自然と比較的人通りの少ない方角へと進んでいく。

そうしてクロスがたどり着いたのは、再開発区と呼ばれる区画に隣接した大通り、そこから伸びる細い路地だった。

再開発区とは勇者の末裔入学に際して一気に流入する冒険者らの寝床を確保するための住宅密集区画。前回の勇者入学の際に建てられた建物が一掃され、現在も新たな宿屋や長期契約用の物件が建設されている真っ最中のエリアなのだった。

しかし今日は豊穣祭ということで工事も休み。街の中で唯一人気《ひとけ》のない区画となっていた。

工事現場は関係者以外立ち入り禁止なので入ることはできないが、大通りと再開発区をつなぐ細い路地には人気もない。クロスは賑《にぎ》わう大通りの喧噪《けんそう》を尻目《しり》に、その薄暗い路地に座り込んで大きく溜息《ためいき》を吐《つ》いていた。

「就職先を斡旋《あっせん》してくれるって言っても、僕みたいなのを雇ってくれるとこがあるとは思えないし……」

誰もが《職業《クラス》》とレベルを持つこの世界において、レベル0というのは冒険者でなくとも致命的だ。たとえば受付業務ひとつにしても、ただ単に帳簿をつけていればいいというわけではない。掃除もすれば買い出しも手伝わなければならないし、水汲みを任されることだってざらにある。肉体労働は基本中の基本なのだ。そして肉体労働において重要なのはステータス。力が低ければこなせる業務は減るし、効率も落ちる。一日にこなせる仕事の量は確実に少なくなるのだ。

だというのに、一体誰が好き好んでステータスオール0などという無能を雇うだろう。

それなら冒険者になれなかった、あるいはならなかった《剣士》を雇うほうが用心棒も兼ねることができて得に決まっているし、《農民》だって《無職》よりはよっぽどしっかりした労働力になる。そもそも《農民》だってステータスこそ低いが、開墾開拓のスキルがある立派な生産職だ。ろくにスキルも覚えない《無職》などとは比べることさえおこがましかった。

「……はぁ、本当にこの先、どうしたらいいんだろう……」

憧《あこが》れの少女に言われて向き合った現実は果てしなく暗く、どうしようもなく詰んでいた。

――と、クロスが途方に暮れていたときだった。

街に異常が発生したのは。

「……え？」

それは最初、本当にかすかな異変だった。

ともすれば大通りの雑踏から聞こえてくる笑い声や足音にかき消されてしまうような、小さな地鳴り。だがその微振動は少しずつ、しかし確実に大きくなっていき――。

「な、んだ……!?」

沸き起こる悲鳴。ひっくり返る屋台。石畳にヒビが入り、大通りに軒を連ねる建物が軋《きし》んで不吉な音色をまき散らす。

どんどん大きくなる振動は大通りの人々が立っていられないほど大きくなり、やがて揺れとは違う破壊的な轟音《ごうおん》が群衆の耳朶《じだ》を打つ。続けてこの世の終わりのような咆哮《ほうこう》が空を揺らした。

そして再開発区の中央から地を裂いて現れたのは、いまなお現れ続けているのは――形をもった厄災。なんの前触れもなくこの場に現れるはずのない、殺戮《さつりく》の権化。

『オオオオオオオオオオオオオオオオッ!!』

街を囲う城壁よりもなお巨大な怪物が、クロスたちの頭上でおぞましい産声をまき散らした。

5

時は少しばかり遡り、クロスが茫然《ぼうぜん》自失として街をさまよっていたのとほぼ同時刻。

サリエラ・クックジョーは学長室の重厚な扉の前で立ち止まり、全力で天に祈っていた。

(どうかなにかの気まぐれであの三人がすでに帰っていますように……！　あるいはあの三人が来たなどという話がなにかの間違いでありますように……！)

ぎゅっと目を閉じ、大きく息を吐き、最後まで祈りを捧げながら学長室の扉を開く。

……が、その祈りは無駄に終わった。

「お、やっと来やがった」

「遅いぞ、サリエラ・クックジョー。一体何をしていた」

「そうだよぉ。待ちくたびれて部屋にあったお菓子全部食べちゃったよ～」

学長室では、それぞれ系統の異なる三人の美女が思い思いにくつろいでいた。

頭から二本の角の生えた野性味あふれる赤髪の美女は行儀悪く執務机に腰掛け。

理知的な雰囲気をまとう金髪の美女は当然の如く学長の椅子《いす》に座って部屋の蔵書を無断閲覧。

陰鬱《いんうつ》でどこか退廃的な気配のする黒髪の美女はソファーに寝転んでだらけきっていた。

あり得ない光景である。

とてもではないが、国内有数の実力者であるA級冒険者にしてバスクルビアの領主であるサリエラの私室でやっていいことではない。

だがその光景を見たサリエラは声を荒らげるでもなく、げんなりしたように、あるいは観念したようにぼそりと口を開いた。

「……なにしに来たんだ、あんたら」

すると机に腰掛けていた赤髪の美女が「ああん?」とばかりに牙《きば》を覗《のぞ》かせる。

「あー?　あたしらを散々待たせたうえに、ずいぶんなご挨拶《あいさつ》じゃねーか。お前、いままでどんだけあたしらの世話になったか忘れたのか?」

「なにが世話にだ!　確かにS級冒険者であるあんたらの活躍は目覚ましいが、総合的に見ればギルドが尻拭《しりぬぐ》いしてやった案件のほうが多いだろうが!」

サリエラが「なにをふざけたことを」とばかりに噴き上がる。

地方の有力貴族を屋敷ごとぶっ飛ばしたとか、盗賊のアジトと化していた街を敵味方の区別なく更地にしたとか、この三人組がやらかした事件は枚挙にいとまが無い。

さらについ数か月前には隣国、ウルカ帝国の第二都市を数万の精鋭兵ごと壊滅させるというとんでもない騒ぎを起こしたばかりだ。

もっともこれに関しては帝国が非道な軍拡実験を行っており、第二都市で捕らわれていた被検体を解放するという目的もあったようだが……なんにしてもやりすぎには違いなかった。この三人ならもっと違うやり方もあっただろうに、ゴリ押しが過ぎる。

Ｓ級冒険者の持つ権限はギルドよりも上ということもあり、この三人が犯罪者として手配されているのはウルカ帝国内だけにとどまっている。

が、それはどこの国にも属さないという名目の越境組織である冒険者ギルド上層部が尽力した結果でもあった。

まあそれについてはＳ級冒険者を賞金首にしたところでなんの旨味もないというギルド側の都合も大いに関係しているのだが……とにもかくにもギルドがこの三人の尻拭《しりぬぐ》いをさせられているという事実に変わりはない。

そして一体なんの腐れ縁なのか。昔から結構な頻度でこの三人の問題行動に苦労させられているサリエラはうんざりしたように息を吐く。

「はぁ。とにかくいまは忙しいんだ。あんたらみたいな問題児の相手をしてる暇はないんだよ」

ギルド職員からこの三人が襲来したと聞かされた際『街の警備のために走り回っているから』などと嘯《うそぶ》いたサリエラだったが、それはなにも三人から逃げるためのデマカセというわけではなかった。

勇者の末裔《まつえい》が伴侶《はんりょ》探しにやってくる年の豊穣祭は、毎回なにかしらの騒ぎが起こる。

勇者にいいところを見せたいがための自作自演、魔神崇拝者による破壊活動、単に悪ふざけで騒ぎを起こす愉快犯等々。

　勇者が豊穣祭に合わせて街に到着し、なおかつ各地の貴族や腕利き冒険者が集結しきっていないこの瞬間を狙い、騒ぎを起こす輩《やから》が多いのだ。

　仮にも冒険者の聖地であるバスクルビアにはサリエラを始めとした優秀な冒険者が常駐しているため、大抵の事件はすぐに沈静化できる。だが祭りの日は人出が多いためにちょっとした騒ぎでも大きな被害に繋《つな》がりやすく、警備には細心の注意が必要となるのだ。

　そんな神経の張り詰める日に、なにをしでかすかわからない爆弾問題児三人の相手などしていられない。できることならいますぐ街からたたき出したいくらいだった。

　だが、冒険者の聖地をまとめあげ、大陸最大国家であるアルメリア王国を代表するA級冒険者であるサリエラも、これ以上彼女らに強く出ることはできなかった。

　なぜならいまサリエラの目の前にいる三人の美女は、間違いなく世界最強クラスの化け物だったからだ。

《龍神族《ドラゴニア》》の《崩壊級万能戦士《ディストラクション・ウォーロード》》――リオーネ・バーンエッジ
《ハイエルフ》の《災害級魔導師《アークウイザード・デイザスター》》――リュドミラ・ヘィルストーム
《最上位吸血族《ノーライフキング》》の《終末級邪法聖職者《ダークプリースト・ハイエンド》》――テロメア・クレイブラッド

世界三大最強種。

なおかつ全部で五段階ある《職業《クラス》》を最上級職のさらに上である頂天職まで極めた、世界に九人しか存在しないS級冒険者。それがいまサリエラの前にいる怪物たちの詳細《プロフィール》だ。

一人だけならまだしも（いや一人でも厳しいが）、三人でつるまれたら最早手がつけられない。

仮にいまこの街に存在する全戦力をぶつけたところで恐らく……いや間違いなく負けるのはこちら側だった。ゆえに、

「……で、要件というのはなんだ」

彼女らの用事を速やかに終わらせ、できる限り早く帰ってもらう。

邪神に生贄《いけにえ》を捧げる村人のような気持ちでサリエラがとった精一杯の選択はこれだった。これしかなかった。……が、

「要件は色々あるけどな。まあアレだ、とりあえず勇者出せよ」

「……は？」

予想だにしていなかった赤髪《リオーネ》のドラゴニアの要求に、サリエラは怪訝《けげん》な顔をする。

「それは、どういう……」

「この街にはいま、勇者が修行の仕上げに来ているのだろう？」

戸惑うサリエラに、今度は金髪《リュドミラ》のハイエルフが補足するように口を開いた。

「見込みがありそうなら、私たちのうちの誰かが師として面倒を見てやろうと思ってな。だか

らいますぐ会わせろと言っている」

「……は？」

学長は再び唖然《あぜん》とした。

勇者の指導？　こいつらが？　わざわざバスクルビアまでやってきて？

「……一体なにを企んでいる」

警戒もあらわに眉根《まゆね》を寄せたサリエラの言葉を聞き、黒髪のノーライフキング《テロメア》が静かに笑う。

「人聞きが笑いなぁ。わたしたちはただ純粋に、人族の切り札だっていう勇者の末裔《まつえい》に強くなってほしいだけだよぉ」

ぜっっっっっっっったい嘘《うそ》だ!!

自分勝手で私利私欲に忠実、気分の乗らない依頼はたとえ王命であろうと無視するようなこいつらが、手間暇のかかる後進育成をただの善意で行うわけがない！

絶対になにか企んでいる！　絶対にだ!!

仮に、万が一、なにかの奇跡で特になんの思惑もなく興味本位で勇者の末裔を指導しようとしているとしても、それはそれで問題がある。

そう、こいつらの人格である。

師とはなにも、スキルや戦闘技術を授けるだけの存在ではない。指導役として長く時間をともにすることで、良くも悪くも弟子の情操教育に多大な影響を及ぼすものだ。

今代の勇者エリシアはかなり厳しく育てられたと聞くからそう簡単に影響は受けまいが……

それでも万が一というものがある。

人族の切り札、アルメリア王国の至宝とも呼ばれる勇者の末裔《まつえい》がこんな連中に染まってしまったが最後……世界は終わりである。絶対に会わせたくない。しかし――。

「おいなんだよこいつ、急に黙り込んで。まさか勇者に会わせねぇつもりか?」

「拷問……間違えた、尋問ならわたしに任せて～」

「よせ二人とも。サリエラ学長にはこれからも世話になるのだ。この部屋にある私物か校内の高級な備品、あるいは職員あたりを人質にする程度で済ませてやろう」

黙秘も長くは保つまい。

ここは一度折れたふりをして、王国軍の出動、できればエリシアの父親に救援要請を……

だが到着にどれくらいかかるか、とサリエラが必死に頭を働かせていたとき――。

ドンッ!

学長室が、いや、街全体が揺れた。

それも生半可な揺れではない。まるで街の中心で巨大な噴火でも起きたかのような衝撃が学長室を襲う。

「なんだ……!?」

サリエラは反射的に窓の外、バルコニー越しに広がるバスクルビアの街並みへと目を向けた。

そして言葉を失う。

豊穣祭で賑《にぎ》わう青空の下、再開発区の方角に、信じがたいものが出現していたのだ。

腐った泥のように禍々《まがまが》しい半液状の身体《からだ》。生理的な恐怖を呼び起こす無数の首。

その先端には破壊の象徴である龍の頭がいくつも生え、いまなおその数を増やしていた。

「まさか、ポイズンスライムヒュドラか……!?」

それは、A級冒険者パーティによる討伐が推奨される危険度《リスク》8の超高位モンスター。

物理攻撃をほぼ無効化し、触れるだけでダメージを与えてくる毒液の身体。

体内で高速移動する核を破壊しない限り無限の超速再生を繰り返す反則級の回復力。

本来ならば〝魔力溜まり〟と呼ばれる秘境の奥深くで極希《まれ》にしか発生しないはずの強力な化け物だった。

そんなものが突如として街に現れたというだけでも常識から逸脱した事態ではあったが、異常はそれだけにとどまらない。

「なんだあのあり得ない大きさは……!?」

再開発区に出現したソレは、通常のポイズンスライムヒュドラとは比べものにならない威容を誇っていた。

地面から湧き出し続けているらしい壺《つぼ》型の胴体は再開発区のすべてを飲み込んでなお膨張を続け、そこから生える無数の首の高さは城壁のそれを優に超えている。

そしてなにより巨大なのは、胴体の中央から生えるひときわ太い一本の首だった。太陽さえ飲み込んでしまいそうな凶悪なアギトが、城壁を三つも四つも重ねなければ届かないような高度にある。あの首が一度なぎ払われただけで、街の十分の一ほどが瞬時に更地と化すだろう。それほどの大きさだった。

危険度《リスク》8どころではない。

危険度《リスク》9――A級冒険者のみで構成された複数のパーティでの対策が必須とされる国軍出動レベルの怪物が、街のど真ん中に突如として出現していたのである。

さしものサリエラも現実とは思えないその光景に絶句し、頭の中が真っ白になる。

だがその瞬間。

世界最強たちはすでに動き始めていた。

「おいありゃヤバいぞ！　未来の旦那候補どもがみんな死ぬ！」

ドンッ!!　高速移動の反動として爆発のような衝撃を残し、学長室とバルコニーを無茶苦茶に破壊すると同時。S級冒険者たちの姿がサリエラの前からかき消えた。

赤、金、黒。三つの影が宙を駆け、凄《すさ》まじい速度で怪物のもとへと突っ込んでいく。

「……未来の旦那候補……？　あのアホどもまさか……」

と、どちらが怪物かわからないような速度でポイズンスライムヒュドラに突っ込んでいく三人を唖然《あぜん》と見送っていたサリエラだったが、すぐにハッと我に返る。

この街を治めるA級冒険者として、自分にはやらねばならないことが山ほどある。

まず第一に、避難誘導などの陣頭指揮だ。

S級冒険者であるあの三人ならば、危険度《リスク》9の討伐もそう難しくはない。三人どころか、一人いればどうにかなるだろう。だがそれはあくまでも人気《ひとけ》のない秘境でモンスターと対峙《たいじ》したときに限った話だ。いくらあの三人が強くとも、街への人的被害を考慮しながら危険度《リスク》9と対峙すれば苦戦は免れない。

あの三人が戦いやすくなるよう、そしてなにより被害が拡大しないよう、一刻も早く住民の避難を進める必要があるとサリエラが学長室を出ようとした、ちょうどそのとき。

「学長！　大変です！　大変なことが！」

ギルド職員の一人が血相を変えて部屋に飛び込んできた。

「わかっている！　いますぐ講師と職員を全員集めてあの化け物への対処を――」

「いえ違います！　別件です！」

「なに……？」

「バスクルビアの北、《深淵樹海》方面より、こちらに向かってくるモンスターの大移動を確認！　その数四千以上、平均危険度《リスク》不明！　魔物暴走《スタンピード》です！」

「なんだと!?　馬鹿な！　観測班はなにをしていた!?」

「それが、今朝までは間違いなく異常はなかったと……」

「突発性魔物暴走《スタンピード》……!?　あり得ん……どちらか片方だけならまだしも、こんな異常事態が重なるなど……!」

偶然とは思えない。なにか人為的な臭いがする。

だがいまはそんなことを考えている場合ではなかった。

「やむを得ん……!　ポイズンスライムヒュドラはS級の三人に任せ、B級以上の冒険者はいますぐ街の北へ強制招集!　C級以下は住人の避難誘導だ!　至急、街中へ指示を拡声しろ!」

「は、はい!」

サリエラの指示を受け、職員が音響魔導師たちのもとへと走る。

「まったくとんだ豊穣祭だ……!」

サリエラは振り絞るように言うと、本人もまた街の状況を詳しく確認すべく、学長室を飛び出していくのだった。

6

豊穣祭で賑《にぎ》わっていたバスクルビアは超巨大モンスターの出現で一転、大パニックに陥って……は、いなかった。

街の真ん中に突如として出現した山のような大きさのモンスター。

そのあまりに唐突かつ現実味のない光景に、人々の頭が状況を理解できていなかったからだ。モンスターと交戦することのほとんどない生産職の者はもとより、日々モンスターと命がけの戦いを繰り広げる冒険者たちでさえ、ぽかんと口を開けて空を見上げるだけ。

しかし嵐の前の静けさとも言うべきその静寂も長くは続かなかった。

ポイズンスライムヒュドラの巨体が、いまなお膨張を続けていたからである。

毒々しい色をした半液状の身体《からだ》が再開発区からあふれ出す。

大規模な土石流を思わせる毒液の壁が三階建ての建物さえ容易に飲み込み、群衆へと迫っていた。

「お、おい！　やべぇぞアレ！」

そこでようやく冒険者たちの引きつった声があがり……そこから先はまさに堰《せき》を切ったかのようだった。

悲鳴や怒号が木霊《こだま》し、歴戦の冒険者たちでさえ我先にと規格外のモンスターに背を向け逃げはじめる。そんななか、

「な……んだよ、これ……!?」

少年、クロス・アラカルトは一人、ポイズンスライムヒュドラを見上げたまま呆然《ぼうぜん》と立ち尽くしていた。……いや、へたり込んでいた。

圧倒的強者を前にステータスオール０の身体がすくみ、情けなくもその場で動けなくなって

いたのだ。

そうして図らずもポイズンスライムヒュドラと対峙《たいじ》し続けることとなったクロスの目に映るのは、悪夢のような光景だった。

城壁よりも高い位置で獣声をあげる無数の龍頭。

胴体の中央から生え、その大きさからすればあり得ない速度で宙をのたうち、雲を割っていままさにこちらに振り下ろされようとしている天を覆うような大きさの首。

そしてクロスたちを飲み込まんともうすぐそこまで迫っている毒液の壁。

すぐ背後では小径《こみち》に人が殺到して道がふさがっているのか、いまだ多くの悲鳴と怒号が響いていた。

「こんなの……もうどうしようも……!?」

悲痛に満ちたクロスの掠《かす》れた声ごとその場にいる者を全員飲み込まんと、毒液の身体《からだ》が無慈悲に押し寄せた——その刹那《せつな》。

「最上級氷結魔法——《アブソリュート・ゼロ》！」

高らかに声が響くと同時、異変が起きた。

クロスたちへと襲いかかろうとしていた毒の壁が、突如として凍り付いたのである。

しかし動きが止まったのは毒の壁だけ。

胴体から生えた無数の首は表皮に霜を散らして動きを鈍らせながらもお構いなしに動き回

り、巨大な首はクロスたち目がけて勢いよく落ちてくる。

「オラアアアアアアアアアア!!」

と、天を覆うような巨大な首に、赤髪の人影が激突した。

凄《すさ》まじい衝撃が発生し、クロスは「うわあああああっ!?」と群衆の殺到するあたりまで吹き飛ばされる。「一体なにが!?」と慌てて顔を上げた。

するとあろうことか赤髪の人影が巨大な首を空中で捕まえて動かないよう押さえ込んでおり、金髪の人影から怪物に放出され続ける凄まじい冷気がその膨張を阻止していた。

「……っ!?」

クロスはその光景に唖然《あぜん》とする。

(空に浮いてる女の人が二人……いや三人だけでアレを食い止めてる……!?)

ポイズンスライムヒュドラの出現よりも遙《はる》かに非現実的な展開に、クロスにはなにが起きているのかすらわからない。

だがしかし、これだけはわかった。

なにもできない、何者にもなれない自分なんかとは違う。

吟遊詩人《バード》が謳《うた》う物語の主役のような規格外の傑物たちが、その身一つで巨大なモンスターに立ち向かっているのだと。

＊

「おい金髪のハイエルフ《リュドミラ》！　氷結魔法の出力もっと上がんねえのか！　毒の身体《からだ》が街の連中を飲み込むのは防げたが、首はまだ元気だぞ！　これじゃ体内の核まで凍らねえだろ！」

そう叫ぶのは、異常なまでの身体能力で宙を蹴り、大河のように巨大な首を空中で食い止めている赤髪のドラゴニア《リオーネ》だった。

いまのままではポイズンスライムヒュドラを無力化するのに不十分だと吠える彼女に、杖《つえ》で空に浮く金髪のハイエルフ《リュドミラ》は表情を曇らせながら応える。

「このヒュドラ、想定よりも遥《はる》かに魔防と回復力が高い……！　容易には凍らないし、凍ったそばから回復されて、固められるのは表面だけだ。かといってこれ以上出力をあげれば、その余波だけで凍死する者が出る！」

その言葉に赤髪のドラゴニア《リオーネ》は激しく舌を打つ。

彼女自身、宙を蹴った際の風圧で眼下の人々へ被害が出ないよう気を遣っているがゆえに本気が出せず、首の押さえ込みに苦労していたからだ。

「チッ！　クソウザってえ！　こんなデカブツ、いつもなら回復が追いつかねー速度でぶん殴りまくって終わりだっつーのに！」

「短気を起こすなよ赤髪のドラゴニア《リオーネ》！　近づいてよくわかったが、このヒュドラの毒はやはり相当の劇物だ！　中級職以下の者なら数滴触れただけで即死すると思え！　絶対に砕くな！」

「わーってるよ！　んなことくらい！」

金髪のハイエルフ《リユドミラ》の警告に赤髪のドラゴニア《リオーネ》が荒々しく応える。

金髪のハイエルフ《リユドミラ》の言葉が決して大げさでないことは、ヒュドラの表皮に触れる赤髪のドラゴニア《リオーネ》自身の手のひらがピリピリと痛んでいることからも明らかだった。

頂天職にまで至った龍神族《ドラゴニア》の皮膚に痛みを与える毒。中級職どころか、量によっては上級職にも致命傷を与えるだろうことは想像に難くない。

だからこそ赤髪のドラゴニア《リオーネ》はこの巨大な首を豪快に殴り飛ばすこともできず、ストレスの溜まる足止めに徹さざるを得なくなっていたのだ。

このままではどう考えてもジリ貧。となれば、

「おい黒髪のノーライフキング《テロメア》！　そっちはどうだ！」

「ん～。やっぱりわたしの嫌がらせスキルは不定形の超回復持ちとは相性が悪いかなぁ。距離もあるし、あんまり効いてないっぽいね～」

と、赤髪のドラゴニア《リオーネ》の呼びかけに応えたのは、金髪のハイエルフ《リユドミラ》の杖に片手でぶら下がっていた黒髪のノーライフキング《テロメア》だ。

黒髪のノーライフキング《テロメア》はポイズンスライムヒュドラにかざした手のひらからなにかおどろおどろしいものを放出しながら器用に肩をすくめる。

「う〜ん、こうなってくるとぉ……」

「うむ、あまり気は乗らないが、これしか手はないな」

黒髪のノーライフキング《テロメア》の言葉に金髪のハイエルフ《リユドミラ》が頷《うなず》いた、次の瞬間。

ゴオオオオオッ！

金髪のハイエルフ《リユドミラ》が一切の躊躇《ちゅうちょ》なく、黒髪のノーライフキング《テロメア》の背中に強力な火炎魔法をたたき込んだ。《アブソリュート・ゼロ》と並行して放たれた強力な炎の槍《やり》は黒髪のノーライフキング《テロメア》を巻き込んだまま、凍結したヒュドラの胴体に突き刺さる。

ジュワッ！　ドグシャ！　凍っていたヒュドラの体表がその部分だけ溶け、同時に炎の槍とともに打ち出された黒髪のノーライフキング《テロメア》の下半身がヒュドラの体表にめり込んだ。

当然、そんな無茶苦茶をされた黒髪のノーライフキング《テロメア》の全身は無惨に焼け焦げ骨も何ヶ所か折れていたのだが、

「よ〜し、無事着陸〜」

治癒魔法を使ったわけでもないのに、その大怪我《けが》は即座に完治。

黒髪のノーライフキング《テロメア》は下半身全体がヒュドラの毒に蝕《むしば》まれて白煙をあげても、自分の周囲が再び凍り付いても平然としつつ、

「あはっ。やっぱりヒュドラ系にはこのやり方が一番効率的だよねぇ。……嫌がらせスキル、全解放」

その両手からヒュドラの体内へ直接、あらゆる邪法スキルを一斉にたたき込んだ。

『ギイイイイイイイイイイイイイイイイイッ!?』

状態異常、ステータスダウン、その他諸々。邪法と呼ばれるあらゆる嫌がらせスキルが周囲に被害が及ばないよう出力控えめに、しかし最早まともな手段では解除できないほどに重ねがけされていく。

自らが毒液の固まりであるはずのヒュドラがその毒に苛《さいな》まれ、断末魔のような悲鳴をあげる。

だがそれだけでは絶命には至らない。それどころか、

『オオオオオオオオオオオオオオオオオオオッ!!』

自らの生命を脅かす強敵を前に、ヒュドラの胴体から生える無数の首が一斉に動いた。

それぞれの龍頭が大きく顎《あご》を開き、その口腔《こうくう》にエネルギーを溜めていく。

やがて赤髪のドラゴニア《リオーネ》、金髪のハイエルフ《リュドミラ》、黒髪のノーライフキング《テロメア》、そして眼下の街を狙って放たれたのは、その数五百に及ぼうかという長大なブレス。

火、水、風、土、それぞれの首が異なる属性のブレスを周囲一帯にまき散らした。

一発一発が凄《すさ》まじい威力を内包した、規格外の範囲攻撃だ。

だが、

「全基本属性での攻撃か、こしゃくな！　四重魔術師《オールメイジマジック》スキル《エレメント・バレッド》！」

ヒュドラを見下ろせるほどの高さまで高速飛翔した金髪のハイエルフ《リュドミラ》が、上空からその数五

百に及ぼうかという魔法攻撃を打ち出し、ヒュドラの放ったブレスを相殺した。

ドガガガガガガン！　バスクルビアの上空で凄《すさ》まじい閃光《せんこう》がはじけ、超常的な魔力のぶつかり合いが激しい衝撃を生み出す。

そしてその人知を超えた弾幕合戦はいつまで経っても終わらない。

ヒュドラは相殺されるそばから新たなブレスを打ち出し、金髪のハイエルフ《リュドミラ》も人族とは思えない魔力量と集中力でそのすべてを打ち消し続けていたからだ。

「やあああああああっ」

と、そんなこの世の終わりのような攻防が続くなか、黒髪のノーライフキング《テロメア》は誰にも邪魔されることなく邪法スキルを流し込み続ける。

そしてある閾値《しきい》を超えた瞬間、ソレは起こった。

その現象は体内に流し込まれる自分の身体《からだ》以上の〝猛毒〟に拒絶反応を起こし、ヒュドラの本体である再生核が逃げ惑うことで引き起こされる誤作動。

そう、本来なら体内を高速移動し続けるはずの再生核が、体外へと露出するのである。

邪法スキルを流し込まれ続けたヒュドラの体表に洞窟のような穴が開き、その中で宝珠のような核が光る。黒髪のノーライフキング《テロメア》たちの狙いどおりに。あとはこれを破壊するだけだ。

……しかし実はこのヒュドラ討伐法には一つだけ大きな欠点があった。

ヒュドラの体内で高速移動する核は、邪法スキルを流し込まれた時点で最も近い体表に露出する。つまり核がどこに出現するのかは、完全な運任せになってしまうのだ。

そのため運がない場合……

「あー、なんか変なとこに出ちゃった……」

「首のあたりにでも出てくれりゃあいいものを、やっぱそう上手くはいかねーか……！」

黒髪のノーライフキング《テロメア》と赤髪のドラゴニア《リオーネ》が眼下を見下ろして声を漏らす。

核が露出したのは、ちょうど三人の攻撃可能範囲から外れた死角。

再開発区近くの大通りを飲み込もうとしていた毒液の壁、そこに地表と接するかたちで洞窟のような穴が開いていたのだ。

三人の位置からは穴の端が見えるくらいで、その奥で光る核は角度の問題で視認できない位置にあった。

本来であれば、黒髪のノーライフキング《テロメア》は邪法スキルを全開にしたまま毒の体内を力任せに泳ぎ核を破壊しに行っただろう。だが今回は体表が凍っており、破片をまき散らすわけにもいかないのでそれは不可能だった。

赤髪のドラゴニア《リオーネ》は一瞬で大量の命を飲み込むだろう巨大な首を手放せない。彼女の身体能力であれば刹那《せつな》のうちに核まで移動することは可能だが、人口の密集した場所にそんな速度で突っ込めば衝撃で周囲が爆散。甚大な被害が出てしまう。

こういうときに頼りになる遠距離攻撃持ちの金髪のハイエルフ《リュドミラ》に至っては、三人の中で最も多忙だった。

なにせヒュドラの直上で《アブソリュート・ゼロ》を継続発動する傍ら、無数の首が放つ多属性ブレスの嵐を相殺し続けているのだ。次にどの首がどの属性を放つか瞬時に把握し、ちょうど打ち消し合う威力、属性で応戦する。ブレスを放つ首を破壊して破片をまき散らすわけにもいかず、一発のミスも許されない状態で繰り返される相殺合戦。

もちろん不測の事態に備えて余力は残しているが、目視できない位置にある的を狙う余裕などありはしない。

そうした各々の事情が重なり、三人は核を破壊することができないでいるのだった。

だが幸いにも、ここは冒険者の聖地。そして核が露出したのは地表と接する部分。

だから赤髪のドラゴニア《リオーネ》は三人を代表して地上へと叫んだ。

「その核を適当に剣でぶっ叩くだけでいい！　あたしらが抑えてるうちにトドメ刺せ!!」

他の連中にトドメを託すのは正直プライドが許さないが（ゆえにこのやり方は気が進まないと金髪のハイエルフ《リユドミラ》は漏らしていたのだが）、いまは四の五の言っている場合ではない。

「わ、わかった！」

それまで人族の域を超えた戦闘に圧倒されるだけだった冒険者たちが赤髪のドラゴニア《リオーネ》の言葉を受け、群衆の中から一斉に飛び出した。あの化け物にトドメを刺したのだという手柄を狙い、彼らは手に手に武器をもって我先にと核へ走る。

ポイズンスライムヒュドラはその危険度《リスク》に反し、本体の核は非常に脆《もろ》い。

毒の身体《からだ》に守られている状態ならいざ知らず、完全に露出している核など武器さえあれば子供でも簡単に破壊できるような強度でしかなかった。現役の冒険者たちにかかれば、それこそひとたまりもないだろう。

「ったく、手こずらせやがって。だがまあこれでどうにか――」

と、赤髪のドラゴニア《リオーネ》が勝利を確信して呟《つぶや》いた、そのときだった。

突如として街のど真ん中に出現した超巨大な危険度《リスク》9のモンスター――その異例ずくめの存在が、本当にあり得ない行動に打って出たのは。

『オオオオオオオオオオオオオオッ!!』

追い詰められたヒュドラがひときわ強く鳴いた瞬間、ボゴォ！　核を守るようにして、毒液の触手が地面を割って現れた。さらにその直後――コオオオォ……ッ
ヒュドラの胴体から幾筋もの光が打ち上がる。

街への直接攻撃ではなかったために金髪のハイエルフ《リュドミラ》が躊躇《ちゅうちょ》した刹那《せつな》、打ち上がった光が空に描くのは巨大な魔方陣。

直後、街に降り注いだ禍々《まがまが》しい光に、黒髪のノーライフキング《テロメア》が目を見開いた。

「……!?　これ、超広範囲の嫌がらせスキルだよぉ!?　効果は……全ステータス低下!?」

それはポイズンスライムヒュドラが隠し持っていた凶悪なスキル。

有効射程が広範囲にわたるだけあって黒髪のノーライフキング《テロメア》たちレベルの実力者には大した効果もないが、ヒュドラと実力差のある街の住人や冒険者への影響は甚大だった。

「あ……うぐ……!?」

急激に重くなった身体《からだ》、剣を握る手から抜ける力。恐らく防御力も致命的なまでに低下しているだろう。そんな彼らの前には何本もの触手が核を守るようにうねっており、急激にステータスの下がった彼らに二の足を踏ませていた。

だがそのほとんどが中堅とはいえ、それなりの修羅場を乗り越えて来た冒険者たちだ。

何人かの近接職が触手をかいくぐりながら果敢に核を目指そうと走るのだが――ヒュドラの切り札は触手でもステータス低下の広範囲スキルでもなかった。

ボゴォ！　ボゴォ！　耳障りな音を響かせてヒュドラの身体にうがたれるいくつもの孔《あな》。それがまるで呼吸でもするかのように大きく息を吸い込んだ、次の瞬間。

『――ゴオオオオオオオオオオオオオオオオッ!!』

街全体を震わせるようなモンスターの獣声が轟《とどろ》いた。

だがそれは、いままでヒュドラがまき散らしていた無意味な鳴き声とはわけが違う。

膨大な魔力の乗った一撃。

スキル名《咆哮《ハウル》》

食らった相手を恐怖による錯乱と強制停止に追い込むその効果は、相手との実力差《ステータス》があればあるほど増していく！

「「「「う、あああああああああああっ!?」」」」

赤髪のドラゴニア《リオーネ》たちの活躍により平静を取り戻しつつあった群衆が、一瞬にして恐慌状態に陥った。

「「「……っ!?」」」

ステータス低下のスキルと同様、赤髪のドラゴニア《リオーネ》たちには《咆哮《ハウル》》など毛ほども効いていない。だがその表情は明らかな焦りに歪んでいた。

「ポイズンスライムヒュドラが超広範囲のステータス低下に高レベルの《咆哮《ハウル》》だぁ……!?」

愕然《がくぜん》と呟《つぶや》きながら赤髪のドラゴニア《リオーネ》が眼下に目を向ける。

失禁、嘔吐《おうと》、錯乱、悲鳴。

子供や生産職はおろか、先ほどまで果敢に核を狙っていた戦闘職までもが全員武器を取り落とし、へたり込んで自失に陥っていた。

核へのトドメどころか避難さえままならない。

いまにもパニックで死人が出かねない状況だった。

どう対処すればいいのか、焦りで顔を歪めながらも三人が頭を巡らせる――そのときだった。

屋根の上を白銀の影が走り抜け、赤髪のドラゴニア《リオーネ》たちの直下へと駆けつけた。

「状況は把握しています！　私がトドメを！」

それは赤髪のドラゴニア《リオーネ》たちの苦戦を察知したサリエラ学長が途中で作戦を変更してよこした破格の援軍。

Ａ級冒険者の中でも突出した速度でこの場に到着したエリシア・ラファガリオンだった。

まだ発展途上であるためステータス低下の影響を強く受けてはいるが、触手で守られるだけの核を破壊するのにはなんの支障もない。

「――フッ！」

屋根から飛び降りたエリシアは息を吐くと、一直線に核へと迫る。

切っても復活し、なおかつわずかな破片でも周囲に致命的な被害を与えるだろう触手は回避一択。無駄な労力をかけることなく最短で戦場を突き進む。

が、そのとき。

ドゴオオオオオオオオオオオッ！

「っ！」

大通りに軒を連ねる石造りの建物を土台から吹き飛ばすようにして、何本もの触手が生えてきた。触手自体は大した脅威ではない。問題は、倒壊する建物のほうだった。

落下地点に、錯乱した人々が大量にうずくまっている。

これが一人や二人であれば速度に任せて救助できただろうが、何十人もの人間が固まっていてはそれも叶わない。ゆえにエリシアはやむなく、そして迷うことなく、人々と崩落する建物の間へと割って入った。

「スキル――《斬塵無尽《じんおうむじん》》！」

空中に躍り出たエリシアが目にもとまらぬ速度で二本の刀を振るう。

瞬間、石造りの建物は砂利のような細かさになるまで執拗《しつよう》に切り刻まれた。

細かく刻まれた石材は剣圧によって吹き飛ばされ、錯乱する人々には怪我《けが》一つない。

だが――その代償は決して安くはなかった。

「なっ!?　しまっ――」

ステータスが低下した状態で大技を繰り出したことによる技後硬直。いまのエリシアではまだ身動きのとれない空中という不利なフィールド。そしてその瞬間を狙っていたかのようにエリシアの真下から新たに出現した複数の触手。

いくつもの要因が重なったことによる不可避の攻撃がエリシアを捉えた。

「くっ!?　ああああああああああっ!?」

毒の触手が何十本と集まってエリシアを捕縛し、ギリギリと締め上げる。その真っ白な肌から焼けるような臭いと白煙が上がり、エリシアの口から絹を裂くような悲鳴が響いた。

「勇者様ぁ!?」

《咆哮《ハウル》》によって錯乱状態にあった人々が勇者の危機を前にさらなる恐慌状態に陥り、悲鳴を連鎖させていく。

と、その核破壊失敗に伴う叫喚《きょうかん》を耳にした赤髪《リオーネ》のドラゴニアたち三人からも街の人々に劣らない悲痛な悲鳴があがった。

「「「っ!?　勇者が女ぁ!?」」」

なにかの間違いかと耳を疑う。だがあの年のヒューマンとしては異常な強さ、王家の紋章が刻まれた最上級の装備品、なによりこの状況でサリエラが援軍によこしたという事実から、彼女が勇者の末裔《まつえい》であることはまず間違いなかった。

自分たちの早とちりに気づいた三人は諸々のやる気を著しく損なう。が、

いや待て!　ここで勇者が死んだら街に男が集まってこなくなる!　三人の顔が歪んだ。

(やべぇ……どうする……!?)

そこで初めて、赤髪《リオーネ》のドラゴニアたち三人の中で本気の焦りが生じた。

毒の触手に締め上げられるエリシアの体力はそう長くは持たないだろう。

エリシアを捉える触手を排除しようにも、エリシアの真下から生えて彼女を拘束する半液状の触手を遠距離から正確に排除する手段もいまはない。エリシアの捕まった位置が悪い上に、金髪《リュドミラ》のハイエルフがブレスの相殺にかかりきりで繊細な魔法操作が難しいからだ。

加えて勇者の危機で群衆のパニックは加速の一途をたどっており、時間が経てば経つほど死人が出る確率も上がっていく。

最早ヒュドラを抑えることはジリ貧でしかなく、一刻も早く事態を収拾する必要があった。

だが唯一の援軍であろうエリシアが捕まり、《咆哮《ハウル》》の効果で一帯の人間が全員無力化されたいま、取れる手段は限られている。

こうなれば多少の犠牲は覚悟の上で、自分たちが核破壊のために突っ込むしかない。

だがあの小娘《エリシア》が必死に守った命を無碍《むげ》にするような真似をして、今後気持ちよく弟子探しなど出来るわけが……しかしこのまま手をこまねいていても、待っているのは最悪の結末。

「くっそ……！」

限られた時間の中で、三人が選択を迫られていた——そのときだった。

「う……あぁ……！」

地獄のような怒号と悲鳴が延々と続くその混沌極まる鉄火場に、

「うあああああああああああああああああああ！」

この上なく情けない雄叫《おたけ》びが響き渡った。

7

下がるステータスなどなかったので、超広範囲にわたるステータス低下スキルを食らった時点ではなんともなかった。

だが《咆哮《ハウル》》が放たれたその瞬間から、最弱の少年クロス・アラカルトは完全なる恐慌状態に陥っていた。

「うわあああああああああああああっ!?」

(――ダメだ、死ぬ、死ぬ死ぬ死ぬ死ぬ！　逃げないと！　嫌だ！　誰か助けて！　もうダメだ！　嫌だ嫌だ嫌だ！　怖い怖い怖い！　死ぬ！　殺される！)

喉《のど》が張り裂けそうなほどに叫ぶクロスの胸中であふれかえるのは、どうしようもない恐怖に染まった支離滅裂な懇願と命乞い。

そのぐちゃぐちゃの頭の中に一瞬、「誰かがあの核を壊さないと……」という考えがよぎる。

だが、

(む、無理！　無理無理無理無理！　ステータスオール0の《無職》なんかにできるわけないだろ！　見ろよあの触手を！　少し凍ってて動きは鈍く見えるけど、僕なんか一撃で殺されるぞ！　それが何本も！　だ、大丈夫、ここは冒険者の聖地なんだ、すぐに他の誰かがなんとかしてくれる！　僕なんかが動いても無駄死にで終わりだ！　そんなことより逃げなきゃ！　逃げないと！)

その思考は恐怖の言い訳に埋もれて瞬時に掻《か》き消えてしまう。

《咆哮《ハウル》》の効果は《咆哮《ハウル》》を放ったモンスターとの実力差《ステータス》があればあるほど増大する。

ステータス低下のスキルを食らうまでもなく圧倒的最下層であるクロスは間違いなく、この一帯で最も強く《咆哮《ハウル》》の影響を受け、最悪の恐怖に苛《さいな》まれていた。

《咆哮《ハウル》》を受ける前からへたりこんでいたクロスが走って逃げられる道理などなく、少年は恐怖に打ちのめされたまま無様に地面を這《は》いずり頭を抱えて助けを求めることしかできない。

そうして恐怖に塗りつぶされていた心がわずかばかりの理性を取り戻したのは、その美しい声が響いたときだった。

「状況は把握しています！　私がトドメを！」

地面に倒れ込んだまま顔をあげたクロスの視界に映ったのは、まばゆく輝く白銀の美少女。

こんなにも恐ろしい《咆哮《ハウル》》を受けて、平然と走る若き英雄の姿。

助けが来た。

その事実が少しばかりの安堵《あんど》をもたらし、クロスの心からほんのかすかに恐怖を取り除く。

……そして恐怖が薄れた分だけ戻ってきた理性が、地に這いつくばる無様な自分をようやく客観視した。

「……っ」

また、自分は助けられるだけか。

無様に、惨めに、情けなく地に伏せる自らの姿に、これ以上ない自己嫌悪の念が湧く。

でもきっと、これが現実。

ジゼルやエリシアさんが言うように、どうしようもない僕の限界。

生まれたときから決まっている。誰かに助けられるだけの役立たず。

それが、クロス・アラカルトという《無職》の現実だ。

最弱職のレベル０にできることなど、なにひとつありはしない。

（……でもこれで、誰も死ぬことなくあの怪物は討伐されるんだから）

と、いまだ恐怖に苛《さいな》まれる頭の片隅で、半ば自分を納得させる言い訳のように安堵《あんど》の息を吐いた――そのときだった。

クロスの眼前で、信じがたいことが起きたのは。

石造りの家屋を破壊して地下から現れる触手。倒壊した建物に潰《つぶ》されそうになる人々。駆ける剣閃《けんせん》。その隙《すき》を突かれて捕らわれる勇者。響き渡るのは絹を裂くような少女の悲鳴。

――それは、いつかどこかで見たような光景で。

クロスの双眸《そうぼう》が大きく見開かれる。

「エリシアさん!!」

それまで悲鳴を垂れ流すだけだったクロスの口が、はっきりとその名を叫んでいた。

瞬間、クロスの胸に爆《は》ぜたのは幼い頃の記憶。

それは、いまも脳裏に焼き付いて離れない光景。

故郷の村がモンスターに襲われたあの日、勇者の末裔《まつえい》一行が助けに来てくれるまでのことだ。

モンスターを退けようと必死に戦う大人たち。自分の子供でもないクロスを必死にかばい、全力で戦っていた村の人々。

そしてそんな彼らが次々とモンスターに敗れ倒れていくなか……泣きじゃくるだけでなにもできなかった自分。

それは、いまも思い出すだけでドス黒い後悔が胸中を満たす最悪の記憶だった。

（ああそうだ……だから僕は、こんなにも強くあの人に、エリシアさんに憧《あこが》れたんだ）

あの人みたいになりたいと思った。

けどそれは、ただの強くてカッコイイ冒険者になんかじゃない。

いつも誰かを守ってくれている人がピンチになったとき、それを助けられるくらい強い冒険者になりたいと、僕はあのとき強く思ったのだ。

村が襲われたときみたいに、自分を守るために命がけで戦ってくれた人たちが倒れるのを前になにもできないなんて、あんな気持ちは二度とごめんだったから。

いま、いまみたいに情けなく這《は》いつくばっているだけなんて、絶対に嫌だったから。

――だから。

「……立て……動け……！」

ここで動けなかったら僕は、きっと一生僕を許せない。殺したくなるほど、死にたくなるほど。だったらいまここで、あの人のために死んだほうがずっとずっとマシだ。クソの役にも立たない《無職》の僕が、僕なんかの命を大切にしてなんになるんだ！

だから……動けえええええええええええええええええええええっ！

「う……あぁぁ……！」

地面に落ちた剣を拾い、ガクガクと震える足を引きずる。

「うあああああああああああああああああああ！」

口から漏れるのは恐怖に染まった噴飯物の情けない雄叫《おたけ》び。

踏み出す一歩はいまにも倒れてしまいそうなほどに頼りない。

だが。

世界最弱の少年はそのとき確かに、この場でただ一人。

そのレベルで耐えられるはずのない恐怖をはねのけ、怪物の懐へとひた走っていた。

＊

「……っ！　骨のあるやつがいるじゃねえか！」

一足遅れて到着した勇者の護衛かなにかだろうか。

恐慌を来してヒュドラから逃げ惑う群衆の中でただ一人、あの《咆哮《ハウル》》をはねのけて走る一人の男を見つけ、赤髪《リオーネ》のドラゴニアは荒々しい笑みを浮かべた。

一時はどうなることかと思ったが、触手が勇者に集中しているいま、勇者の護衛が援軍に来たなら勝利は固い。赤髪のドラゴニア《リオーネ》は先ほどまでの焦燥を沈めて密かに息をつく。

……だが、一息ついて冷静にその男を見てみると、明らかになにかがおかしかった。

いくらステータス低下の影響を受けているといっても動きが遅すぎるし、なにより情けなさすぎる。腰は引けているし体捌《さば》きはなっちゃいないし、挙げ句の果てに子供のようなわめき声まで上げている。……いや、実際ガキだ。

まるで今日の豊穣祭で《職業《クラス》》を授かったばかりのように幼い。

一体なんなんだあいつは……と赤髪のドラゴニア《リオーネ》はほとんど反射的に上級共通スキルである《下位鑑定》を発動させたのだが……彼女はそこで信じられないものを見た。

種族：ヒューマン　年齢：14
職業：無職
レベル：0
ステータス：オール0

「……!?　ああ!?　なんだあのガキ!?　《無職》!?」

何度《鑑定》し直しても変わらず視界に浮かび上がる数値、そして《職業《クラス》》に赤髪のドラゴニア《リオーネ》は愕然《がくぜん》と目を見開く。だが次の瞬間には即座に意識を切り替え、全力で叫んでいた。

「金髪《リュドミラ》のハイエルフ！　黒髪《テロメア》のノーライフキング！　援護だ！　あのガキを全力で守れ！」

「信じられん、なんだあの子供は……!?」

「うぇえ!?　すぐ死んじゃうよあんなのぉ」

赤髪《リオーネ》のドラゴニアに言われるまでもなく、彼女と同様に鑑定スキルで少年のあり得ない弱さを把握していた二人が即応する。

これは恐らく、犠牲を払わずにヒュドラを打ち倒す最後の機会。

そう確信した金髪《リュドミラ》のハイエルフと黒髪《テロメア》のノーライフキングがそれぞれのスキルを発動させた。

＊

「あああああああああああああああっ！」

ただひたすらに、がむしゃらに突き進む。

身体《からだ》が重い、剣が重い。ヒュドラの核はまだ遠く、ステータス０の身体では彼我の距離はまったくもって縮まらない。

その上クロスの眼前に迫るのは、触れればそれだけで彼を死に至らしめる毒で構成された複数の触手だ。

「うわあああああああああああっ！」

恐怖で泣き出しそうになりながら、氷結と邪法スキルで動きの鈍った触手の攻撃を避ける。

一度、二度、地面を転がり全身をすりむきながら、なんとかギリギリ生きている。

しかし幸運はそう何度も続かない。立ち上がり再び走り出したクロスの眼前に、避けようのない一撃が見舞われた。が、次の瞬間。

バギィ！

「……っ!?」

クロスに迫る触手が上空から飛来した冷気で瞬時に凍り付く。

さらに別の触手は上空から降ってきた禍々《まがまが》しい空気に触れると麻痺《まひ》したように動かなくなった。

それは上空でヒュドラを抑える世界最強たちからの援護。

しかしいまのクロスには援護に感謝する余裕も、そもそもそれが援護だと認識する余裕もない。ただひたすら触手を避け、核を破壊する。それだけを胸に恐怖で折れそうになる心を必死に補修し、無我夢中で突き進んでいた。

多くの触手は上空からの援護が防ぎ、建物の影などに隠れて援護が届かない箇所はクロスがなんとか自力で切り抜ける。

と、クロスが確実に核との距離を縮めていたとき、触手の一部が不穏な動きを見せた。

半ば凍っていた触手の先端がかたちを変え、口腔《こうくう》のようなものが形成される。そして、

『オオオオオオオオオオオオオオオオオッ！』

「アアアアアアアアアアアアアアアアアッ!?」

クロスのすぐ近くから放たれる複数の《咆哮《ハウル》》。

許容量を遙《はる》かに超えた恐怖がクロスの理性をぐちゃぐちゃに破壊し、胃袋の中身をすべてぶちまける。失禁したかもしれない。だが、

「ぐ、うううううううううううっ！」

止まらない。最早その身体《からだ》は魔力で作り出された仮初めの恐怖などには屈さない。

もっと恐ろしいことを知っている。大切な人をモンスターに蹂躙《じゅうりん》される恐怖が、なにもできない惨めさが、後悔が、理性よりもずっと深い部分に刻まれている。

半ば自失状態にありながら、それでもステータスオール0の身体をただ前へ前へと押し進め
――たどり着くのは毒の壁にうがたれた洞窟。その中央に光るのは怪しく光る怪物の本体。

「あ、れか……！」

迷うことなくクロスはその洞穴へと突き進む。

最早上空からの援護にも頼れないその洞窟へと侵入したクロスは、目標目がけて最後の力を振り絞るように剣を振り上げる――そのときだ。

ひゅん！

狭い洞窟の中で、最後の抵抗を試みるかのように一本の触手が空を切った。

上空からの援護はもうここには届かない。クロスの身に確実な死が迫る。それを察したクロスの視界に写るすべてのものの速度が急激に遅くなる。触手がクロスに致命傷を与えるのは間違いなかった。だが、

「いまさら……っ！」

クロスは触手を避けることなどしなかった。避けようとさえしなかった。

「そんなことで止まれるかああああああああああっ！」

絶叫。クロスは防御や回避などすべてかなぐり捨てる。ステータス０の自分が中途半端なことをすれば、核を破壊できないかもしれないからだ。そして攻撃にすべてを込めるように剣を振り抜き――吹き飛ばされた。

腰から下の感覚が完全に消失する。なんの防御姿勢もとらずに攻撃を受けたクロスの身体《からだ》は大きく飛ばされ、何度も地面を転がり全身を殴打。下半身どころか全身の感覚が消えていく。

そうして意識さえ朦朧《もうろう》としていくなか、

『オオオオオオオオオオ――……』

自らの命さえ省みずに放たれた最弱の一撃は、確かに実を結んでいた。

全身を凍り付かせ、無数の首から触手の一本に至るまで完全に動きを止める怪物。

そして核を失ったヒュドラは世界最強クラスの魔導師が放つ冷気に耐えきれず、毒液の身体をまき散らすこともなく消失していった。

《咆哮《ハウル》》の効力も消え、街の人々は恐怖から解放された反動で気絶するかのように倒れこむ。

そんななか、

「おい大丈夫か⁉　……ちっ、下半身が消し飛んでやがる、おい黒髪《テ》の《ロ》ノ《メ》ーライフキング《ア》！　すぐ回復してやれ！」

先ほどまで上空で戦っていた三人の美女がクロスの元に駆けつける。

「おいしっかりしろ！　触手が少し凍ってたのと、お前の身体が弱っちくてすぐ吹き飛んだおかげで毒は回ってねぇ！　死んでなきゃどんな怪我《けが》でも治してやれるから気をしっかり――」

と、黒髪《テロメア》のノーライフキングが尋常ではない魔力の内包された回復魔法を発動させる傍ら、赤髪《リオーネ》のドラゴニアがクロスのすぐ横に膝《ひざ》をついて呼びかけていたのだが、

「エ……さんは……」

「あ……？」

「エリシアさんは……無事ですか……⁉」

「……⁉」

瀕死《ひんし》のクロスが開口一番に絞り出した言葉に、赤髪《リオーネ》のドラゴニアが瞠目《どうもく》した。

そして困惑するように背後を指さす。その先では、

「君は、さっきの……⁉」

ボロボロで倒れるクロスの姿を認めたエリシアが、泣きそうな顔でこちらに駆け寄ってくる

ところだった。毒の触手にやられて怪我《けが》は多いが、命に別状はなさそうだ。あれなら少々腕の良いヒーラーの世話になるだけですぐ全快するだろう。

（間に合ってよかった……。ああ、けどやっぱり……そんな怪我を、そんな顔をさせないくらいの力《スキル》が……欲しかったなぁ……）

命にかかわる大怪我に加え、無事だったエリシアの姿を見て一気に気が抜けたのだろう。

クロスは安堵《あんど》したように息を吐くと、一抹の願いとともに、その意識を手放した。

＊

「ごめんなさい……！　私、あなたに八つ当たりで酷《ひど》いことを言ったのに、こんな……！」

怪我を押してクロスの傍らに駆け寄ったエリシアは半泣きになりながら、下半身を欠損して意識を失ったクロスのもとに跪《ひざまず》き、何度も謝罪の言葉を繰り返す。

その傍らでは黒髪のノーライフキング《テロメア》がデタラメな威力の回復魔法を使ってクロスの身体《からだ》を修復し、金髪のハイエルフ《リュドミラ》が治療を補助するように手持ちの最高級ポーションを振りかけていた。

そうしてどうにか命を繋《つな》ぐクロスを見下ろしながら、赤髪のドラゴニア《リオーネ》がぼそりと呟《つぶや》く。

「勇者の付き人でもねぇ《無職》が、あの状況で飛び出して自分の命は二の次……ははっ、イカれてやがる」

続けて赤髪《リオーネ》のドラゴニアは自嘲するように自らの頬《ほお》を掻《か》き、

「ったく。あたしも焼きが回ったな。……よりにもよって、こんな才能ねーやつ育てたくなっちまうなんて」

と、半ば愚痴をこぼすようにぼやきながら、しかしはっきりと口角をつり上げ、

「「「見つけた」」」

赤髪《リオーネ》のドラゴニアだけではない。

世界最強の称号をほしいままにする三人の声が、そのとき確かに重なったのだった。

8

ソレはいつものように、誰にも気取られることなく少年の内側へと侵入を果たしていた。

ソレは自らの力を発揮するため、少年の奥へ奥へ……魂と呼ばれる深淵へと容易に入り込んでいく。だが、

――……ッ!?　ナンダ、コノ才能ノ欠片《かけら》モナイ個体ハ……!?

ソレは困惑した。

侵入を果たしたその少年の中にはおよそ才能と呼べるものが一切なく、ソレが力を発揮するための足がかりすら存在しなかったからだ。こんなことは初めてだった。だがソレは初めての事態にもかかわらず、本能的に自らの結末を悟る。

――マズイ……コノママデハスグニ消エテシマウ……！

それだけは避けなければ。

ゆえにソレは、やむを得ず緊急手段をとることにした。

足がかりとなる才能がないなら、作ればいい。

ただしそれは自らの力を使った仮初めの才。ソレの安定は望めず、あくまで消滅を先延ばしにするだけの対症療法に過ぎない。だがそれでもいますぐ消えるよりはずっとマシだった。

瞬間、ソレは膨大な魔力を振り絞る。

異質な魔力は少年の中で渦を巻き、彼の強い願望を核に形を成す。

そうしてどうにか消滅を免れたソレは、半ば力尽きるかのように少年の中で眠りにつくのだった。器が破壊されない限り決して覚めることのない、深い眠りに。

＊

「あ……れ……？」

生きてる……？

意識を取り戻したクロスの脳裏にまず浮かんだのは、自分が生きていることへの疑問だった。

「ここは……？」

次に浮かんだのは、いま自分がいる場所への疑問。

あれだけの大怪我《けが》をしたのが夢だったかのように痛み一つない身体《からだ》を起こすと、そこは木造の広い一室だった。さらにクロスが横たわっていた寝床は藁《わら》を重ねたような簡素なものではなく、おそらくは羊毛の使われた高級品。ここが孤児院でないことは明らかだった。

意識の戻ったばかりのクロスが戸惑っていると、

「お、やっと気づいたか」

「え……？」

すぐ横から声がかけられた。

「テロメアの回復魔法は完璧だったのに、いつまで経っても起きねーから心配してたんだぞ」

そう言ってクロスの枕元で上機嫌に笑う女性に、クロスは激しく動揺した。

なにせその女性が、凄《すさ》まじい美人だったからだ。

頭から生える二本の角からして、竜人族《ドラゴニユート》だろうか。気っ風の良い勝ち気な表情が似合う整った容姿、野性味を感じさせる胸元まで伸びた荒々しい赤髪。出るところはしっかり出ている引き締まった肉体を適度に露出する動きやすさ重視の服装は、クロスには刺激が強すぎてどこを見ればいいのかわからなかった。

そんな美人が意識を取り戻してすぐ目の前にいたものだから、クロスは顔を赤くして狼狽《ろうばい》し、

「あ、あの、ええと、お姉さんは……？」

「ん？　ああ、そうか。自己紹介がまだだったな。あたしはリオーネ・バーンエッジ。種族は龍神族《ドラゴニア》で、いちおうS級冒険者をやってる」

「ド、龍神族《ドラゴニア》のS級冒険者!?」

女性――リオーネの口から飛び出た信じがたい単語に、クロスの意識が一気に覚醒《かくせい》した。

なにせ龍神族《ドラゴニア》といえば、竜人族《ドラゴニュート》の完全上位種族。人族の中で最も近接戦闘に長けると言われる、世界三大最強種の一角なのだ。

さらにS級冒険者といえば、世界に九人しか存在しない世界最強の称号である。

にわかには信じがたい話にクロスが言葉を失っていると、

「ほら、証拠だ」

リオーネがステータスプレートを差し出す。そこには種族や名前、《職業《クラス》》にステータスといった部分的な情報がリオーネの意思によって表示されており、

「……!?」

見たこともない数字と伝説級の《職業《クラス》》にクロスは絶句する。

同時に、クロスは気絶する直前のことを思い出した。

（そうだこの人……あのとき倒れてた僕のところに、空から降ってきた人じゃないか……！）

あのときは意識が朦朧《もうろう》としていた上にエリシアのことだけが気がかりで気づかなかったが、空から降ってきたということはすなわち、あの毒の怪物を食い止めていたということ。

このリオーネという女性は、たった三人であの化け物を抑えていたうちの一人だ。

偽造不能のステータスプレートに表示された情報もあわせ、クロスは目の前の美女が本物のS級冒険者であるとようやく認識する。

そしてそんな生ける伝説にして年上の超絶美人がこんな近くにいるという事実に頭の中が一杯一杯になり、

「な、なな、なんでそんな凄い人が僕なんかに……!? てゆーかそもそもここってどこなんですか!? あ、そうだ!? 街は一体あのあとどうなって……!?」

「まあ落ち着けって。一から説明してやっから」

混乱するクロスに、リオーネは事の顛末《てんまつ》をかいつまんで説明してくれた。

ポイズンスライムヒュドラによる街の被害は再開発区の崩壊だけで済んだこと。

その裏で起きていた大規模な突発性魔物暴走《スタンピード》も無事に掃討され、バスクルビアへの人的被害はほとんど0に抑えられたこと。

しかし怪我人《けがにん》はかなり多く教会が満員であるため、重体だったクロスはリオーネたちがバスクルビアの拠点として買い上げていたこの家に運び込まれたこと。

事件から丸一日が経ち、冒険者の聖地はさすがのたくましさで早くも平穏を取り戻しつつあること等々――狼狽《ろうばい》するクロスを落ち着けるようにゆっくりと。

そしてリオーネは最後にニッと笑いながら、

「街の被害がこんだけ少なくすんだのは、間違いなくお前があそこで飛び出してくれたおかげだな。《咆哮《ハウル》》の影響でほとんどのヤツがお前の活躍を覚えてねーけど、誇っていいと思うぜ」

「そ、そんな……っ、あのときはただヤケクソで、そもそもリオーネさんたちがいなかったら僕なんてなにもできなかったし……」

と、謙遜――というより卑屈なその言葉を遮るように、リオーネがクロスの頭に手をおいた。

「いや、大したもんだよお前。《無職》のくせにやるじゃねーか」

「……っ！」

冒険者の頂天からかけられた本心からの言葉に、クロスは思わず泣きそうになる。

今回はたまたま運が良かっただけ。条件が色々と重なって活躍できただけ。冒険者を目指すなんて、分不相応の夢物語だ。

けど、そう言ってもらえただけで……とクロスが押し黙っていたところ、

「……あー、で、だな。……クソっ、なんかいざ言うとなると妙に恥ずかしいもんだな……」

それまで歯切れ良く話していたリオーネが、急にもごもごと声を詰まらせ落ち着きをなくす。

クロスが不思議そうにしていると、やがてリオーネは思い切ったように、

「お前さ、あたしの弟子になれよ」

はっきりとそう口にした。

「…………え？」

「学長《サリエラ》から話は聞いた。お前、冒険者学校を退学になったんだろ？　どうせ行く当てもねーんだろうし、孤児院に残ってても気まずいだろ。だったらあたしのとこに来いっつってんの」

「……!?　僕が、S級冒険者の弟子に……!?」

リオーネの言葉にクロスは固まった。

しかしそれも無理はない。《無職》などという最弱無能職を授かりほとんど夢を諦《あきら》めていたところに、いきなりS級冒険者から認められて弟子入りを提案されたのだ。

それは往々にして衣食住をともにするということをも意味し、現にリオーネの口ぶりは行き場を失っていたクロスを拾う気満々だった。

そんなあまりに都合の良い展開に、これはいよいよ死後に見ている夢なのではとクロスが困惑していた、そのときである。

「リオーネ！」「リオーネちゃん！」

「っ!?」

ドゴオオン！　扉を吹き飛ばし、部屋に二人の女性が突っ込んできた。

「リオーネ、まさか貴様に抜け駆けなどという知性があったとはな……！」

「そうだよぉ、看病は順番、目を覚ましたらすぐ知らせるって約束だったよねぇ……!?」

「ちっ、気づきやがったか……！」

「え!?　え!?」

いきなりの展開にクロスが混乱を深めるなか、突如乱入してきた新たな美女二人はリオーネを押しのけんばかりの勢いでクロスに詰め寄り、

「リオーネの弟子などやめておけ、人生を棒に振るぞ。私はリュドミラ・ヘィルストーム。ハイエルフの《災害級魔導師《アークウイザード・デイザスター》》でＳ級冒険者をやっている。冒険者を目指すならモンスターの殲滅《せんめつ》に長けた魔導師一択だ。ここは私の弟子になるのが最も合理的な選択といえる」

理知的で上品な雰囲気をまとう耳の長いスレンダーな美女、リュドミラがそう言えば、

「なに言ってるのぉ？　クロス君は《無職》でレベルが上がらないんだから、絡め手に特化した戦い方が性に合ってるよぉ。あ、わたしはテロメア・クレイブラッド。最上位吸血族《ノーライフキング》の《終末級邪法聖職者《ダークプリースト・ハイエンド》》で、Ｓ級冒険者なんだぁ。わたしに弟子入りするのが絶対君のためになるよぉ」

服の上からでも隠しきれない豊満な身体《からだ》をベッドの上に乗せた退廃的な雰囲気の美女、テロメアが負けじとクロスに言いつのる。

「え？　え？　えぇ!?」

クロスの混乱は頂点に達した。

突如として増えたリオーネ級の美女がリオーネと同じく世界三大最強種を名乗り、S級冒険者として自分を弟子に勧誘してきたのだ。

いくらなんでもあり得ない。そもそも世界に九人しかいないS級冒険者のうち三人が一堂に会してたった一人を弟子に勧誘するなどどんな確率だ。

けどよく見ればこの二人もまた、あのときリオーネとともに空から降ってきた人物で――

とクロスが固まっていたところ、

「てめえら割り込んでんじゃねーぞ！　まずはあたしの勧誘の返事がすむまで大人しく待ってやがれ！　はっ、まああたしがフラれるなんてありえねーけどな」

「抜け駆けしようとした分際でふざけたことを抜かすな！　貴様のような人格破綻《はたん》者に弟子などまだ早い！　ふっ、やはり話し合いなど無駄だな、クロスは私が育てる、異論は認めん！」

「は～、面倒くさいなぁ。二人ともわたしがクロス君を勧誘し終えるまでちょっと黙っててくれない……？　スキル――」

「ああ!?　てめえやる気かテロメア！　そっちがその気なら、スキル――」

「面白い、こうなったら今度こそ貴様ら二人とも消し炭にしてくれる、スキル――」

（えええええええええっ!?）

と、瞬く間に一触即発どころかすでに爆発しはじめている最強クラス三人の修羅場に、それまで固まっていたクロスの本能が全力で警戒を発した。

なにをそんなに揉《も》めているのかわからないが、これだけはわかる。

このまま放っておいたら、ヒュドラが暴れ回る以上の大騒ぎになる――！

と、凄《すさ》まじい殺気と魔力をまき散らしてにらみ合う三人へ、クロスはほとんど反射的に割り込んでいた。

「あ、あの！」

そして頭に浮かんだ折衷案をとっさに口にする。

「じゃあ、全員の弟子というのは……どうでしょうか……？」


ぴたっ。

瞬間、睨《にら》み合いをやめた三人はオロオロと視線を巡らせるクロスの顔を見つめ、

（……確かに言われてみれば、《無職》は全《職業》《クラス》の基礎スキルを習得できるっつー話なんだから、そっちのほうが強い男に育ちやすそうだな……）

（私がこいつらに女としての魅力で負けるはずがない。となれば他の二人に育成だけ協力させて、〝収穫〟という一番美味《おい》しい部分は私一人で独占できることになるな……）

（クロス君って、なんかあのエリシアって勇者の末裔《まつえい》にお熱な気配があるんだよねぇ。三人がかりならあの子のことを忘れさせるのも簡単そうだし、強さだけじゃなくて性格的にも理想的

な男の子に育てやすいかも……）

三者三様に似たようなことを考え、やがて下した結論は、

「……よし、それでいくか」

「そうだな。それが一番公平だろう」

「最終的に誰が選ばれても、恨みっこなしだからねぇ」

そして三人は改めてクロスに向き直ると、

「じゃあ、今日からお前はあたしらの弟子だ」

「うむ。指導は色々と落ち着いてから始めるとして、今日のところはゆっくり休むといい」

「えへへ、男の子と一緒に暮らすなんて初めてだから緊張するなぁ、よろしくねぇ」

強気、怜悧《れいり》、淫蕩《いんとう》、それぞれ異なる笑みを浮かべ、クロスにそう告げた。

「……！」

争いを治めるために半ば流れで口にしたこととはいえ、自分からの提案にもかかわらずクロスはそのあり得ない展開に戸惑いを隠せない。

まさか《無職》の自分が三人のS級冒険者の、それもこんな美人たちの弟子になるなど。

だがどうにかそれを現実と受け入れ、クロスは三人の言葉に顔を赤くして応える。

「あ、あの、ええと、僕本当に才能なくて、皆さんの期待に応えられないかもしれないですけど……一生懸命頑張るので、よろしくお願いします！」

エリシアさんみたいな冒険者になれるように、とクロスが生真面目に頭を下げながら弟子入りの言葉を述べたところ、

「あー、んな気負わなくても大丈夫大丈夫」

「え？」

「あんまり育ちが悪いようなら龍神族《ドラゴニア》の秘宝でブーストすっから。まあ里の連中に地の果てまで追われるけど、全員返り討ちにすればいいだけの話だしな」

「……え？」

「それならエルフの森で三百年に一度しか精製できない長寿化と魔力増強の秘薬もあるぞ。まあヒューマンに使おうものなら世界中のエルフから半永久的に嫌がらせを受けることになるだろうが、一人ずつ潰《つぶ》していけばいずれ静かになるだろう」

「……え？」

「あ、だったらわたし、《終末級邪法聖職者《ダークプリースト・ハイエンド》》にしか起動できないっていう暗黒聖杯使ってみたいなぁ。たくさん生贄《いけにえ》が必要だけど、秘薬なんかの効果をあり得ないくらい引き上げるんだってぇ。封印神器だから勝手に使うと聖地クラスディアから抹殺対象にされちゃうけど、バレる前に強くなれば問題ないよねぇ」

「……え？」

三人の口から次々と飛び出す不穏な発言に、クロスが戦慄《せんりつ》する。

「あ、あの……冗談ですよね？」

「「「ははは」」」

恐る恐る訪ねたクロスに三人の師匠は軽く笑うだけで……

（う、うん、笑ってるし、冗談に決まってるか！）

クロスは自分をそう納得させた。


——だが少年はまだ知らない。

このろくでもない師匠たちがいざとなれば本当にそれをやるということも。

この三人をまとめて倒せるくらい強くならなければ自由に恋愛もできない立場になってしまったということも。

お人好しで世間ズレしていない14歳の純粋無垢《むく》な少年は、まだ知らない。

第二章　育成開始！

1

《無職》であるはずの僕がＳ級冒険者三人の弟子となり、そのうえ一緒に暮らすことになった翌日。

体調もまったく問題ないということで午後から早速修行を始めることになったのだけど……

その前にひとつ、大きな問題が生じていた。それは……

「は？　近接戦特化のあたしが最初に中心になって稽古《けいこ》つけるに決まってんだろ」

「は〜〜？　初めての師匠は刷り込みで好感度高くなりそうだから譲れないし、わたしに決まってるでしょぉ」

「寝ぼけたことを。まずは後進育成の経験がある私が指導の中心になるのが当然だろうが」

「ざけんな！　てめえなんざ『エルフ』の『魔導師系』の『女』しか育てたことねーだろ！　ヒューマンの《無職》の男ははじめてなんだから、あたしらとそう大差ねーっつーの！」

「大差ないわけないだろうがバカ者！」

弟子入りが昨日の今日だったせいか、どうも三人の中で育成方針が決まっていなかったらしい。軽い昼食を終えたばかりのリビングでは師匠たちが睨《にら》み合い、誰が最初に僕の指導をするのが良いかで一触即発の状態となっていた。

正直、それ自体は僕のことを真剣に考えてくれているんだと嬉しかったのだけど、問題は別のところにあって……。

「私だ！」

「わっ⁉」

「わたし～！」

「ひゃうっ⁉」

「あたしだっつってんだろ！」

「あうっ……⁉」

リュドミラさんが風魔法らしきもので僕を引き寄せ、それをテロメアさんが強引に抱き寄せ、かと思えばリオーネさんが僕の肩をつかんで引き剝《は》がす。

そのたびにリオーネさんたちの柔らかい部分が僕に触れ、良い匂いが鼻先をかすめ、僕は顔を真っ赤にしながら変な悲鳴をあげることしかできなかった。

さらに、リオーネさんたちは途中で僕を引っ張り回すのはマズイと気を遣ってくれたのか、最終的に三方から僕を取り囲むようにして睨み合うようになって……

「あ、あの、皆さん⁉　ち、近……っ！」

三方向からそれぞれ微妙に異なる甘い香りと柔らかさに囲まれ、僕はもう顔に羞恥《しゅうち》の熱が集まりすぎて倒れそうになる。

（う、うぅ……孤児院では女の子とも暮らしてたから大丈夫かと思ってたけど……これはちょっと……恥ずかしすぎる……っ）

もともと孤児院では男女混合の共同生活だったのと、S級冒険者の弟子になるという部分が大きすぎてあんまり意識してなかったけど……こんな綺麗《きれい》な年上の女の人たちと一緒に生活するのだという実感が良い匂いとともに一気に押し寄せてきて、頭がクラクラした。

逃げようにもリオーネさんたち、もの凄い力だし……と、僕がいまにも気を失ってしまいそうなほど心臓をバクバクさせて狼狽《うろた》えていると、

「……これでは埒《らち》があかないな。仕方ない、こうなったら公平に決めるとするか」

リュドミラさんがそう言い、テロメアさんとリオーネさんが同意するように僕から離れてくれた。や、やっと解放された。

……と、僕がほっと胸をなで下ろしたのもつかの間。

じ――――――――っ！

「……えっ!?」

絶世の美女三人が、至近距離から真剣な表情で僕を見つめてきた。

「あ、あのぅ……これは一体どういう……」

意味がわからず、僕は身体《からだ》を縮こまらせて消え入りそうな声を漏らすことしかできない。

すると不意に、リオーネさんがニッと牙《きば》を覗《のぞ》かせるように笑い、

「……へっ、やっぱりあたしが最初の師匠でよさそうだな」

「ちっ、まあいい。いずれにせよまったくの０から魔法系スキルを習得させようとすれば、下準備にそれなりの時間がかかるからな。……それに、心の距離を縮める方法は直接の指導だけではない」

「ちぇっ、まあ近接は全《職業》《クラス》共通で戦闘の基本だし、仕方ないかぁ。……まあ最初の師匠になれなかったらなれなかったで、他に考えもあるしぃ」

かなり渋々ではあったけど、リオーネさんの言葉にリュドミラさんとテロメアさんも同意する。先ほどまでの修羅場が嘘《うそ》みたいな決着に僕は驚いた。

「え、あの、急にどうして……？」

「お前の積み重ねを見たんだよ」

僕の疑問に、リオーネさんが機嫌よさそうに答えてくれる。

「お前、結構剣を振ってきたんだろ？　かなり雑だが基礎ができてる。基礎ができてるもんから伸ばしたほうが成果が出やすいし、成果が出たら修行全体のやる気も増す。つまり、近接戦を中心に伸ばすのがいまのお前向きだって判断したんだ。あたしら三人ともな」

「……っ」

その言葉に、僕はなんだかむずがゆい嬉しさを感じてしまう。

リオーネさん、リュドミラさん、テロメアさんの三人が、とても真剣に僕のことを考えてくれていると強く感じられたから。

「じゃ、方針も決まったし、ぼちぼち修行始めっか！」

「はい！」

いよいよS級冒険者直々の修行が……！

リオーネさんの力強い声に引っ張られるように僕も大きく返事をした……のだけど、そこでふと僕の中で疑問が湧き上がる。

修行って、どこでやるんだろう。

思い起こされるのは昨日、弟子入りが決まった際に三人から言い含められた一つの約束。

それは僕がリオーネさんたちに弟子入りしたという事実は基本秘密ということだ。

S級冒険者である三人は色々と面倒だからという理由ですでにバスクルビアを発ったことになっているらしく、僕の修行に集中するためにもあまり目立ちたくないとのことだった。

けれどそうなってくると、問題になるのは肝心の修行場所だ。

リオーネさんたちが買い上げたというこの家は入り組んだ区画にある木造の三階立て。

新しく街にやってきた冒険者パーティが長期契約を結んで拠点にすることが多いタイプでそれなりに大きいけれど、こっそり修行できる中庭みたいな空間は存在しない。

秘密特訓といえば街の外周部が結構使われるけど、ここはモンスター対策で見張りの目があって意外と目立つ。となると残された場所は街から離れた草原とかだけど、毎日の修行でそこまで行くのは手間がかかりすぎるよね……。

と、僕がリオーネさんたちに疑問をぶつけると、

「ああ、そういえば言っていなかったな」

突如、リュドミラさんがリビングの床を引っぺがした。え!?

よく見ればそれは隠し扉で、床の下には地下へと続く階段が……。

「この家は周囲の目を誤魔化《ごまか》すための出入り専用で、本邸は別にあるのだ」

「本邸が別に……？」

僕は面食らいながら、三人に促されて地下通路を進んでいく。

しばらく歩いたところで再び階段を上がると、目の前に広がっていたのは……王様の別荘かと見まごうような広い庭付きのお屋敷だった。

「なっ……えぇ……!?」

ちょっと意味がわからないほどの豪邸に思わず絶句。

いやあの、この豪邸、冒険者学校近くにある貴族街の一番大きい屋敷より広いんじゃあ……

と僕が説明を求めてリオーネさんたちを振り返ると、

「いやー、貴族街から離れた立地だからって買い手がまだついてなくてよかったよな」

「え～？　そうだっけ？」

「説得したら譲ってくれただろう。しかし三人で金を出し合ったのもあって良い拠点が安く手に入った。得をしたな」

え、S級冒険者の財力って……。

(も、もしかして僕、思った以上にとんでもない人たちに拾われたんじゃあ……)

恐らくこの街で一番だろう豪邸を前に圧倒されながら、僕はいまさらのようにそんなことを思うのだった。

2

豪邸に呆気《あっけ》にとられたのもつかの間。

僕はリオーネさんに言われ、浴室に併設された更衣室で修行用の装備に着替えていた。

わざわざ着替えるためだけの部屋があるというのも驚きだったけど、なによりびっくりしたのは更衣室に冒険者学校で支給されて愛用していた僕の装備が運び込まれていたことだった。

練習には慣れたものを使ったほうがいいということで、リオーネさんがサリエラ学長に言って持ってこさせていたらしい(持ってこさせたって、まさか学長を顎《あご》で使ってないよね……？)

そして僕は使い慣れたレザーアーマーと訓練用ショートソードを装備。

条件反射のようなもので、着替えると一気に身が引き締まる。

見たこともないほど豪華な更衣室の内装を見渡すと、改めて自分が凄い人たちの弟子になったのだと実感できた。

「S級冒険者直々の修行……きっとすごく大変だろうけど、どんな厳しい修行でも絶対に乗り越えてみせるぞ！　エリシアさんみたいな冒険者になるために……！」

甘くて柔らかい感触に囲まれたときとはまた違う理由で心臓がドキドキと脈打つ。

僕は緊張を自覚しながら、世界最強の冒険者が待つ中庭へと走った。


「お、来たな」

中庭へ向かうと、腕組みをしたリオーネさんが荒々しい笑顔で迎えてくれた。

けどその笑顔は僕の後ろについてくるある人物を見た途端、いきなり敵意むき出しのものになる。

「……なんでてめぇが一緒に来るんだ？　テロメア」

「え～、だって暇だったんだもん」

廊下の途中で僕を待っていたテロメアさんは僕の両肩に手を乗せると、

「リュドミラちゃんは色々下準備があるみたいだけどぉ、わたしはほかにやることないんだよねぇ。だったらリオーネちゃんが修行にかこつけていかがわしいことしないか見張っとこうかなぁ、って」

「す、するわけねえだろボケ!!」

リオーネさんの顔が一瞬でその髪の色と同じくらい真っ赤に染まる。

な、なんだか意外だ。

「ちっ、まあいいか。どうせお前のスキルは修行に使えるしな」

リオーネさんは僕とテロメアさんから目をそらしつつ、準備してあった訓練用のショートソードを手に取ってぶんぶん振り回す。そして顔の赤みが引いた頃合いで、

「よし。じゃあテロメアのアホは無視して始めるか。とりあえず、まずは打ち込んで来い」

「は、はい!」

僕と同じ訓練用ショートソードを構えたリオーネさんに言われ、僕も両手で剣を握る。

テロメアさんが少し離れたところからその様子を見守るなか、かけ声とともに剣を振るった。

「え、えいっ!　やあ!」

ギンッ!　ガンッ!　当たり前だけど、リオーネさんはいともたやすく僕の剣を受ける。

そして四回、五回と剣戟《けんげき》の音が中庭に響いたとき。

「ん、大体わかった」

始まったばかりだというのにリオーネさんはいきなり打ち込みに待ったをかけ、確信に満ちた声でこう言ったのだ。

「お前、冒険者学校で相当いびられてたんだな」

「え……!?」

「ま、冒険者目指すような学校で弱かったら多かれ少なかれそうなるか」

「な、なんでわかったんですか!?」

「打ち込みの剣が萎縮《いしゅく》しまくってた」

驚いて聞き返す僕にリオーネさんはあっけらかんと答える。

「萎縮の理由は人に攻撃しづらいっつーお前のもともとの人の良さや修行初日の緊張も多分にありそうだけどな、根っこの原因はお前が『自分は弱い』って心身にたたき込まれたことだ。自分を弱いと思ってるやつ、思い知らされてきたやつってのはな、反撃が怖くて自分から攻撃することを無意識に躊躇《ためら》っちまうんだよ。お前の剣にはそんな怯《おび》えが染み込んでた」

「……っ!」

リオーネさんの指摘に、思い切り心当たりのある僕は言葉をなくす。

たったあれだけの打ち込みでそこまでわかるものなのか……!?

「で、だ。この萎縮ってやつのなにが問題かっつーと、本番で力が発揮できなくなるってとこだ。練習でさえ萎縮すんだからな。これが本番にもなりゃあ、練習で十できたことが三も発揮できなくなる。つまり本番で結果が出せねえ。結果が出せねぇと練習が無駄に思えてきて身が入らなくなる。そもそも人との接近戦で萎縮してたら、模擬戦中心のあたしとの修行も上手くいかねえ。っつーわけで」

　いまの僕が抱える問題点を語ったリオーネさんはそこで言葉を切って獰猛《どうもう》に笑うと、

「最初の目標設定は、まず人との殴りあい《ケンカ》が楽しいと思えるところからだな」

「け、喧嘩《けんか》が楽しいと思えるとこから……？」

「ま、お前はあのヒュドラに突っ込んでいけたんだ。いままでの環境が悪かっただけで、順当に慣らしていけば誰が相手だろうと全力で立ち向かえるようになんだろ」

　リオーネさんはあまりに冒険者《荒くれ者》らしすぎる目標を掲げると、僕の握る訓練用ショートソードを刃の潰《つぶ》れていない本物に持ち替えさせる。

「じゃあまあ、殴り合いが楽しいと思えるようになる修行第一段階だ。その剣であたしを攻撃しまくれ。もちろん全力な」

　続けて自分は剣を捨てて、丸腰で僕に攻撃を促してきた。

「えっ……？　い、いやいや、いくらなんでもそんなの、怪我《けが》しちゃいますって！」

　僕は慌ててリオーネさんに言いつのった。

　リオーネさんは剣どころか防具のひとつも身につけていない。いくら近接戦に秀でたドラゴニアでも痛いに決まっているし、そもそも丸腰の女の人に真剣で切りつけるなんて……。

　多少の怪我はポーションで回復できるとはいえ危なすぎる、と僕はリオーネさんに主張した。

「ん？　ああ、確かにそうだな」

　するとリオーネさんはあっさりと僕の意見を受け入れ、

「確かにお前の力じゃ、あたしに切りつけたときの衝撃で逆に自分の手を痛めるか。おいテロメア、ちょっとお前のスキルであたしの防御下げろ」

「は～い」

「いやそうじゃなくて！」

なにやってるんだこの人⁉　なんで防具もつけてない状態で剣を捨ててそのうえ防御力まで下げてるんだ⁉

「……ん？　なんだクロス。お前もしかして、あたしが怪我《けが》しないかなんて心配してんのか？」

口をパクパクさせて唖然《あぜん》としていた僕を見て、リオーネさんがようやく僕の意図を正しく汲んでくれた。かと思いきや、

「ははっ、お前ホント良いヤツだな。けどそりゃ、優しいを通り越して世間知らずってやつだぜ。おーいリュドミラ！」

リオーネさんが屋敷のほう――色々と作業があるとかで室内に引っ込んでいたリュドミラさんに呼びかける。しばらくすると一階の窓からリュドミラさんが顔を出し、

「……なんだ一体」

「ちょっとあたしに一発ぶち込め！」

「上級土石魔法《エッジストーン》」

リオーネさんに向けて一瞬の躊躇《ためら》いもなくとてつもない威力の土石魔法をぶちまかした⁉

それはとても無詠唱とは思えないほどの威力がこもった一撃。

ドゴシャアアアアアアアア!!

「リ、リオーネさあああああああん!?」

凄《すさ》まじい回転と速度。石造りの家を何棟も吹き飛ばせるだろう尖《とが》った石柱が、中庭の地面をえぐって盛大に土煙を巻き上げながらリオーネさんの顔面に直撃した。

明らかに人に向けて撃ってはいけない威力の魔法を食らったリオーネさんの姿は、土煙に隠れて見えなくなる。ええええええ!?

「ちょっ、これ大丈夫なんですか!? 大丈夫じゃないですよね!?」

リオーネさん、回避どころか防御さえしてなかったし！

「大丈夫だよぉ。この家は《上級司祭》の人に頼んで遮音の加護を受けてるから、かなり騒いでも周りにバレないんだよぉ」

「いやそうじゃなくて！」

テロメアさんのズレた返答に僕が叫び返した、次の瞬間。

パキ、ビキビキビキッ！

「……………え？」

リオーネさんの顔面を直撃した石柱に大きなヒビが入る。まるで石柱自身よりもずっと固いものに激突したかのように。

そして盛大に崩壊した石柱が魔力を霧散させて消えていくと同時に土煙も晴れ――そこには石柱を食らった位置から一歩も動かず、姿勢さえ変わらず、傷一つない姿のリオーネさんが立っていた。

「……え？」

「さ、これでもう怪我《けが》の心配なんてねーだろ」

上級土石魔法の直撃を顔面で受け止めたにもかかわらずかすり傷一つ負っていないリオーネさんは、重ねて僕を安心させるように真剣で自らの首や腕を切りつける。

一切の血が流れないその異常に頑強な身体《からだ》を見せつけられ、僕はもう完全に言葉をなくす。

なるほど。どうりで僕のほうが怪我しないかと心配するわけだ。

薄めの鎧《よろい》ならまだしも、岩や鋼鉄なんて切りつけてたら剣を握る手のほうがダメになるのは当たり前だもんね。……当たり前ってなんだっけ。

「『自分よりも遥《はる》か格上で丸腰の女』を『真剣』で『一方的に滅多打ち』。これに慣れれば、お前が攻撃を躊躇《ちゅうちょ》するような相手はこの世にいなくなるぜ。そんじゃ、かかってこい！」

常識を遥かに超越したS級冒険者の防御力に僕が唖然《あぜん》とする一方。リオーネさんは荒々しく笑いながら、修行の開始を宣言するのだった。

＊

ドラゴニアのＳ級冒険者であるリオーネさんの防御力は異常。

たとえ真剣を使おうと、レベル０の僕が怪我をさせる心配なんて一切ない。

頭ではそうわかっていても、真剣で生身の女性に攻撃するなんて気が引ける……と、最初はそう思っていたのだけど。

「よしいいぞ！　その調子でもっと強く！　そうそれだ！　大丈夫！　攻撃なんて挨拶《あいさつ》みてーなもんなんだからな！　殺す気でやったほうがむしろ礼儀正しいってもんだ！　そらもう一発！　よしまた良くなったぞ！　次は喉《のど》狙ってみろ！　お、良い容赦のなさだ！　その感じでもう一回！」

「やあああああああああっ！」

僕はいつの間にか、無我夢中でリオーネさんに攻撃を叩き込みまくっていた。

剣を振るうごとに放たれるリオーネさんの賞賛、助言、指示。

荒々しい笑顔とともに繰り返される軽快なかけ声に身体と心がどんどん軽くなり、僕は躊躇するどころかいままでにないくらい気持ちよく剣を振るえてしまっているのだった。

「うわ～、もっと強く攻撃しろなんて、リオーネちゃん変態さんみたい～」

「黙ってろボケ！」

途中、テロメアさんの茶々にリオーネさんが赤面しながら噛《か》みつく場面はありつつ、打ち込みはひたすら途切れることなく続く。頭がぼーっとし、リオーネさんの激しくも優しい声に褒《ほ》められ促されるまま剣を振るっていると、どんどん身体《からだ》が高揚していく。

こんなに楽しく剣を振るえたのは初めてなんじゃないか……!?

そんな軽快な気持ちとともに剣を振るい続ける。ただ、そんな状態も長くは続かなかった。

「はぁ、はぁ、はぁ……くっ、やあああああっ！」

体力の限界だ。頭がぼーっとするような集中状態も終わり、体中を疲労が蝕《むしば》みはじめる。

（苦しくなってきた……けど修行なんだから、こうやって苦しくなってからが本番……っ）

辛さをはねのけるように言い聞かせ、大きく剣を振り上げた。そのときだ。

「よし、いったん休憩だな」

「え？」

リオーネさんが僕の剣を指先でつまんで止め、いきなりの休憩を宣言した。

さらには事前に用意していたらしい軽食（なんかドロドロしてて消化に良さそうな謎《なぞ》物体だ）とたくさんの水を補給するよう僕に厳命。戸惑いながら言われたとおりにしていると、

「えへへ～、やっとわたしの出番だねぇ。《体力譲渡《スタミナバザー》》♥《気力譲渡《マインドバザー》》♥」

「え、テ、テロメアさん!?」

不意に、テロメアさんがその柔らかい両手で僕の手を包み込んできた。僕が赤面して固まっていたところ――心身の疲れがみるみるうちに引いていく!?

まるで修行開始前に時間が巻き戻ったかのような調子の良さだ。

「よし回復したな。んじゃ続きやるか」

「え？　い、いいんですか……？　こんな全回復なんてしちゃって……」

テロメアさんを僕から引き剝《は》がしながら言うリオーネさんに、僕は疑問の声をあげる。

「ん？　いやそりゃあ、変に疲れた状態でやってたら身につくもんも身につかねーからな。それにこれは『殴り合い《ケンカ》が楽しいと思えるようになる』ための修行なんだ。辛くちゃダメだろ」

「は、はぁ」

当たり前のように言うリオーネさんに従い、僕は再び心地よい気持ちで剣を振るいまくるのだった。


そして夕暮れ時。

「よーし、よく頑張ったな。今日のとこはこのへんで終わりにしとくか」

何度もテロメアさんによる気力と体力の回復を繰り返して続けられた打ち込みは、僕が心地よい疲労感にあることを見越したようなリオーネさんの言葉で終了した。

夜はしっかり眠れるようにと体力回復は行われず、テロメアさんの代わりにリオーネさんが僕の頭に柔らかくて温かい手を乗せる。

「うん、剣の太刀筋もよくなってきたし、この調子でいけばもっと伸びるぞ」

わしゃわしゃわしゃっ。乱暴に、けれど優しさのこもった手つきで僕の頭を撫でてくれた。

「あ、ありがとうございます……っ」

褒《ほ》められ慣れていない僕は盛大に顔を赤くする。

ただ、僕の胸にはひとつのモヤモヤが募っていて……修行の片付けを始めたリオーネさんを手伝いながら、僕は思わず口を開いていた。

「あ、あの、リオーネさん」

「ん？」

「なんていうか、その……修行って、こんなのでいいんでしょうか？　こんな、楽しくて……」

それはともすれば、というか確実に、リオーネさんの修行方針を疑う問いかけだった。

けど言わずにはいられなかったのだ。それほどまでに、今日の修行が楽しかったから。

疲れたらすぐに回復してもらい、褒められまくりながら心地よいところだけを凝縮したような打ち込みが延々と続く。それはともすれば、なにも考えず遊んでいればよかった子供時代よりも楽しくて。

強さというのは辛く厳しい鍛錬の果てにあるという当たり前の考えとは真逆の修行に、ただでさえ才能のない自分がこんなことをしていていいのかと、僕は当惑してしまっていたのだ。

「なんだ？　S級冒険者直々の修行だから、めちゃくちゃ厳しくされるとでも思ってたのか？」

「ええと、まあ、はい」

聞き返してきたリオーネさんに僕は正直に答える。するとリオーネさんは「へっ、そりゃあ厳しくしたぶんだけ強くなるってんならそうするけどな」と荒々しく笑い、

「厳しくするだけで強くなれるなら、いまごろ人族は全モンスターを駆逐してるだろうよ。なにせこの世にモンスターほど人族に厳しい存在はいねーんだからな」

「え……」

「厳しくすれば強くなるなんて、そりゃあよくある勘違いだ。んなことも理解せず、弟子の力量も適性も考えずに厳しくするだけの師匠なんざ、指導役以前に人として三流以下だぜ。なぁ？」

リオーネさんが同意を求めるようにテロメアさんに顔を向けると、テロメアさんも「まあ確かにねぇ」と笑う。

「ま、修羅場を乗り越えねーと壁を破って強くなれねー場合もあるってのは完全に同意だけどな。けどそりゃあ、毎日の鍛錬で試練を乗り越えられるだけの地力を身につけてこそだろ？　お前はいま、その地力を積み重ねはじめたばっかなんだ。焦る必要はねーよ」

そしてリオーネさんはまた僕の頭に手を乗せて、優しく言うのだ。

「あたしらは《無職》のお前を見込んで育てようと思ったんだからな。それに合わせたやり方でお前を育てるのが当然だろ？　大丈夫、あたしらの指導で強くなれるよお前は」

「……は、はい！」

僕なんかの疑念に丁寧に答えてくれたリオーネさんの優しくてまっすぐな言葉。

その説得力に、僕はともすれば甘くも見えるその育成方針をすっかり受け入れてしまうのだった。……けれど。

S級冒険者たちによる一風変わった激甘な鍛錬《育成》は、まだまだ序の口だったのである。

3

「な、なんですかこれ……!?」

汗を洗い流して食堂へと向かった僕は、テーブルの上に並べられた食事を見て目を丸くした。

なにせそこに並べられていたのは匂いだけで涎《よだれ》が出てしまいそうな焼きたてのパン、具沢山のスープ、果物の山、そして大量の赤身肉がジュウジュウと鉄板の上で油を滴らせていたのだ。

高い調理技術が駆使された食事というわけじゃない。

けどそれは目と舌の肥えていない僕でも一目でわかるほど高級な素材の数々で、見るだけで空腹感が倍になってしまうほどだった。パンなんてこれ、普通は朝焼くのをわざわざこの時間に合わせてもってこさせたよね……？

「うむ。今日は少し《深淵樹海》に足を伸ばしたところ、活きの良いクイーンオークがいたのでな。狩って栄養価の高い部位は焼き、他の部位は売り捌《さば》いて別途食材をそろえた。さあ、修行で疲れただろう、しっかり食べるといい」

食事を用意してくれたリュドミラさんが献立を解説しながら着席を促す。
ク、クイーンオークって、確か《深淵樹海》の結構奥にいる危険度《リスク》5モンスターだよね？
あそこって一日で行って帰ってこられるような深度なんだっけ……？

てゆーか危険度《リスク》5モンスターの肉ってやっぱりかなりの高級品じゃあ……!?

僕が唖然《あぜん》としていると、「おー、リュドミラにしてはやるな」と食事に手をつけたリオーネさんとテロメアさんがこっちを見て、

「おいクロス、なにぼーっとしてんだ？　しっかり食えよ、これも修行なんだからな」

「そうだよ～。食事ってねぇ、身体《からだ》を強くするし、ステータスに表示されない体力や気力の回復と伸びに影響するし、魔力の伸びにも少しだけ関係するんだよぉ」

「そうそう。それにステータスが同じ値でも強い肉体を持ってるやつのほうが当然強いからな。しっかり食って肉体を作っといて損はねーんだよ。まあステータス差に比べればそんなにでけー差でもねーけど、テロメアも言ったように気力と体力に直結するからな。今後の修行に影響するから食っとけ食っとけ。腹八分目でな」

「え、で、でも、今日の昼間では普通の食事だったのに、なんで急にこんな……？」

「それは君が病み上がりだったからだ。修行も始まったことだし、それに合わせた食事が必要なのは明白だろう。さあ遠慮はいらない。しばらくは私が食事係だ。感想を聞かせてほしい」

「う……」

僕のすぐ隣でテーブルに肘《ひじ》をつき、涼やかに微笑《ほほえ》むリュドミラさん。

この世のものとは思えない絶世の美貌《びぼう》を持つ彼女にそう言われては、僕も覚悟を決めるしかなかった。

（で、でもこんなの、僕なんかがタダで食べていいんだろうか……!?）

さっき汗を流した浴室もなんか見たことがないほどの量のお湯が沸かして溜めてあるものだったし（どれだけ高級な火炎魔法系マジックアイテムが内蔵されてるんだ……）、こんなまるで貴族みたいな……。

こんな贅沢《ぜいたく》な食事を経験したが最後、いままでの簡素な食事では満足できなくなってしまうのでは……そんな不安が頭をよぎるのだけど――ぐるるるるるっ。

打ち込みで疲れ切った身体《からだ》は正直で、本能に従うまま食事に口をつけた瞬間。

「お、美味《おい》しい……っ！」

いままで食べたことのない味、そして量の食事を、僕はあっという間に平らげてしまった。

＊

「よし、それでは私のほうでも軽く指導を始めるとしようか」

食事を終えると、リュドミラさんはそう言って僕の手を引いた。

その柔らかい感触にドキドキしていた僕が連れてこられたのは、浴室の隣に設けられた一室。浴室と同じように排水できるようになっているその部屋には布の敷かれたテーブルがあり、リュドミラさんはそこに僕を座らせると、

「では服を脱いでそこにうつ伏せになりなさい」

「え!?　そ、それってどういう……」

「言葉どおりの意味だ。下着まで脱ぐ必要はないから、そう慌てず横になるといい」

「え、あ、うぅ、はい……」

リュドミラさんの真面目な物言いに異論を挟む余地はなく、僕はいそいそと服を脱ぐ。

う、うぅ、恥ずかしい……。

身体が跳ねてしまいそうなほど心臓が脈打ち、年上の女性に裸を晒《さら》しているという状況に耳先まで顔を赤く染めてテーブルに寝転がる。

そんな僕の背中に突如、生暖かくてぬめぬめした感触が触れた。

「ひゃう!?　え、な、なんですかこれ!?」

得体の知れない、けれどなんだか気持ちの良い変な感触に驚いて身体を起こすと――その正体は、リュドミラさんが両手に塗りたくった謎《なぞ》の粘液だった。

「む、すまない。驚かせたな。説明が遅れてしまったが、いまから君にはこの薬液《ローション》を使った疲労回復のマッサージと同時に、魔力開発のマッサージを施そうと思っている。怖くないか

ら、安心して位置に戻りなさい」

「は、はぁ」

リュドミラさんに言われるがまま、僕は再びテーブルの上で横になった。

リュドミラさんは先ほどの説明不足を反省したのか、僕の背中に粘液を塗り込みながら学校の先生のように滔々《とうとう》と語り始める。

「さて、冒険者学校出身者である君には語るまでもないだろうが、『魔力』とはこの世界に満ちる様々なエネルギーの総称だ。モンスターを生み出す大いなる力と定義されることもあれば、攻撃魔力、特殊魔力といった『一度に扱える魔法系スキルの最大威力』を示す数値にも魔力という言葉は使われる。しかしここでいう魔力とはいわゆる『スキルを発動するために必要なエネルギー』のことだと思ってくれればいい。魔力開発のマッサージとは、君に魔力を扱う感覚を摑《つか》んでもらうための指導だ」

ぬちゃ、くちゃ、と僕の身体《からだ》に手のひらを滑らせながら、リュドミラさんは続ける。

「通常、人は《職業《クラス》》を授かった際にスキルを発現させ、誰に教わるでもなく自らの魔力を扱う感覚を知る。だが君の場合はスキルがなく、魔力を操る感覚というものが理解できない状況にある。そこで必要になってくるのが私のスキルだ。——最上位魔導師スキル《体外魔力掌握》」

「——っ!?　あうっ!?」

突如、リュドミラさんの両手から僕の身体に染み込んでくる異様な感覚に変な声が出た。

な、なんだ⁉　熱いものが身体中を貫いて流れていくような、この感覚……⁉

「《体外魔力掌握》。これは《体外魔力感知》《体外魔力操作》などの上位に位置するスキルだ。いま君の中には私の操作した魔力を送り込み、私やリオーネが魔力を使う際の感覚を再現させてもらっている。これですぐに魔力を操れるようになるわけではないが、毎日繰り返していけば魔力を感知する感覚が磨かれ、各種スキルを発現、発展させやすくなっていくだろう」

リュドミラさんは説明しながら「ふふ」とどこか楽しげに笑い、

「私たちS級冒険者が魔力を操る感覚を共有するのだ。もしかすると最初からスキルを発現している者が我流で感覚を磨くよりよほど効率的だろうな。さあ、この薬液には疲労回復効果だけでなく、感覚を鋭敏化する効果もある。全身に魔力が駆け巡るこの感覚をしっかりと覚えなさい」

「え⁉　ちょっ、リュドミラさ、まっ、あうううっ⁉」

背中、肩、腕、腰、足……リュドミラさんの滑らかな手が全身を優しく這《は》い回り、同時に熱いものが容赦なく注ぎ込まれる。僕は身もだえしながらびくびくと全身を跳ねさせ、口から変な声が漏れるのを必死に我慢していた。

こ、これ……なんだかおかしい……なんか、気持ちよすぎて……変な気持ちに……⁉

「ふふふ、肌と肌の単純接触は恋愛感情を自然に想起させる重要な要素と聞いている。それは接触発動の治癒スキルを使わざるを得ない駆け出しヒーラーがしばしば痴情のもつれを引き起こし、パーティ崩壊のきっかけになることからも明らかだ」

「あっ、うぅ、くぅ、はうっ、ひっ!?」

リュドミラさんの手つきがさらに激しくなり、僕はもう声を抑えることもできなくなる。

「ふふ、このマッサージを毎日続ければ、最初に指導の中心となったリオーネの有利などすぐに巻き返せるだろう。……だがこれは……む、なんだか私まで妙な気分に……」

結構な重労働なのか、なんだか途中からリュドミラさんも息を荒くしつつ、狭い一室での気持ちよすぎるマッサージは僕の意思とは関係なく続いていくのだった。

*

「あ、ありがとうございました……」

「う、うむ。明日も早い。夜更かしせずしっかり眠るように」

マッサージを終えて体中のぬるぬるを落とした僕はリュドミラさんと顔を合わせるのも恥ずかしく、そそくさとマッサージ室を後にした。失礼かなと思ったけれど、なんかもういっぱいいっぱいだったのだ。色々と。

「う、うぅ……まだドキドキしてる……」

魔力開発云々《うんぬん》は理にかなってるけど、リュドミラさんみたいな綺麗《きれい》な人にあんなことされるなんて、刺激が強すぎる……。まだ身体《からだ》がちょっとぴくぴくしてるし。

毎日やるって言ってたけど、僕の心臓が持つのだろうか……。

そんなことを考えつつ、僕はあてがわれた寝室へと向かう。

そこはこのお屋敷の中でも一番小さい一室。しかしそれでもかなりの広さがある部屋だった。

孤児院では狭い部屋を共同で使っていて広い部屋は落ち着かないからとここを選んだけど、それでも広すぎて落ち着かないや……。床なんてちょっと意味がわからないくらいふかふかの絨毯《じゆうたん》だし。

けどなんだか色々あって疲れていたせいか、ふかふかのベッドに腰掛けると同時に眠気が押し寄せてくる。星明かりだけが室内を照らすなか、リュドミラさんの言葉に従って早く寝ようとベッドに寝転がる。と、そのときだった。

ベッドの中から声がしたのは。

「えへへぇ、お疲れ様、クロス君……♥」

「えっ!?　うわあああああ——もごもがっ!?」

完全な不意打ちで声をかけられ驚愕《きようがく》した僕の悲鳴は即座に封じられた。

ベッドに潜んでいたテロメアさんが僧侶職とは思えない速度で僕の口を塞《ふさ》ぎ、ベッドの中に引きずり込んだからだ。え!?　え!?　なにこれ!?　なにこれ!?

「えへへぇ、驚かせてごめんねぇ。でも怖がらなくていいよ～。今日は一日よく頑張ったねぇ。よしよし、よしよし。えへへ、これが男の子の感触なんだぁ。かわいい……♥」

テロメアさんは僕を全身で優しく抱きしめると、甘い声で囁《ささや》きながらしきりに頭を撫でてくる。柔らかくて暖かい感覚が全身を包み込み、ベッドの中に充満した甘い匂いが頭を溶かしてしまいそうだった。か、顔から火が出そうだ……!?

「テ、テロメアさん!?　一体なにを……!?」

僕がなんとか口を開くと、テロメアさんは僕をぎゅっと抱きしめたまま、

「クロス君、初日から頑張ってたから、ご褒美《ほうび》だよぉ♥　それと、これは必要なことなんだぁ」

「うぇ!?」

瞬間、僕の身体《からだ》を不思議な感覚が襲った。

身体の中の熱が引いていくような、なにかが吸い取られていくような。

それはまるでリュドミラさんの魔力開発マッサージとは真逆の感覚で――。

こ、これ、もしかして魔力を吸い取られてる……!?

「スキルを使うのに魔力が必要なのは知ってるよねぇ？　でね、その魔力の総量は体力なんかと同じでステータスプレートにも表示されないわけだけど、スキルを使って消費していけば少しずつ増えていくんだぁ。けど実は、魔力って完全に0になるまで使い果たさないと伸びがいまいちな上に、完全な0になるまで使い果たせる人なんて普通いないんだよねぇ。魔力切れってつまり戦えなくなるってことだから命に直結するし、身体が本能的に避けようとしちゃうの。でも――スキル《魔力吸収《マジックドレイン》》」

「うひっ⁉」

さらに激しくなった熱の引く感覚にまた変な声が出る。

「わたしなら完全に空っぽになるまで搾り取れるんだぁ。で、それにはしっかり身体をくっつけないとダメなんだよぉ♥　だからこのままじっとしててねぇ♥」

言うと、テロメアさんはひときわ強く僕を抱き寄せ、僕の頭に顔を埋めたりその豊満な胸元に僕の顔を引き寄せたり――ってそれはさすがにマズイですよ⁉

そうは思うものの、魔力と同時にどんどん身体から力が抜けていき、ろくな抵抗ができない。

「えへへぇ。これならスキルが使えないいまのクロス君でも魔力を伸ばしていけるし、魔力総量が増えればリュドミラちゃんの魔力開発と併せて、スキルも出やすくなるはずだよぉ。魔力が完全に空っぽになると気絶するみたいに寝ちゃうし、眠りも深くなって体力もばっちり回復。良いことだらけだねぇ……♥」

「あ、あうぅ……」

なでなで、ぷにぷに、ごそごそ。

甘い匂いの充満するベッドの中で甘い言葉を囁かれ、全身を柔らかい感触に包まれてなでなでされる。こ、こんなの、ダメ人間にされる……⁉　と僕が混乱状態の中でなんだかよくわからない危機感を抱きながら魔力切れで意識を薄れさせていたとき、

「ごらあああああああああああ！　テロメアてめえええええ！」

「えっ!?　みぎゃっ!?」

突如。部屋に突っ込んできたリオーネさんがベッドからテロメアさんを引きずりだし、ギリギリギリと締め上げはじめた。

「嫌な予感がして来てみりゃあ……なにやってんだてめぇ！」

「は～、邪魔しないでよ～、わたしはただ普通に魔力吸収を――」

「お前のスキル熟練度と特殊魔力なら指先でちょっと触れるだけで十分だろうが！　それを一緒のベッドとか……そ、そういうのは正式なつがいになってからだろ!?」

「え～、お堅いなぁ。リオーネちゃんってさぁ、なんか意外とお子ちゃまだよねぇ」

「……っ!?　うるっせえええええええええ！　死ねえええええええ！」

どごおおお！　どごしゃあああ！

なにかが盛大に壊れる音が響くなか、僕の意識は魔力切れで薄れていく。

ベッドに残る甘い香りに包まれながら思い起こされるのは、豪華な食事や気持ち良いマッサージ、テロメアさんのなでなで攻撃で……。

（お、おかしい……リオーネさんの言葉を疑うわけじゃないけど……いくらなんでも修行って、こんなに甘々でいいんだっけ……!?）

盛大に困惑しながら、僕は気絶するように眠りにつくのだった。

果たしてこんな楽園みたいな環境で修行していて僕は（いろんな意味で）大丈夫なんだろうか……と思いつつ、しかしリオーネさんたちを信じて修行に打ち込み三日ほどが経った頃だった。

その劇的な成果が現れ始めたのは。

4

「よーしその調子だ！　そら、受けてみろ！」

「はい！」

その日は初日に引き続き、『人との殴り合い《ケンカ》が楽しくなる』ための修行を続けていた。

修行の段階は進み、リオーネさんは僕からの攻撃を受け止めるだけではなく適度に避けたり模造刀での反撃も交えてくる。

ステータスオール０の僕の動きなんて、はたから見たらめちゃくちゃノロいだろう。

けどそれにあわせてくれるリオーネさんとの攻防がダンスのように楽しくて、周りの一切が気にならなくなるような集中状態が長く続く。

リオーネさんから受ける攻撃の痛みさえ心地よく感じるような、集中と高揚の混ざった感覚が頂点に達した──そのときだった。

「……？」

集中状態が長く続いたことによる疲労感の消失……とは明らかに違う。

ふと身体《からだ》が軽くなり、ショートソードを握る手に力が漲《みなぎ》り、リオーネさんから受ける攻撃の痛みが減退した。

異変はそれだけじゃない。身体の内側で、熱いなにかが駆け巡る感覚。

これは……魔力……？

リュドミラさんが僕の中に流し込んでくれた感覚に比べれば、本当に微弱で弱々しい気配。けどそれは確かに日々の魔力開発マッサージで感じたあの感覚だった。

もし、この感覚に合わせて剣を振ったら――。

「……っ、やあああああああああっ！」

頭によぎった直感とともに、僕はリオーネさんに渾身《こんしん》の打ち込みを敢行する。

ガキィン！　剣と剣がぶつかり、いままでで一番大きな音を発した。

「おっ？」

リオーネさんが目を見張り、

「おいクロス、ステータスプレート見せてみろ」

「は、はい！」

それはほとんど確信で、僕はリオーネさんが言い終わるよりも先にステータスプレートを表

示。リオーネさんや、駆け寄ってきたテロメアさんとともにのぞき込む。するとそこには、

固体名：クロス・アラカルト　種族：ヒューマン　年齢：14
職業：無職
レベル：0
力：0　防御：0　魔法防御：0　敏捷《びんしょう》：0
（攻撃魔力：0　特殊魔力：0　加工魔力：0　巧み：0）
スキル《力補正Lv1（＋5）》《防御補正Lv1（＋5）》《俊敏補正Lv1（＋5）》
《切り払いLv1》

相変わらずレベルもステータスも0。

だけど神聖な力で天と繋《つな》がっているとされるプレートに自動で新しく刻み込まれていた項目を見て、僕は目を見開いた。

数秒固まり、それから自分でも笑えるくらい声を震わせて、

「リ、リオーネさん……テロメアさん……こ、これ、スキル……？」

「おうやったな！　しかも《切り払い》か。威力は少し低いが、型にかかわらず剣での攻撃全般に魔力を乗せて威力を上げられる汎用性のあるスキルだ。一つ目としちゃあ当たりだな。そ

の上……はっ、狙いどおりだ」

「だねぇ。常時発動型のステータス補正スキルが三つも出てる、クロス君すごぉい♥」

リオーネさんが乱暴に僕の頭を撫で、テロメアさんが手を取って万歳してくれる。

そうやって自分のことのように喜んでくれた二人が特に注目していたのは《力補正》などと表示された、俗にステータス補正スキルと呼ばれるものだった。

「このステータス補正スキルってやつは《身体能力強化》や《魔法強化》なんかの任意発動型と違って、常に発動してステータスを底上げしてくれんだ。Lvのあとに（＋5）ってあるだろ？これはつまり、0しかないお前のステータスが実質的に5まで上がったってことなんだよ」

荒々しく笑いながら、リオーネさんが丁寧に説明してくれる。

「でまあ、このスキルは普通、各《職業》《クラス》で一、二種類しか発現しねーんだ。魔導師系なら攻撃魔力補正、戦士系なら力補正、みたいにな」

「けど《無職》のクロス君は全《職業》《クラス》の基礎スキルが習得可能だから、ステータス補正スキルも全部習得できるんじゃないかと思ってたんだぁ。いくらいろんなスキルが覚えられるからってステータスが全部0だとさすがに苦しいから、ステータス補正スキルでカバーできないかなぁ、って。えへへ、狙い通りに発現してよかったよぉ」

「……っ」

僕は二人の話を聞きながら、発現したスキルの効能を確かめるように剣を振るう。

気のせいなんかじゃない。確かに剣を握る力も、その速度も、これは夢じゃないかとつねってみた頬《ほお》の痛みも、すべてが先ほどまでとは全然違う。

数値としてはたったの5。けれど0ではなくなったステータスは、僕の身体《からだ》を別次元のものへと作り替えているようだった。

ステータス補正スキルの仕様なのか、プレートに表示される僕のステータスはオール0のままだけど……そんなことはもうどうでもよかった。

僕はなんだか泣きそうになりながら頭を下げる。

「あ、ありがとう、ございます……リオーネさんたちのおかげです……っ」

「ははっ、まあな」

と、リオーネさんは得意げに笑いつつ「けどな」と僕の手をそっと持ち上げる。

「こんなに早く、しかも四つ同時にスキルが出たのは、お前があたしらのとこに来る前からずっと頑張ってたからだと思うぞ」

そしてリオーネさんは僕の手のひらにあるマメをそっとなぞり、

「あたしらもすげえけど、お前もすげえよ」

わしゃわしゃ。ひときわ激しく僕の頭を撫でてくれた。

「……はいっ！」

多分ここは卑下する場面じゃない。リオーネさんの賞賛に、僕は素直に返事を返した。

「ま、ぬか喜びしねーように先に言っとくけどな」

と、リオーネさんは訓練用の模造刀を肩に担ぎながらスキル発現に浮き足立つ僕をまっすぐと見つめる。

「ステータス補正スキルはＬｖ４くらいまでならすぐ伸びるが、それ以降は実戦なんかを介して少しずつ伸ばしていくしかねーんだ。自分の意思で発動させるもんじゃねーって性質上、普通のスキルと違って意識して重点的に鍛えるってことができねーからな」

だから補正スキルに頼らざるを得ない僕のステータスは普通の人よりずっと伸びが悪い。

リオーネさんはそう忠告しつつ、

「ま、そこはちゃんと念頭に置いとくとして、ひとまず戦闘用のスキルが一つ出たんだ。今日からはひとまずそこを重点的に伸ばしてくことにすっぞ！」

「はい！」

明確な進展は師弟両方のやる気を著しく底上げする。

もうすでに夕暮れが近かったけれど、その日の修行は最後の最後までとても激しいものになった。

＊

「――それでステータスプレートを見たら習得したスキルの名前が勝手に刻まれてたんです！　天から与えられるっていう《職業》《クラス》に最初から名前がついてるのもそうですけど、教会の人たちが言うように世界を司る大きくて不思議な力が本当にあるんだなぁって僕、改めて感動しちゃって！　で、そのあとはずっとスキルの練習をしてたんです！　ステータス補正スキルが出たおかげかリオーネさんとの模擬戦もいままでで一番楽しくて！　なんだかその場に僕とリオーネさんの二人しかいないみたいっていうか……とにかくスキルが出てからはまた格別に集中できて……リュドミラさんの魔力開発のおかげですよ！」

その日の夜、夕食を終えた僕はいつものようにリュドミラさんに手を引かれ、魔力開発マッサージ室へと誘われていた。

ただいつもと違うことが一つあって、それは僕がずっとリュドミラさんに話しかけていることだった。

いつもなら下着一枚になる羞恥《しゅうち》でモジモジしっぱなしなのだけど、念願のスキルが発現した今日は興奮のままにリュドミラさんへ感謝の言葉を羅列してしまう。

「……そうか、思ったよりもずっと早く結果が出て良かった。リオーネの言うとおり君自身が積み重ねてきたものの大きさ故だろう。やはり最初にリオーネを修行の中心にして正解だった」

マッサージの準備をしながら僕の話を聞いて相づちを打ってくれていたリュドミラさんは静かな口調でそう労《いたわ》ってくれた。

けどその手が不意に止まり「ただ……」と硬い声が降ってくる。

「ドラゴニアであるリオーネにも、秘伝のような修行法があるだろう。スキル取得で喜ぶのは良いことだが、あまり修行の様子や結果を気安く他言するものではないな」

「……っ！　あ、ご、ごめんなさい……」

確かに言われてみれば、世界三大最強種とも言われるこの人たちの育成方法には門外不出のものが色々あってもおかしくない。

リオーネさんとの修行にはテロメアさんも同席しているから、現状では修行内容を話しても問題ないんだろうけど……これは今後なにかの拍子に僕が口を滑らせてしまわないように、という忠告なのだろう。

先ほどまでの浮ついた気持ちから一転。リュドミラさんに優しく諭された僕は「ちょっとはしゃぎすぎちゃったかな……」と項垂《うなだ》れる。

「……？　おかしいな、クロスの成長を喜びこそすれ、こんな水を差すようなことを言うつもりはなかったのだが……リオーネとの修行の様子を聞かされてなぜか不愉快に……む、不味《まず》い、変に萎縮《いしゅく》させてしまった……早急に挽回《ばんかい》しなければ……」

と、なんだか急にリュドミラさんが少し慌てた様子を見せ、

「そ、そうだ。今日はマッサージの前に、スキル発現のお祝いをしようではないか。まあこれはもともと君がスキルを発現したと同時に飲ませ始める予定だったものだが……」

そう言ってリュドミラさんは退室。少ししてその手に木のコップを二つ持って戻ってきた。

「な、なんですかこれ……?」

　渡されたコップの中で怪しい光沢を放つ液体の色と臭いに、僕は思わず顔をしかめる。

「ふふふ、これはな、それぞれ特別な効果のある薬酒だ。緑色のほうはスキル使用で空になった魔力の伸びを促進し、紫色のほうはステータス補正スキルの成長幅を増加させる」

「えっ⁉」

「補正スキルは通常、Lv1で(+5)、Lv2で(+10)と、Lv《熟練度》が上がるごとに各種ステータスを5ずつ上昇させていく仕様になっているが、この薬酒は継続摂取することでその伸び幅をLv2(+12)、Lv3(+19)と底上げしてくれるのだ」

「そ、そんなものがあるんですか⁉　魔力増進だけならまだしも、スキルによるステータス補正値を上昇させる薬なんて……⁉」

「知らないのも無理はない。魔力増進の薬酒はエルフの国に、補正スキル底上げの薬酒は昔助けたヒューマンの国にそれぞれ伝わる秘伝。そしてどちらも危険度《リスク》8以上のモンスターからしか取れない素材を腕利きの上級薬師に渡さなければ作れない代物だからな」

　そ、それってリュドミラさんたちが冗談で言ってた長寿化の秘宝とかほどじゃないにしろ、普通に国宝級の薬なんじゃあ……⁉

「ふふふ、これだけの秘薬を若いうちから継続摂取するなど、王侯貴族の長男でさえ難しいだろう。まああくまで修行したぶんの伸びをよくするという程度のもので、早いうちから摂取しなければ意味のない代物故に『秘薬』と呼ぶには少し弱いが……それでも五年後十年後の結果は大きく変わる。さあ、スキル発現を祝して一気に飲み干すといい」

私の力を持ってすれば素材集めも大した手間ではないしな、と薄く笑うリュドミラさんに促されて僕はコップを見下ろすのだけど……いつまで経ってもそれを飲むことができなかった。

だって、こんなの……。

「む……？　どうした？」

「その、なんていうか……」

怪訝《けげん》そうにのぞき込んでくるリュドミラさん。そんな彼女に、僕は自分なんかが一生お目にかかることなんてできなかったはずの薬酒を見つめながら、自分の気持ちを正直に語った。

「引け目があるんです。皆さんに凄く良くしてもらって。今日なんて学校を退学にまでなった《無職》の僕がスキルまで発現して……嬉しいんですけど、なんだか凄く分不相応というか。毎日の食事にしても、この秘薬にしても、なんだかズルをしてるみたいで……」

「……ふむ。適切な鍛錬が前提の秘薬だからズルというわけでもないのだが、そういう話ではなさそうだな」

リュドミラさんはウジウジ語る僕の横に腰を下ろすと、寄り添うようにして言葉を続ける。

「まあ確かに君の来歴と人柄を考えれば、この恵まれた環境を受け入れるのは難しいかもしれないな。だが私たちは君ならこの環境を受け取るにふさわしいと思ったからこそ、君を弟子にしたのだ」

僕の気持ちを受け止めるような柔らかい口調でリュドミラさんが語る。

「私たちがいま君に行っているのは、選別ではなく育成なのだ。無駄に厳しくする必要などなにひとつない。君を伸ばすために必要なものをそろえ、そうでないものを排除する。それが育成であり、その結果が君の言うところの〝ズル〟のような環境だったというだけの話だ」

そしてリュドミラさんはその綺麗《きれい》な金の瞳《ひとみ》で見透かすように僕の顔を覗《のぞ》き込むと、

「……思うに君はここでの生活が始まる際、どんな厳しい修行も乗り越えてみせると覚悟を固めていたのではないか？」

「え……」

図星を突かれて僕が目を丸くしていると、リュドミラさんは「やはり」と頷《うなず》き、

「その覚悟は立派だ。だがそれだけの決意があるのなら、逆にこの世界一贅沢《ぜいたく》な環境を受け入れる覚悟を固めてみるというのはどうだ？」

「受け入れる覚悟……」

「そうだ。君にとってそれは厳しい修行に耐えるより難しいことかもしれないが、それこそ精神修行の一環とでも思えばいい。強い冒険者に、守れる冒険者になりたいのだろう？　ならば君は手段を選んでいられないはずだ。それがどんな贅沢だろうと」

「……っ！」

ああそうだ。なにを勘違いしてたんだ僕は。

僕の目的は自分を痛めつけることじゃない。エリシアさんみたいに、守る冒険者になることだ。だったらどんな厳しい修行だって……むずがゆくなるような贅沢だって、受け入れなくちゃいけない。

《無職》の僕が強くなろうとすれば、それこそ手段なんて選んじゃいられないんだから。

「……リュドミラさん」

僕は師匠の目をまっすぐ見つめ、

「いただきます！」

なんだかものすごい味のする薬酒を一気に飲み干した。

「迷いが晴れたな。ふふふ、それでいい。……そしてこの私にふさわしい男へと育つのだ」

満足そうに頷くリュドミラさんの笑みに今更ながら赤面しつつ、続けて僕はマッサージのためにテーブルの上で横になるのだった。

……贅沢を受け入れるといっても、これはやっぱり死ぬほど恥ずかしかったけれど。

5

そうしてクロスがスキルを発現した翌日から、修行はさらに加速する。

「もっと身体《からだ》の動きと魔力の流れを繋《つな》げるよう意識すんだ。……そう、よしそれだ！　いまの感覚を意識しながら《切り払い》を百回。闇雲《やみくも》にやらず、一回一回に意識を集中させて教えたことを反復しろよ。今回は威力じゃなく速度重視でな。それが終わったらいつもどおりあたしとの模擬戦だが、魔力切れは気にせず全力でかかれ！」

「はい！」

リオーネとの模擬戦を中心に、発現したスキルの〝熟練度〟をひたすら伸ばしていく。

スキルとはその名のとおり、魔力を用いた技術の総称だ。

本人のレベルやステータスとは別に、鍛えれば鍛えるほど威力、速度、コスト（スキル発動に伴う魔力消費効率）などが向上していき、Ｌｖ《熟練度》としてステータスプレートに表示される（もちろん同じ熟練度でもステータスが高いほど威力や速度は高くなるが）。

スキルの熟練度と保有数は冒険者の強さに大きく影響し、冒険者が己を鍛えようとする際には本人のレベルと同じかそれ以上にスキルが重要視されているほどだ。

なにせスキル熟練度はレベルアップによって伸びるステータスとは異なり、純粋な鍛錬のみで伸ばすことができる。つまりモンスターと命がけで戦い経験値を稼がずとも強くなれる唯一の手段なのだ。

スキルを磨けば格上のモンスターが狩りやすくなり、それに伴いレベルも上がりやすくなる。レベルが上がればステータスだけでなくスキル熟練度も微増し、さらに強いモンスターに挑めるようになる。

　命を危険にさらすことなく鍛えることが可能で、前述のような好循環を生み出すスキルの熟練度は冒険者にとってまさに生命線。その重要性はバスクルビアの冒険者学校が実技訓練によるスキル習熟にもっとも力を入れていることからも明らかだった。

　しかしこのスキル鍛錬には命の危険がないという大きな利点が存在する反面、誰もが避けては通れない大きな制約があった。魔力切れだ。

　誰もが一日に放てるスキルの回数は限られており、鍛錬を続けたくとも魔力が足りずに涙を飲む冒険者は数知れない。魔力回復薬《マジックポーション》で回復しようにも飲み過ぎは身体に良くない上に値段も張るため、多くの冒険者が魔力切れという足かせから逃れられないでいるのが現状だった。

　しかし、何事にも例外はある。

「は～いクロス君、《魔力譲渡《マジックバザー》》だよ～♥」

「うっ、くぅ……！」

　流れ込んでくる熱い感覚にクロスが身もだえし、その様子を見たテロメアがゾクゾクと身体を震わせながらさらに大量の魔力、体力、気力を譲渡しまくっていく。

　世界最強クラスの《終末級邪法聖職者《ダークプリースト・ハイエンド》》からほぼ無限に譲渡される魔力によって一日に何百回、何千回と繰り返すことが可能なスキル鍛錬。

　さらにその道のスキルを極限まで極めた師によるつきっきりの指導。

そしてそこに教えられたことを正面から素直に吸収する少年のひたむきさが綺麗《きれい》にかみ合う。

スキル発現からおよそ十日。

《無職》と呼ばれた少年は世界一贅沢《ぜいたく》な環境を余すことなくその身に取り込み、メキメキとスキルを伸ばしていた。

《力補正Lv2（+12）》　《防御補正Lv2（+11）》　《俊敏補正Lv2（+12）》
《切り払いLv3》　《緊急回避Lv1》　《身体硬化【小】Lv1》
《身体能力強化【小】Lv1》　《体内魔力感知Lv1》　《体内魔力操作Lv1》

「す、凄い、スキルがこんなに……！　それにたった十日で《切り払い》がLv3になるなんて……！」

修行の合間にステータスプレートを表示したクロスがキラキラと目を輝かせる。

そんなクロスの両脇からステータスプレートを見下ろしていたリオーネとテロメアは、満足げに息を吐いた。

「……なんだ、《無職》でも結構育つじゃねーか」

「ね～。もっとずっと大変だと思ってたのに」

発現直後に限っては成長が早いとされるステータス補正スキルはもとより、最初に発現した剣技《切り払い》もすでにLv3。加えて模擬戦を繰り返す過程で近接職系のスキルが数多く発現しており、育成は順調そのものと言えた。

一時的に物理防御を上昇させる《身体硬化》、同じく短い間だけ力と俊敏を引き上げる《身体能力強化》、敵の攻撃にあわせて半ば無理矢理に回避軌道をとらせる《緊急回避》、自らの体内に巡る魔力をどの程度掌握できているかの指標となる《体内魔力感知》に《体内魔力操作》と、出現したスキルの種類も最初にしては攻守のバランスがとれていて悪くない。

《無職》はまったくスキルを覚えない上にLv《熟練度》を上げるのも容易ではないと聞いていたが……クロスが比較的成長の早いとされる短命種であること、リオーネたちがよってたかって行った反則級の指導が上手くかみ合ったことなどが結果に繫《つな》がったのだろう。

リュドミラと違って弟子をとったことのないリオーネとテロメアは自分たちの育成能力が未知数ということもあり、クロスの育成には数十年単位の時間をかけるつもりだったのだが……これは嬉しい誤算だった。

「うん、これなら……おいクロス！」

と、リオーネはステータスプレートを眺めて感激に打ち震えていたクロスに声をかける。

「思ったよりかなり早くなっちまったが、この調子なら問題ねー。あの目標、そろそろ本格的に目指してみるか」

「っ！　本当ですか!?」

あの目標。それはクロスがスキルを発現した翌日の修行中、リオーネがクロスから聞き出したものだった。

『短期目標、ですか？』

『ああ。なんか具体的で現実的な目標があったほうが修行方針も考えやすいし、やる気も出るからな。で、お前のほうでなんか希望ねーか？　ほら、なんかあんだろ。あのモンスターを倒してみたいとか、一度ボコボコにしてみたいムカつくやつがいるとか』

『え、ええと……』

リオーネの乱暴なたとえに若干たじろぎながらクロスは考える。

そしてその胸に一つの希望が浮かぶのだが、クロスは「うーん、でもこれは」と口にするのを躊躇《ためら》った。だがリオーネはその様子を見逃さず、クロスに遠慮なく言ってみるよう促す。

『大丈夫大丈夫、笑わねーしバカにしたりもしねーから』

『え、ええとそれじゃあ……』

するとクロスは申し訳なさそうに身をよじりながら、

『僕、冒険者学校の復学試験を受けたいなぁ、と』

『……復学？』

『や、やっぱり変ですよね。こんなに凄い人たちに拾われて、この上なく贅沢《ぜいたく》な環境にいるのに……けど僕、あの学校で正式に学ぶのがずっと夢だったので……』

　なにせエリシアのような冒険者になりたいと強く思った10歳のあの日からこれまで、ずっと身近にあった憧《あこが》れの学び舎なのだ。《無職》授与による退学で絶たれてしまったが、その夢はリオーネたちに拾われたいまでもまだ胸の中にくすぶっていた。

『……』

　と、クロスの希望を聞いたリオーネがなにやら真面目な表情で思案に暮れる。

　クロスはその様子を見て「や、やっぱり失礼ですよね！　こんなこと！」と慌てて撤回しようとしたのだが『……いや、それはアリだな』と、リオーネは至極真剣な表情で頷《うなず》いた。

『どのみち一度退学になったお前がこの街で冒険者登録するなら復学試験の突破は必須だし、あたしらとだけ模擬戦を繰り返してたら変な癖がついちまう。幅広い《職業《クラス》》の連中が集まる環境で学ぶのは大事だ。それに勇者のいるいまのバスクルビアなら……』

　リオーネはそこで不自然に言葉を切り、怪しく瞳《ひとみ》を光らせる。

　だがクロスは自分の希望が全面肯定されたということに半ば舞い上がっており、リオーネの不自然な様子には気づくことはなく……大喜びでその復学という短期目標をリオーネたちとともに目指すことになったのだった。

「んじゃまあ、復学試験に向けてやることは一つだ。クロス、お前にはある特殊《エクストラ》スキルの習得を目指してもらう」

「エ、特殊《エクストラ》スキル……!?」

獰猛《どうもう》に笑うリオーネの言葉にクロスは高揚しつつ緊張に唾《つば》を飲み込んだ。

特殊《エクストラ》スキル。それはスキル熟練度を上げていった先にあるスキルの進化の一例だ。

スキルの進化には大まかに分けて二種類ある。

一つはスキルアップ。

スキル熟練度を最大値であるLｖ10まで上げることで、《身体能力強化【小】Lｖ10》↓《身体能力強化【中】Lｖ1》といった具合に、より上位のスキルが発現することを指す。

そしてスキル進化のもう一例は、スキル統合と呼ばれる現象だ。

これは一定以上の熟練度に達した複数のスキルが混ざることでより強力なスキルを発現することを指し、そうして生まれたスキルが特殊《エクストラ》スキルと呼ばれている。

固有《ユニーク》スキルほどではないにしろ、その威力は往々にして強力だ。

スキル統合による相乗効果でスキルそのものの威力が増し、元となったスキルをただ同時に発動するのとは比べものにならない破壊力や特殊効果を発揮するものが多い。

しかしその反面、ただ熟練度を上げれば自動的に上位スキルが獲得できるスキルアップとは異なり発現には特殊な訓練や素質が必要とされ、習得難易度はかなりのものがあった。

そのため、特殊《エクストラ》スキルは才能あふれる強力な冒険者の代名詞。

スキルの早期発現や固有《ユニーク》スキルと並び、冒険者を目指す少年少女が一度は夢見るスキルでもあった。ゆえに、

「……はい！　よろしくお願いします！」

クロスは人なつこい犬のように瞳《ひとみ》を輝かせ、一も二もなくこれを承諾。

荒々しく笑うリオーネと怪しく微笑《ほほえ》むテロメアに導かれ、その日から即、復学に向けた修行に取り組みはじめるのだった。

6

復学に向けた修行を初めてからおよそ二十日。

僕は復学試験に挑むべく、いつものレザーアーマーと訓練用ショートソードを装備してアルメリア王立冒険者学校の前に立っていた。

城壁と一体化したギルド併設の本校舎はまるでお城のような荘厳さ。広大な敷地内には一か月前と比べて強そうな冒険者や高貴な身なりの人が明らかに増えている。

そんな学校の様子を見回す僕の後ろにはリオーネさんとテロメアさんがついてきてくれていて、

「さすがに特殊《エクストラ》スキルの習得は少し手間取ったな。リュドミラのやつが薬酒の素材集めとか

で留守にしてるのが多いせいで、魔力開発が滞ったのが良くなかったか？」

「かもねぇ。わたしがやってあげればよかったけど、あんまり違う人の感覚を教えすぎるのもよくないし、素材集めについてはまたちょっと検討しないとだねぇ」

「まあリュドミラのやつ、今回の遠征で多めに素材集めるって言ってたし、しばらくは大丈夫だと思うが……っておいクロス、どうしたんだよ黙り込んで」

「あ、はは。その、やっぱりいざ試験を受けると思うと緊張してきて」

リオーネさんに顔を覗《のぞ》き込まれ、僕は頬《ほお》を引きつらせるように笑いながらそう答える。

「はっ、その緊張を楽しめるようになりゃあ一人前だな」

リオーネさんは僕の肩を軽く小突き、僕の緊張を吹き飛ばすように荒々しく笑う。

「ま、いきなり緊張するなってのは無理でも、そう固くなるなって。お前はこの一か月、しっかり頑張ってきただろ？　ほら、ステータスプレート見てみろ」

言われて僕はプレートを開示する。

そのスキル欄にはこの一か月の成果がはっきりとした数値として刻みこまれていた。

《力補正Ｌｖ４（＋30）》　《防御補正Ｌｖ４（＋33）》　《俊敏補正Ｌｖ４（＋30）》
《切り払いＬｖ６》　《緊急回避Ｌｖ６》　《身体硬化【小】Ｌｖ３》
《身体能力強化【小】Ｌｖ２》　《体内魔力感知Ｌｖ２》　《体内魔力操作Ｌｖ２》

　そして最後に、リオーネさんたちとの特訓で身につけたとある特殊《エクストラ》スキルＬｖ２。

　改めて信じられない成長だった。

　最初のうちだけは早熟するというステータス補正スキルは別として、スキル発現からたった二十日でＬｖ《熟練度》が合計14も伸びている。

　スキルは複数を並行して伸ばしていくとより効率が良いとは聞くけど、それを差し引いても夢みたいな発展速度だ。単純比較はできないけど、最初に発現した《切り払い》がＬｖを２伸ばすのに十日かかっていたことを考えればとんでもない飛躍と言えた。

「な？　こんだけ頑張ってスキル伸ばしてきたお前ならぜってー大丈夫だ。……まぁ今回の試験は普通よりちょっとだけ大変だと思うが……あたしらも目立たねぇとこから見守っててやるから、胸張って行ってこい！」

「は、はい！」

　バシンッと気合いを入れるように背中を押される。

　リオーネさん、小声でなにか言ってたような気がするけど……とは思いつつ、僕はそのままリオーネさんたちと別れ、駆け出すように試験会場へと向かうのだった。

　と、リオーネさんの激励を受けて会場へと足を向けたのはいいものの……やっぱり一歩進むごとに緊張が増していく。

なにせここバスクルビアに限らず、冒険者学校の復学試験というものはとにかく厳しい。

そもそも冒険者全体の底上げが目的である冒険者学校では実力を理由にしての退学者などほとんどいなくて、対象者は《無職》の僕みたいに心底見込みのない者に限られる。

なので復学するとなればその絶対的な〝見込みなし〟の評価を覆すだけの成果を見せねばならず、試験の内容も相応の難易度になってくるのだ。

そしてここアルメリア王立冒険者学校における復学試験の内容は、レベル13以上の在校生下級戦闘職との一騎打ちで一本取る《決定打を》こと。

さらにこの試験にはハンデのようなものが存在せず、こちらが一本取られれば即不合格。再試験には一年以上の期間をおかねばならないという決まりで、とにかく受験者を諦《あきら》めさせることを目的として設定されていた。

しかも一騎打ちの相手を務める在校生にとってこの試験はギルドからの依頼扱いなので、合格者を出すとクエスト失敗扱いになるという仕様。もちろん相手は全力で向かってくる。本当に厳しい試験なのだ。

唯一の救いは試験が非公開形式であるため（比較的）緊張する要素が少ないことなんだけど、

「……？」

なにか様子がおかしかった。

試験会場に近づけば近づくほど人の気配が増えて騒がしくなっていく。

それに時折、すれ違う人からの視線を強く感じた。

《盗賊《シーフ》》スキルは習得していないからよく聞こえないけど、なんだか僕について話しているような気配もするし……。いや、さすがに試験を前にして過敏になっているだけかな。緊張しすぎなのかもしれない。

「大丈夫、大丈夫。僕にはリオーネさんたちとの特訓で習得したスキルがあるんだから」

僕は眼をつむりながら試験会場である室内闘技場の扉に手をかけ、緊張を殺すようにして自分に言い聞かせる。それからゆっくり扉をあけ、試験会場へと足を踏み入れた。

――その瞬間、

「おいアレ！　本当に来たぞ!?」「あのバカどういうつもりだ!?」「退学勧告で頭おかしくなったんじゃねーの!?」「あの子あれでしょ!?　授与式のときに《無職》だったあの可愛《かわい》そうな子！」

「え……」

目に飛び込んできたのは、非公開試験の場にいるはずのないたくさんの人、人、人。

埋め尽くす、とまではいかないものの、中規模の室内闘技場の観覧席には何百人という人が集まっていた。野次馬っぽい街の人や冒険者、それから僕の無能をずっと近くから見てきた孤児院の仲間たち……無数の瞳《ひとみ》が驚愕《きょうがく》や嘲《あざけ》り、様々な感情をもって僕を見下ろしてくる。

そしてそんな予想だにしない状況に固まる僕の対戦相手として闘技場の真ん中に立っていた

のは――数多《あまた》の下級冒険者の中でも図抜けた才能を持つ、十数年に一人の有望株。
「てめぇ、どういうつもりだクロス……!?」
「ジ、ジゼル……!?」
僕に冒険者を――学校を辞めろと暴力まで振るった孤児院のリーダー格、ジゼル・ストリングが、殺意もあらわに僕を睨《にら》みつけていた。

＊

そこは闘技場を見下ろすように作られた観客席よりもさらに上、天井付近に設けられた特別な空間だった。

いわゆる関係者席とも言えるもので、通常は闘技場でなにかしらの催しが行われる際、運営や進行役、あるいは特別な招待客のみが入室を許される特等席。少なくとも数人の審判が闘技場にいれば事足りる復学試験で利用されることはあり得ず、今日もしっかり施錠されているはずなのだが……そこにはリオーネとテロメアの二人が我が物顔で陣取っており、試験の様子を見守っていた。

「リオーネちゃんも酷《ひど》いよねぇ。クロス君に内緒でこんな試験形式にするなんてぇ。わざわざ育成の合間に孤児院時代のこと聞き出したりしてまでさぁ。ほらぁ、クロス君ガチガチになっちゃってるよぉ」

「アホか。冒険者ってのは不測の事態に遭遇するのが普通だろ。特に駆け出し時代はな。だったらモンスターの巣窟《そうくつ》でそうなる前に、命の危険がない場所で慣らしといたほうがいいだろ」

そう。

今回の試験が公開形式になっているのも、クロスの受験が人々に知れ渡っているのも、その対戦相手がジゼル・ストリングであることさえ、すべてはリオーネの仕込みだった。

リオーネは冗談交じりなテロメアの言葉に反論しつつ、「それに」と荒々しい笑みを浮かべる。

「クロスのやつは少し自信がなさすぎるからな。うぬぼれはよくねーが、自信がねーのはもっとよくねー。だからあいつの自尊心を奪ってきた猿山のボスと戦わせて、自信を取り戻させてやりてーんだよ。身の丈に合った自信は成長に繋《つな》がるし、なによりこれでクロスがもっと戦うのを好きになってくれりゃあ、あたし好みだ」

まあここでクロスの対戦相手に孤児院のボスを指名し、その上公開形式にしたのはもっと別の狙いもあるが……と言葉を飲み込むリオーネに、テロメアは肩をすくめる。

「自信があったほうがいいっていうのは賛成だけど……リオーネちゃんはやり方も男の子の好みもちょっと野蛮だよねぇ」

「あ？　じゃあてめーはどんな男がいいんだよ」

「わたしはね～、一人になりたいときは放っておいてくれるっていうの前提でぇ、毎日朝起きたらちゅーしてくれてぇ、一緒にいる間はずーっとなでなでしてくれてぇ、夜寝るときもおやすみのちゅーしながらぎゅーって抱きしめてくれて、わたしのことをずーっと甘やかして慰めて全肯定してくれる人とかがいいなぁ」

「キッツモ」

「は～～～～～？？？」

「ああ……!?」

ビキビキビキッ！

男の好み談義で意見を違えたS級冒険者の殺気が激突し、関係者席がビリビリと震える。

（……っ。なんでもいいから早く帰ってはくれないだろうか……！）

そんな一触即発の雰囲気を見て冷や汗を流しているのは、リオーネたちから関係者席を開放するよう強要されたサリエラ・クックジョー学長だった。

サリエラは化け物二人を刺激しないよう関係者席の端で身をすくめながら、「まったくどういうつもりだこいつらは……」と心の中でリオーネたちに呆れた声を漏らす。

（「いらねーならもらってく」と一か月前にクロスを連れ去っていったかと思えば、急に復学試験を受けさせろなどと馬鹿げたことを）

退学から一か月で復学試験を申請してきただけでも信じがたいというのに、その上こんなにも酷《ひど》い試験形式を要求してきたときは本当に頭と人格を疑った。

中堅冒険者でも気後れするだろう公開形式。さらに対戦相手にはあのジゼル・ストリングをご指名ときた。いやご指名どころか、ジゼルを出さなければ学校を吹き飛ばすとまで言われた。完全に常軌を逸している。

ジゼル・ストリング。

彼女は間違いなく逸材だ。

《職業《クラス》》を授かったばかりでまだまだ発展途上ではあるが、すでにレベルは17。《職業《クラス》》授与と同時に発現した十のスキルも満遍なく鍛えており、早くもそのうちの幾つかはLｖ2。《職業《クラス》》授与前に早期発現していたスキルに至ってはすでにLｖ9に達している。

普通は《職業《クラス》》授与から早くとも二年はかかるとされる中級職へのクラスアップも目前であり、その素質は上級貴族の若手と比べても遜色《そんしょく》ないだろう。

この試合では使う機会もないだろうが、彼女の持つ固有《ユニーク》スキルの存在も考慮すれば、皆が騒いでいるように将来はA級冒険者も夢ではない。

そんな逸材と《無職》をぶつけるなど……サリエラはクロスが不憫《ふびん》でならなかった。

（どうも連中はクロスをなにかしらの目的で――信じがたいがもしかすると恋人候補として――育てているようだが、こんな無茶ぶりを強要されるところから推測するに、普段から連中の根城でどんな扱いを受けているかわかったものではない）

サリエラはクロスのことが改めて心配になる。

（……だがもし勇者エリシアがこの街に滞在する数年間、あるいは私が学長を引退するまでの十数年間は連中がクロスの育成に夢中で大きな騒ぎを起こさないでくれるとしたら……）

決して、決してイケニエというわけではないが！

それでこの化け物どもが大人しくなってくれるなら、クロスには頑張ってくれとしか言いようがない。全世界のギルド職員のためにも！

そうしてサリエラはＳ級冒険者の殺気がぶつかる関係者席でいたいけな少年を化け物に捧げる罪悪感に押しつぶされそうになりながら、眼下の復学試験を見守るのだった。

どう考えても結果の見えている、その試合を。

7

心臓が壊れたように脈打ち、全身から大量の冷や汗が噴出する。

マダラスネークに睨《にら》まれた飛びガエルのように身体《からだ》がガチガチになり、ショートソードを取り落としそうになる。頭の中が真っ白だった。

そんな僕を見下すように睨み付けていたマダラスネーク――ジゼルは試合開始位置につくと、心底震え上がってしまいそうな低い声を漏らす。

「あの化け物騒ぎから一か月。誰もてめぇを見かけねぇっつーからくたばったんじゃねーかと

思ってりゃあ……《無職》が退学から一か月で復学試験だぁ……!?」

ジゼルは苛立《いらだ》ちを隠そうともせず、訓練用に刃の潰《つぶ》されたバスタードソードを地面に叩きつける。そしてその激しい打突音にびくりと肩を竦《すく》める僕に向けて、信じがたいことを口にした。

「しかも聞いたぜオイ……! てめぇが試験申し込みのときに、試合相手にこの私を強く希望しやがったってなぁ……!」

「は……!? いや僕はそんなこと……あ……?」

瞬間、僕は完全に理解する。復学試験がなぜこんなことになっているのか。

(ちょっ、まさか、リオーネさああああああああああああん!?)

僕は復学試験における手続きの一切を引き受けてくれたリオーネさんに心の中で叫んだ。

いやちょっと! ちょっと待って!

そりゃ確かに僕も厳しい修行を望んでいたし、リオーネさん本人も『修羅場を超えねーと壁を破って強くなれねー場合もあるってのは完全に同意だけどな』って言ってたけど!

これはちょっと修羅場とかそういうの超越してないですか!?

頭上から降り注ぐのは僕の無様な敗北を期待する無数の視線と、バカにするような嘲笑《ちょうしょう》。

眼前で全力の怒気を放つのは、ずっと僕を敵視してきた孤児院の絶対的なボス。

その実力は本物で、野次馬から聞こえる話によると、この一か月ですでにレベルが15から17に上がっているらしい。いくら下級職の成長が早いにしたって、異常な成長速度だ。

こんなの絶対、勝てるわけない……！

混乱しきった頭がそんな確信に埋め尽くされるも、審判の人に促された僕はふらふらと試合開始位置に立ってしまう。

かろうじて握りしめたショートソードの先端が情けないほど震えるなか、

「舐《な》めやがって……！　今度こそ二度と冒険者になりてぇなんて言えねぇよう、念入りにぶっ殺してやる！」

——試合開始！

ジゼルがバスタードソードを構えて低く漏らすと同時、どこか遠くで審判の人の声が響いた。

「オラアアアアアアアアアアッ！　剣技《なぎ払い》！」

「ひっ……!?」

開幕直後。ジゼルが怒号を上げながらスキルを発動させて突っ込んできた。

レベル17のステータスから繰り出される身体能力は圧巻で、一瞬にして距離を詰められる。

瞬間、脳裏をよぎるのは孤児院時代にずっといびられてきた記憶。

つい一か月前、徹底的にたたき込まれたスキルの痛み。恐怖。

萎縮《いしゅく》しきった身体はまったく動かず、僕は情けない悲鳴をあげながらとっさに剣を構えた。

（ス、スキル《身体硬化【小】》……っ）

そして反射的に身体をぎゅっと固めてなんとか発動できたのは、一時的に物理的な攻撃への

耐性を高める防御系スキルだった。けど、

「う、わああああああああっ!?」

ジゼルの攻撃を剣で受け止めた僕はあっけなく吹き飛ばされた。

ただでさえレベル差がある上に、ジゼルの《撃滅戦士見習い》は攻撃のステータスに特化している。そこに攻撃スキルが加われば打ち負けるのは当然だった。

……けれど。

「……あれ?」

吹っ飛ばされた先で何度も床を転がりながら、僕はふと違和感に気づく。

思ったほど痛くない。

攻撃を受け止めたせいで剣を握る手はビリビリしびれているし地面を転がった衝撃で体中が痛むけれど、防御スキルのおかげだろう。戦いに支障が出るほどじゃなかった。

……僕、ジゼルの攻撃を受けられてる……? そもそも、目で追えてる……?

その事実に僕が驚きを隠せないでいたところ——僕とは比べものにならないほど驚いている人たちがいた。観客席の人たち、そして攻撃を放ったジゼル本人だ。

「……!? ああ? なにしやがったてめぇ……!?」

多分、一撃で僕の心を折るか仕留めるくらいの気持ちだったのだろう。

攻撃では完全に打ち勝っていたにもかかわらず、普通に立ち上がった僕を見てジゼルが目を

見開いた。けどその驚愕《きょうがく》した様子もわずか一瞬。ジゼルはすっと眼を細めると、

「……なるほどな。運良く防御系のスキルだけ発現して、浮かれて調子に乗って復学試験を受けに来たってとこか？　けどなぁ、ステータスオール０のザコが、私の本気にいつまでも耐えられると思うんじゃねえぞ！　剣技《捻《ひね》り突き》！」

ジゼルはなにやら納得したように剣を構え直すと、再び僕に突っ込んできた。

《身体能力強化【小】》を併用しているらしく、先ほどよりもずっと速い。

本気になったジゼルの強力な突撃だ。

けれどジゼルの攻撃を一度受けてふと冷静になった僕は、あることに気づいた。

なんか全然、怖くない……？

最初はジゼルに対する恐怖の刷り込みで身体《からだ》が固まってしまっていたけれど、実際に戦ってみるとわかる。

日々の模擬戦で本当に少しずつ《威圧》スキルの出力をあげていたというリオーネさんの打ち込みに比べれば。そしてなによりあの凶悪な《咆哮《ハウル》》に比べれば。

ジゼルの放つ怒気も殺気も、なんてことはなかった。

……いや、正直に言うとまだ少し手は震えるし、いますぐ逃げ出してしまいたい気持ちがないわけじゃない。染みついた恐怖はすぐに克服なんてできない。けれど、身体は動く。

そして一度戦いが始まってしまえば歯車がかみ合ったかのようにそれ一つに集中することが

できた。頭上から降り注ぐ無数の視線など意識の外へ飛んでいき、楽しい楽しい殴り合《ま》い《い》の世界へと意識が埋没していく。まるで条件反射のように。

緊張のとれた身体《からだ》がふっと軽くなった。

僕が反応できないと高をくくっていたのだろうジゼルの攻撃をどうにかギリギリで避ける。

「っ!?　ああ!?」

ジゼルは驚愕《きょうがく》しながらしかし、強化された身体能力のまま、空振った《捻《ひね》り突き》から繋《つな》げるようにバスタードソードを縦横無尽に振り回す。その連撃は驚異の一言だった。

冷静になってみて改めてわかる。やっぱりジゼルは強い。《職業《クラス》》授与から一か月しか経ってないなんて信じられないほどに。

ステータスひとつ取ってみても、レベル17の《撃滅戦士見習い》であるジゼルと、あくまで補正スキルで底上げしているだけの僕ではかなりの差があるだろう。そこにスキルまで加われればジゼルとの差はかなりのものになる。

「これで終わりだザコ野郎！」

案の定、バスタードソードの連撃がいとも容易《たやす》く僕を捉える。

けど僕はその攻撃をどうにか剣で受け、咄嗟《とっさ》に発動させた防御スキルで再び耐えた。

後々のため、回避スキルは使わない。

「っ!?　また耐えやがった!?　……こんの、バカの一つ覚えがあああ！」

再度立ち上がる僕を見てジゼルが吠える。突っ込んでくる。そして今度は僕もジゼルの咆哮《ほうこう》に応えるように真正面から突っ込んでいった。

脳裏によぎるのは、模擬戦の合間にリオーネさんが聞かせてくれた教えだ。

――いいかクロス。身体能力強化系スキル、特に俊敏系は常に発動させたままにすんじゃねーぞ。一定の熟練度とちょっとしたコツが必要だが、この手のスキルは発動と解除をこまめに切り替えろ。人の眼には《職業《クラス》》に関係なく慣れってやつがあっからな。常に百の速さで動くやつより、五十と八十を切り替えて戦うやつのほうが厄介なんだ。

「《身体能力強化》！　《切り払い》！」

「ぐっ……っ⁉　なんだこいつ……⁉　まさか攻撃スキル⁉　それにこの動き、ステータスオール０のはずじゃあ……⁉」

ジゼルと同じようにスキルで力と俊敏を上げて切り結ぶ。

リオーネさんの教えどおり、攻撃する時にだけ強化スキルを発動させ、瞬間的な速度上昇でジゼルの意表を突いていった。攻守が入れ替わり、ジゼルが受けに回る瞬間が出てくる。

けれど、元のステータスが違いすぎたのだろう。

《無職》の攻撃スキル発動など完全に想定外だったはずのジゼルは、それでも僕の奇襲じみた連撃をことごとくかわす。仮に当たったとしても、ジゼルの高い防御力に阻まれ恐らく決定打《一本》からはほど遠い。このままでは永遠に勝ちへは届かない。

けど、それも予定どおりだった。再びリオーネさんの言葉を思い出す。

――戦いにおいてスキルの選択と使い方ってのは最重要だがな。いくら上手く立ち回ってもステータスに差がありすぎると勝負にならねぇ。たとえば相手の防御が高すぎて攻撃が通じねぇとなると、どうやったって倒せねぇんだよ。だからステータスの伸ばしづらいお前にはまず、相手を倒すための火力確保がなにより重要になってくる。

――そこでいいスキルがある。まあ、あくまで分類上は下級スキルだから限度はあるが、相手の力が強ければ強いほど威力が増す便利な特殊《エクストラ》スキルだ。ついでに、上手く発動すりゃほぼ必中。

リオーネさんの言葉を自分の中で繰り返しながら、僕はジゼルへの攻撃を続けた。そしてちまちまと続く僕の反抗に、いよいよジゼルの表情から冷静さが抜け落ちる。《無職》の攻撃がかするたびに焦燥と苛立《いらだ》ちを加速させ、その瞳《ひとみ》が怒りに赤く染まっていくようだった。

そして長く持ちこたえたことでジゼルの動きに慣れてきた僕の攻撃が半ば偶然、その鎧《よろい》にかすり、闘技場に甲高い音を響かせたとき。

「……っ！　調子に乗ってんじゃねえぞ０点クロス！」

ジゼルがキレた。

回避スキルでも応用したのか、不自然な動きで僕から距離を取る。

そして再度スキルで身体能力を上昇させると、怒りに表情を歪ませながらバスタードソードを構え直した。

「ぶっ殺してやる……っ！　Ｌｖ９……《二連切り》！」

「……っ！」

それは間違いなく、ジゼルが持つ最大かつ最速の一撃。

これまでとは比べものにならない圧を振りまき、一瞬で彼我の距離を詰めたジゼルが全力の殺意を込めてバスタードソードを振り下ろした。

「オラアアアアアアアアアアアアアアアッ!!」

雄叫《おたけ》びとともに放たれるのは、防御スキルを発動させた上でガードしても確実に一撃でやられるだろう威力の乗った必殺。

だが僕は――

「あああああああああああああああああっ！」

その攻撃に顔面から飛び込んでいった。恐怖が手足の動きを鈍らせようとするなか、最後の最後まで背を押してくれるのはリオーネさんの温かい言葉だ。

――いいか？　この特殊《エクストラ》スキルで重要なのは勇気だ。本気で来る相手の殺気に惑わされず冷静にその動きを見極めて、必殺の一撃に真正面から飛び込む気持ちが勝利をたぐり寄せる。

――まあなにが言いたいかっつーと、後先考えずヒュドラに突っ込んでいったお前みたいなヤツにはぴったりのスキルってこった。

リオーネさんがそう言って荒々しく笑いながら僕に授けてくれた武器。《緊急回避》と《切り払い》が統合されたことで生まれたその特殊《エクストラ》スキルの名は――

「下級特殊《エクストラ》スキル――《クロスカウンター》!!」


一瞬が永遠に感じられる極限の集中状態。

冷静さを欠いて直線的になっていたジゼルの剣撃が髪の毛を数本切り落とし、耳をかすめ、身体《からだ》をひねった僕の服とこすれ合うようにして通り過ぎていく。そしてその攻撃と交差《クロス》するようにして繰り出されたのは、魔力の乗った僕のショートソード。

その一撃が真っ直ぐ向かうのは、攻撃に集中しているがゆえに――自分が攻撃している側だと思っているがゆえに――防御が疎《おろそ》かになっている意識の死角。ジゼルの懐。

「な――っ!?　があああああああああああああっ!?」

大怪我《けが》をさせないよう、鎧《よろい》の上からジゼルの身体にショートソードをたたき込む。

それは決して大げさな配慮ではなかった。

僕一人では絶対にひねり出せない威力。ジゼル自身の魔力がこもった突進のパワーをも取り込んだショートソードの一撃が、いとも容易《たやす》く彼女を吹き飛ばした。

ジゼルが何度も地面を転がり、その手からバスタードソードが滑り落ちる。

カランカラン……その決して大きくない金属音が響き渡るほどの静寂が、闘技場を満たしていた。審判も観客も静まりかえり、倒れたジゼルは声も発さない。

「――っ、はぁ……っ、はぁ……っ」

僕自身、まだＬｖ２でしかない特殊《エクストラ》スキルを大舞台で発動させたことで多大な集中力を持っていかれ、剣を振り抜いたまま荒い呼吸を繰り返すことしかできなかった。が、次の瞬間。

――ドオオオオオオオオッ！

会場が爆発するような歓声に包まれた。

「い、一本！　クロス・アラカルト、復学試験合格！」

そしてその歓声を受けてようやく現実を認識したかのように審判の人たちが旗を揚げる。

「……やっ、た……？」

そして誰よりも遅れて現実を認識したのは僕だった。

「や、やったあああああああ！」

ショートソードを持ったままその場で子供みたいに跳ね回る。

「ほ、本当に合格なんですよね!?　僕、ジゼルに勝って、学校に戻れるんですよね!?」

我ながらその事実が信じられず、審判の人に何度も詰め寄った。

困惑しきっている審判がなんだか化け物でも見るかのような目で僕を見ながらこくこくと頷《うなず》くなか、僕の意識はすぐ別のことへと切り替わる。

やった！　やったぞ！　合格できた！　これもみんなリオーネさんたちのおかげだ!!

そのリオーネさんたちがとんでもない試験形式を仕組んだ張本人であることは僕のおめでたい頭からは吹き飛び、僕はどこかで見守っているというリオーネさんたちに一刻も早く報告とお礼をしようと会場にその姿を探す。そのときだった。

「が……あ……ふ、ざけんじゃねえ……っ！　私がこんな……《無職》の雑魚に負けるなんざ、あり得ねぇだろうが……！　あっていいわけねぇだろうが……っ」

歓声にかき消されて起き上がる気配を埋没させていたジゼルがふらふらと武器を拾い、
まさかの事態に反応が遅れた審判の人たちの制止も振り切り、リオーネさんたちを探してきょろきょろしていた僕に背後から斬りかかってきた。

「どんなイカサマ使いやがった０点野郎!!」

刹那《せつな》。

「――っ!!」

それはここしばらくひたすら《クロスカウンター》の練習をし続けていた後遺症。

「《クロスカウンター》！　……あっ!?」

すでに試合は終わっているにもかかわらず、僕は完全な条件反射でスキルを全力で発動してしまっていた。しかもなぜかスキルはさっきよりもずっと簡単に発動し……ショートソードを逆手に持ち直した僕は、その柄をジゼルの顎《あご》にたたき込んでしまう。

「ぐがっ!?」

直撃。割れた顎から血を滲《にじ》ませたジゼルは今度こそ目を回し、泡を吹いて倒れてしまった。

「わっ、わあああああっ⁉　ジゼル⁉　ジゼルごめん！　ずっとこのスキルを練習し続けてたからつい反射で！　おーいジゼル⁉　だ、誰か早くヒーラーの人を呼んできてくださああい！」

完全に意図せずジゼルに過剰防衛気味な重傷を負わせてしまった僕はすっかり気が動転してしまい——試験会場が先ほどよりもさらに大騒ぎになっていることにも気づかず、ずっとジゼルに呼びかけ続けるのだった。

＊

その後。ジゼルの怪我《けが》が回復魔法ですぐ完治したのを確認してほっとしたクロスは、逆上した格上からの不意打ちさえ完封した《無職》に呆然《ぼうぜん》とする審判たちにも気づかず、師匠たちを探して会場を飛び出した。

そして闘技場の出入り口で待っていたリオーネたちを見つけると、すぐさま人なつこい犬のように駆け寄り満面の笑みを浮かべる。

「やりました！　やりましたよリオーネさん！　テロメアさん！」

「おう見てたぞ！　よくやったな！」

「凄いよクロス君、今日まで頑張ってきた甲斐があったねぇ」

駆け寄ってきたクロスの頭をリオーネが思いきりなで回し、テロメアが手を取って万歳する。

クロスはその賞賛とスキンシップに「あわあわ」と盛大に赤面しつつ、

「凄いです！　僕、あのジゼルに勝って復学なんて……夢みたいでまだ信じられなくて……リオーネさんたちのおかげです！」

最早尊敬と好感度は最高潮。

あのとんでもない試験形式の元凶が誰だったかさえすっかり忘れたクロスから向けられる純粋な好意に、リオーネとテロメアは「そうだろうそうだろう」と満足げに頷《うなず》いた。

「お、そうだクロス。ちょっとステータスプレート出してみろ」

と、大はしゃぎするクロスを褒《ほ》めちぎっていたリオーネが不意にそんなことを言い出した。

「こういうでかい勝負のあとはスキルがよく成長してるもんなんだよ。お祝い代わり……っつーのはちょっと違うかもしれねーが、まぁ見てみな。合格の喜びもひとしおだぞ」

「……っ！」

リオーネに言われ、クロスがさらに瞳《ひとみ》を輝かせてステータスプレートを取り出す。

「っ!?　ほ、本当だ!?」

そしてスキル欄を確認したクロスは目を見開いてまた大喜び。まるで幼い子供が宝物を自慢するかのようにしてリオーネたちにステータスプレートを手渡してきた。

リオーネたちはその様子を微笑《ほほえ》ましく思いつつ、「どれどれ」とプレートを受け取ったのだが――

「「……ん？」」

スキル欄に目を通した二人は同時に眉をひそめた。

なぜならそこに表示されていた「直近のスキル成長履歴」が明らかにおかしかったからだ。

《力補正Ｌｖ４（＋30）》　↓　《力補正Ｌｖ６（＋47）》
《防御補正Ｌｖ４（＋33）》　↓　《防御補正Ｌｖ６（＋50）》
《俊敏補正Ｌｖ４（＋30）》　↓　《俊敏補正Ｌｖ６（＋47）》
《切り払いＬｖ６》　↓　《切り払いＬｖ７》
《身体硬化【小】Ｌｖ３》　↓　《身体硬化【小】Ｌｖ４》
《身体能力強化【小】Ｌｖ２》　↓　《身体能力強化【小】Ｌｖ３》
《体内魔力感知Ｌｖ２》　↓　《体内魔力感知Ｌｖ３》
《体内魔力操作Ｌｖ２》　↓　《体内魔力操作Ｌｖ３》
《クロスカウンターＬｖ２》　↓　《クロスカウンターＬｖ４》

成長したスキルの数もさることながら、Ｌｖ《熟練度》の合計上昇値、実に13。

いくら真剣勝負がスキルの成長を促すとはいえ、クロスがこの二十日間で伸ばしたスキル熟練度が合計14（発現初期は成長が早いとされるステータス補正スキルの伸び幅を足しても23）だったことを考えれば、その成長度合いは頭抜けていると言わざるを得ない。

さらにおかしいのは、スキル成長の内訳だ。

試合で使用していた《切り払い》や《身体硬化》といった普通のスキルが軒並みLｖ1アップ。これはまだいい。よくある成長である。

だが通常のスキルより遙《はる》かに育ちにくいはずの特殊《エクストラ》スキルと、Lｖ4を超えて成長が著しく鈍化するはずのステータス補正スキルが総じてLｖ2アップ。さらによく見れば同じく育ちにくいとされる《体内魔力感知》や《体内魔力操作》までLｖが上がっている。

どう考えても異常だった。

いずれのスキルもそうそう伸びるものではない。

ましてたった一度の試合でここまでスキルを伸ばすなど、極度に成長が遅いとされる《無職》の特性を完全に無視していると言ってよかった。

「……なんか……育ちすぎじゃね……？」

「……うん」

リオーネとテロメアは「？」と二人を見上げるクロスを尻目《しり》に、真顔で顔を見合わせる。

リュドミラと違って生まれて初めて弟子というものをとった二人は――自らが世界最高クラスの天才であるために〝普通〟の成長速度の基準をいまいち把握していなかった二人は、そこでようやく違和感を抱いた。

自分たちが作り上げた世界最高の贅沢《ぜいたく》な育成環境――それを差し引いてなお、クロスの成長速度がどこかおかしいと。

第三章　異常事態

1

「それじゃあ、行ってきます！」

復学試験の翌々日。朝。

諸々の手続きを終えて正式に学校に通えるようになったクロスは、晴れやかな笑顔で屋敷を飛び出していった。

リオーネたちの根城は学校から少し離れており、授業開始に遅れないよう少し早めの出発だ。その足取りは極めて軽く、クロスの姿は豪邸の主な出入り口となっている地下の隠し通路へとすぐ消えてしまう。

「……？　なんだ？　クロスが随分とはしゃいだ様子で出て行ったが、貴様との修行はどうしたんだリオーネ。ふっ、まさかもう愛想を尽かされたのか？」

そう言って怜悧《れいり》な笑みを浮かべるのは、ちょうどクロスと入れ替わるように豪邸へ帰宅した金髪のハイエルフ、リュドミラだった。クロスに与える秘薬の素材を集めるため、今朝まで各地を巡っていたのだ。

飛行スキルを使用する際に腰掛けていた長い杖《つえ》を小さくしてから懐にしまい、リュドミラは中庭でクロスを見送っていたリオーネとテロメアへ半ば揶揄《やゆ》するように疑問を呈する。

だがリュドミラの予想に反してリオーネは真面目な……ともすれば深刻な様子で、

「ちげーよ。クロスのやつは一昨日の復学試験に合格したからな。今日から冒険者学校に通いだしたんだ」

「……？　なにを言っている。確かあそこの復学試験はそれなりの難関だっただろう。あの子にはまだ到底無理なはずだ」

リオーネがなにを言っているかわからず、リュドミラは怪訝《けげん》な顔をしながら聞き返す。

「……それなんだけどぉ」

するとテロメアがリュドミラにあるものを手渡した。

それはクロスのステータスプレート――その複製品《コピー》だった。

本人が教会に依頼することで作成できるそれは、オリジナルとは違って作成時から表示が変化することはない。しかしオリジナルと同様に偽造は不可能であり、大規模作戦における編成会議などでよく使われるものだった。

冒険者にとってステータスやスキルの開示は時に命に関わるため、複製品《コピー》を作る際には表示される内容を取捨選択できたりするのだが、クロスのコピープレートは完全複製品。情報が自動更新されないことを除き、オリジナルとまったく同じ状態がそこに再現されていた。

「一体なんだというんだ、わざわざこんなものまでクロスに作らせて……」

「いいからちょっと見てみろって。お前の意見が聞きてーんだ」

訝《いぶか》しげな顔でコピープレートに目を落とすリュドミラの隣でリオーネが続ける。

「お前確か、エルフの女相手に魔法を教えてた時期があっただろ。意見を聞きてえってのはそこに表示されてるスキルの成長速度のことで――」

と、リュドミラがプレートを読み終わる頃合いを見計らってリオーネが本題を切り出そうとしたときだった。

「……こ……の……」

コピープレートに目を走らせていたリュドミラが突如その切れ長の双眸《そうぼう》を見開いたかと思うと、身体《からだ》全体をぶるぶると震わせ、

「このバカどもがあああああああああ!!　最上級火炎魔法《バーストヘルフレイム》!」

「「っ!?　ぎゃあああああああああああああああああっ!?」」

中庭が一瞬にして灼熱《しゃくねつ》地獄と化した。

たたき込まれた超高密度の炎の固まりがリオーネとテロメアを飲み込み、地面を大きくえぐ

る。その余波だけで豪邸が焼け落ちそうになり、陥没した地面は膨大な熱エネルギーにより火口のように煮えたぎっていた。無詠唱魔法とは思えない高威力だ。

直後、その半ばマグマと化した土砂を吹き飛ばして二つの人影が陥没した地面から顔を出す。

「てめえいきなりなにしやがるクソエルフ！」

「酷《ひど》いよぉ……今日の分のライフストックが一つ減っちゃったじゃん～」

防御スキルで攻撃を防いだリオーネと、傷を瞬時に回復させながら文句を垂れるテロメア。どちらもほぼ無傷ながら、加工魔法によって耐久性が増しているはずの服はボロボロ。半裸のような状態で二人はリュドミラに食ってかかる。だがリュドミラはそれ以上の剣幕で、

「黙れバカども！　まさか貴様らがここまで愚かだとは思わなかった！」

「ああ!?　なに言ってんだお前!?」

「しらばっくれるな！　貴様らクロスにドラゴニアの秘宝を使っただろう!?　それとも教会の封印神器との併用か!?」

リュドミラはリオーネの言葉など聞く耳持たんとばかりに断言すると、確信に満ちた様子でさらに糾弾を続ける。

「確かにクロスの成長があまりに遅いようならそのうち各種族の秘宝を使うのもやぶさかではなかったが、育成のこんな初期に使うなど言語道断！　クロスが成長しきる前に使っては手練《てだ》れの追っ手と戦わせることでクロスの成長を促すこともできないし、なにより修行を積むこと

なく強くなったなどという経験はクロスの今後にどう考えても悪影響だ！」

リュドミラは心底後悔するように頭を抱えると、思い詰めたように声を漏らす。

「なかなか悪くない指導をするからと任せてみれば……私としたことが、完全に間違いだった……！　なぜかあの子に『修行の経過を話すな』などと言ってしまったのも悔やまれる……ぐっ、やはり最初からクロスは私が一人で育てるべきだった！　いやいまからでも遅くはない、今度こそ貴様ら二人をぶちのめして、あの子は私が――」

「おいバカ落ち着けボケエルフ！」

本物の殺気を放ち始めたリュドミラに、その豪腕で溶岩を投げつけながらリオーネが叫んだ。

「なにわけわかんねーこと言ってんだ！　あたしらはドラゴニアの秘宝も封印神器も使ってねーよ！　大体ドラゴニアの秘宝を使ってたらこんなもんで済んでねーっつーの！」

「誰がそんな幼稚な言い訳を信じるものか！　だったらなんだこの異常な成長速度は!?」

「……やっぱこれ、おかしいよな？」

リュドミラの言葉を受け、三人の中で最も気性の荒いはずのリオーネが真顔で呟《つぶや》く。

と、その態度を見たリュドミラはようやく普段の冷静さを取り戻し、困惑した声を漏らした。

「……なんだ？　まさか本当になにもしていないというのか？」

「そうだよ。だから弟子をとったことのあるお前に意見を聞きてぇって言ってんじゃねーか」

本来ならリュドミラの帰還を待つまでもなく、クロスの試験合格の際に『《無職》が……特殊《エクストラ》スキル……!?』と固まっていたサリエラあたりに聞いてもよかった。

だがクロスのこの妙な成長についてむやみに広めるのは不味《まず》いような気がして、リオーネたちはリュドミラを待っていたのだ。

リュドミラは「秘宝を使っていない」というリオーネたちの言葉をひとまず受け入れ、クロスのコピープレートを眺めながら自分の考えを整理するように見解を述べる。

「……やはり何度見ても信じがたいな。いくら私たちが全力で育成を行っているとはいえ、貴族の跡継ぎクラスの素材でもなければこんな成長はあり得ない。諸々の条件次第で変動するが、スキルの熟練度というものは二週間ほどかけてようやくＬｖ１上がる程度が一般的な成長速度なのだ。しかもこれは各《職業《クラス》》におけるスキル習得速度補正や本人のレベルアップの際に生じるスキルボーナスも加味しての平均値。そうした補正要素のない《無職》がたった一か月でここまで成長するなど……正直に言って異常事態以外の何物でもない」

「は……？　二週間でＬｖ１アップがせいぜい……？　普通のヤツってそんな成長おせーの？」

「ちゃんと修行しててその平均値なんだよねぇ……？　か、かわいそう……」

「貴様らその程度の知識もなしにクロスを育てていたのか……」

愕然《がくぜん》とする天才二人にリュドミラが心底呆れた声を漏らす。

「でもだったら、こりゃ一体どういうこった」

リオーネがクロスのコピープレートを指ではじく。

「わからん。近接系のスキルに特別適性があったか、あるいは……」

言いつつ、リュドミラはコピープレートに上級共通スキル《下位鑑定》をかける。

しかしリオーネとテロメアが「自分たちも試してみたがなにも出なかった」と言うとおり、特にめぼしい情報は出てこない。

そこでリュドミラは自室からあるマジックアイテムを引っ張り出してきた。

それは《商人》が使う本物の上級鑑定スキルが封じられた、回数制限つきの超高級マジックアイテム。手鏡のような形の、しかし鏡の代わりに透明な水晶体のはめられたそれをコピープレートにかざして魔力を込める。

すると水晶体越しのスキル欄に妙な染みが現れ、顔を寄せ合って同時に鑑定結果を見ていた三人は大きく目を見開いた。

「おいこりゃまさか……スキル隠蔽《いんぺい》か……？」

スキル隠蔽。

それはなんらかの事情でステータスを全開示せざるを得なくなった際、それでもなお隠しておきたいスキルが表示されないようにするスキルだった。だがステータスプレートの改竄《かいざん》すれであるこの超高等スキルを扱える者は極めて限られており、ただの孤児であるクロスに施されているはずのないものであった。

さらに、クロスのステータスプレートに施されたこの隠蔽スキルはかなりの隠密性があるようで、上級鑑定スキルを使ってなお、隠されたスキルの全容を見せようとはしない。

こうなってくると隠蔽スキルというより、ステータスプレートかクロス本人になにかしら予期しない出来事が生じたがゆえの不具合である可能性のほうが高いが、詳細《プロフィール》はわからなかった。

これ以上は恐らく、《最上級商人》クラスの鑑定スキルが必要になってくるが……クロスの身に起きているなんらかの異常事態について、いたずらに広めるような真似はしたくない。

まして腹でなにを考えているかわかったものではない《商人》系統の人間に鑑定を依頼するなど、天地がひっくり返ってもあり得なかった。

「……なんにせよ、軽率に他言していい案件ではないな。最上級鑑定スキルについては当てがないわけではないし、ひとまず私たちだけで検証と解析を進めていくとしよう」

無論、結論が出るまでこのことはクロス本人にも秘密だ。

三人はうなずき合い、愛弟子《まなでし》のステータスプレートに現れた黒い染みを改めて見下ろすのだった。

2

アルメリア王立冒険者学校では座学、実技を問わず、自分に必要だと思った授業を選択して受講する仕組みになっている。冒険者の《職業《クラス》》は多岐にわたるうえ、同じ《職業《クラス》》でも成長するに従って一人一人が重視する知識やスキル、戦闘スタイルは微妙に異なってくるからだ。

ただしそれはレベルにして20以上、すなわち中級職以上へとクラスアップした人たちの話で、僕たちのような《職業《クラス》》を授かったばかりの駆け出し冒険者は《職業《クラス》》ごとに受けるべき授業が半ば決まっている。

けれどそんな固定授業もお昼までに一通り終了し、そのあとは個々人がさらに好きな授業を受けたり、依頼《クエスト》をこなして経験を積みつつ学んだことを実戦で試してみたりと、かなり自由度の高い授業形態が取られていた。

なので冒険者学校で学ぶことと師匠たちとの修行は問題なく両立することができ、僕はそんな非の打ち所のない環境にすっかり舞い上がってしまっていた。

(リオーネさんが言うようにいろんな人と模擬戦をこなすのはもちろん、座学だって大事だぞ！　ここで体系だった基本知識を学んだほうが、リオーネさんたちの指導や規格外の経験談なんかも吸収しやすくなるわけだし！)

そう意気込んで、僕は中途編入という立場ではありながら意気揚々と朝の座学を受けていたのだけど……非の打ち所のないはずのその環境に、一つだけ大きな問題が発生していた。

「………………………チッ!!」

同じ講義室で授業を受けているジゼルの機嫌がめっっっっちゃくちゃに悪いのだ。

かなり席が離れている僕にもわかるくらい……というか僕に向けて威圧スキルでも使って

るんじゃないかと思うほどにその態度は露骨。

そんな空気を察してか、今年《職業》《クラス》を授かったばかりの孤児院組と街の子たちでいっぱいの講義室にあって、僕の周りにだけぽっかりと空間ができてしまっていた。

（や、やっぱりジゼル、まだ怒ってる……！）

けれどそれも当然のことだ。

わざとじゃないとはいえ、そして治癒魔法で綺麗《きれい》に治ったとはいえ、女の子の顔面にスキルで攻撃をぶち込んでしまったのだ。そりゃ怒るに決まってる。

いちおう試験が終わってリオーネさんたちへの報告を終えたあとに一度謝りに行ったのだけど、あのときは目を覚ましたジゼルが『なんかの間違いだ！』と襲いかかってきてちゃんと謝れたか微妙だったし……もう一度ちゃんと謝罪したほうがよさそうだった。

「あ、あの！　ジゼル！」

講義が終わったあと、僕はすぐさまジゼルの元へと向かった。

「その、ごめん！　試験が終わったあとだったのにあんな攻撃しちゃっ――うっ」

ギロリ！

凄《すさ》まじい目つきで睨《にら》まれて言葉に詰まる。

その「話しかけるな」という雰囲気は人でも殺しそうなほどの刺々《とげとげ》しさで、周りの取り巻きが「おい刺激するなバカ早くどっかいけ頼むから！」と僕に目で合図してくるほど。

とりつく島もないとはまさにこのことで、結局その日、僕はジゼルに謝るどころか近づくことさえできなかった。

「うーん……どうしよう……」

その日の授業を終えた僕は帰路につきながらうんうんと頭をひねっていた。

それというのも、ジゼルを怒らせたせいで周りに避けられるという状況が実技授業でも発生してしまっていたからだ。

《無職》である僕は発現スキルの関係で近接職系の実習に混ぜてもらうことになっていたのだけど、そこには当然機嫌最悪のジゼルがいるわけで、怒りの矛先が向けられている僕は模擬戦の相手にも困る始末。孤児院の元ルームメイトは手の動きで「すまん」と示して僕を避け、事情に疎い街の子たちでさえ不穏なものを感じて僕とは組んでくれないほどだった。

模擬戦についてはレベルも《職業《クラス》》も問わずの自由訓練場で相手を募るという手もあるけど、《職業《クラス》》を授かったばかりの駆け出し冒険者の相手をしてくれる人がいるとは思えなかった。

「これじゃあ『いろんな相手と戦って経験を積め』っていうリオーネさんの指示を果たせないよ……」

そうなると復学した意味が半減してしまう。

そうでなくともこちらの不手際でジゼルを怒らせたままという状況が酷《ひど》く心苦しい。一刻も早くジゼルと仲直りしたいところだけれど……そもそもジゼルはなぜかもともと僕を嫌っているし、話しかけるのも憚《はばか》られるんじゃあどうしようも……。

一体どうすればいいんだと学校の敷地内を歩いていた、そのときだった。

あまりにも唐突に、その信じられない出来事が起きたのは。

「……！　本当にいた！」

その可憐《かれん》な声がどこか遠くから聞こえたと思った次の瞬間、ひゅんっ！　と風切り音が響き、僕の眼前に突如としてその人が出現していた。

一振りの宝剣を思わせる美しい銀髪に透き通った肌。この世のものとは思えないほど美しいその相貌《そうぼう》は見間違えるはずもない。

勇者の末裔《まつえい》。僕が冒険者を志すきっかけになった人。

エリシア・ラファガリオンさんが、僕の前に立ち塞《ふさ》がっていた。

「――えっ!?　ちょっ、なっ!?」

僕は盛大に混乱する。なにせ瞬きしたと思ったら次の瞬間にはエリシアさんが目の前にいたのだ。しかも事態はそれだけに留まらず、

「よかった……っ、あのS級冒険者の人たちからずっとなんの連絡もなかったから、あなたの命が助かるっていうのは私を魔物暴走《スタンピード》の対処に向かわせるためのウソだったんじゃないかって……！　けど昨日、《無職》の人が復学試験に受かったって話を聞いて、それで――」

「ひゃうっ⁉　ふぇっ⁉　あわ、あわわわわわっ⁉」

僕はもう完全に平静を失っていた。全身がリンゴみたいに真っ赤になる。

なにせエリシアさんが泣きそうな顔をしながら僕の手を握ってきて、そのしっとりと柔らかい感触と暖かさが顔が近い声が綺麗《きれい》良い匂いがあわわわわわわっ⁉

一体何がどうなって……誰か！　誰か説明して‼

半ば助けを求めるように周囲を見回す。けれど周囲は周囲で僕ほどではないにしろちょっとした騒ぎになっていて、

「おいあれ、勇者の末裔《まつえい》じゃないのか？」「え⁉　男の子の手を握って泣いてる⁉　修羅場⁉」「てゆーかあれ、一昨日復学試験に合格したっていう《無職》じゃあ……」

ほんの数秒の間に人だかりができはじめていた。

その騒ぎに僕がさらに混乱を加速させていると、

「……ここは、ちょっと目立つわね」

「え⁉」

騒ぎに気づいたエリシアさんが小さく呟《つぶや》いた瞬間、僕はひょいとエリシアさんの脇に抱えられていて――

「えええええええええええっ⁉」

そのまま凄《すさ》まじい速度でエリシアさんに連れ去られるのだった。

人気《ひとけ》のない闘技場の陰に僕を連れ込んだエリシアさんは、何が起きているのかわからず混乱しっぱなしの僕にゆっくりと説明してくれた。

ヒュドラを倒したあの日、エリシアさんはリオーネさんたちに言われてしぶしぶ僕の元を離れ、魔物暴走《スタンピード》鎮圧に向かったこと。

けれどその後まったく連絡がなく、僕が死んだと思っていたこと。

そんなときに《無職》が復学試験を突破したと聞き、昨日から学校周辺を何度も探っていたこと……うん、さっき全部エリシアさんが話してたことだ。

けど完全に頭が停止していた僕は再度ゆっくり説明されてようやく事情を理解した。

要するに、リオーネさんたちが「後で僕の安否を知らせる」というエリシアさんとの約束をうっかり忘れていたということなのだろう。

そうして説明を受ける課程でようやく落ち着いた――けれど目の前にエリシアさんがいるという状況に引き続き平静を失っている僕を前に、エリシアさんが綺麗な所作で頭を下げる。

「それで……八つ当たりで酷《ひど》いことを言ったお詫《わ》びと、あの怪物から助けてくれたお礼がしたくて、ずっとあなたを探していたの。ごめんなさい。それから、ありがとう。私にできることがあったらなんでも言ってほしい」

「い、いやいやいや！　あれは僕だけの力じゃ全然ないですし！　気にしなくていいですよ！

エリシアさんにそう言ってもらえただけで僕、なんかもう一杯一杯で……！」

八つ当たりってなんのことだろう、と思いつつそんなことまで頭が回らない。

恐縮しまくって首を横にぶんぶん振る。けどエリシアさんは真剣な表情で一切譲らない。

「ダメ。それじゃあ私の気が収まらないわ」

「あ、あうあう……」

その綺麗《きれい》な顔を近づけてくるエリシアさんに、僕はもう呼吸が止まりそうだった。

う、うぅん……「お礼ならあのときのS級冒険者の人たちに」と言おうにも、リオーネさんたちはもうこの街にはいないことになってるし……僕なんかがエリシアさんになにを要求できるっていうんだ……。

と、嬉しさや戸惑い、畏怖《いふ》や憧憬《しょうけい》、恐縮といった感情が容量を超えてあふれ出そうになったとき、困り果てた僕の頭に一つの考えが閃《ひらめ》いた。

「……あ、ええと、それじゃあ……」

それはいま、僕が一番思い悩んでいること。

「その、僕、いま孤児院の女の子を凄く怒らせちゃってて」

そうして僕はジゼルとの一件をエリシアさんに話した。

「──それで、どう謝罪すれば許してもらえるのかわからないんです。同じ女性冒険者のエリシアさんなら、なにか良い案が浮かぶんじゃないかな、とか」

すべて語り終え、僕はちらりとエリシアさんの顔を見上げる。

するとエリシアさんはその綺麗な眉を悩ましげにひそめつつ、

「……美味《おい》しいおやつ、かしら」

「え？」

「そういうときは、謝るのと一緒に美味しいお菓子をもっていけばいいと思うの」

食いしん坊さんかな？

一瞬だけ僕の意識の奥底でそんな声があがるも、それは本当に小さな声。

「なるほど！」

気づけば僕は憧《あこが》れの存在であるエリシアさんの意見に全面同意していた。

いやけど、実際悪くない案だと思う。

ジゼルはああ見えて女の子らしく甘いお菓子が好きなようで、金属鎧《よろい》を買いそろえるだけのお金を貯める傍ら、みんなに隠れてこっそり買い食いしていることがあった。お菓子なら変に高級品を送るようないやらしさもないし、謝意を示すには悪くないだろう。

さいわい僕には孤児院時代、みんなと同じようにクエストと称した雑用依頼をこなして貯めたお金が少しだけある。試してみる価値は十分だった。ただ問題が一つだけあって……。

「お店にはいくつか心当たりがあるんですけど、なにを選べばいいのかわからないんですよね」

この街には長く住んでいるから、ある程度お店の目星はつく。けれど女の子の好みはさっぱりだった。実際に自分で買って食べてみたこともほとんどないし。

それも含めてエリシアさんに聞いてみたところ、

「なんとなくこういうお菓子が良さそう、というのはあるけれど……この街のどこになにが売ってるかはよくわからないから、ここで具体的な例を挙げるのは難しいわね……」

そりゃそうだ。エリシアさんはまだこの街に来て一か月だし、そもそも有名人すぎて買い物なんて気軽にできないだろう。そうして僕がどうしようかと再び悩んでいたところ、

「……あ。なら、こうしましょう」

エリシアさんがなにか閃《ひらめ》いたように声をあげる。そしてどこかソワソワしながらその提案を口にして……それを聞いた僕は頭の中が真っ白になった。

3

翌日。

学校が終わったあと、僕は一人、街の中央にある教会前広場で落ち着きなく周囲に首を巡らせていた。

昼下がりの教会前広場は僕と同じように待ち合わせをしているらしい人たちや大通りから大通りへ移動する人の波であふれている。

僕はそんなたくさんの人の中でもひときわ挙動不審で、昨日から引き続き非常に落ち着かない気分でいた。なぜなら……

「ごめんなさい、待たせたかしら？」

「ひゃうっ!?　あ、エ、エリシアさん!?　い、いつの間に……っ」

僕は自分でも恥ずかしくなるくらい情けない悲鳴をあげて飛び上がった。

昨日と同様に――というか昨日と違って風切り音すらなしに、白銀の少女が目の前に出現していたからだ。

勇者の末裔《まつえい》。一振りの宝剣のような美少女。エリシア・ラファガリオンさんが。

そう。僕はあのエリシアさんと待ち合わせをしていたのである。

『あなたがお店を知っていて、私は女の子の好きそうな味がわかる。だったら一緒に選びに行きましょう』

エリシアさんが昨日そう提案し、僕は頭の中を真っ白にしながらそれを承諾。学校が終わり次第この待ち合わせ場所へ別々に向かうことで合意し、いまに至るというわけだった。

……テロメアさんの《魔力吸収《マジックドレイン》》がなかったら、酷《ひど》い寝不足になってるところだ。絶対。

昨日からずっと緊張しっぱなしで倒れそうなくらいだったけど……いまはもっと緊張している。だって、エリシアさんの服装が可愛《かわい》すぎたから。

勇者の末裔という立場ゆえだろう。不測の事態に備えて白銀の鎧《よろい》と二振りの剣は装備したままなのだけど、その上から可愛《かわい》らしい外套《ポンチヨ》を羽織っているのだ。

フードもしっかりかぶったその姿はエリシアさんの凜とした雰囲気に反して子供っぽくもあり、その隔たりが僕の顔をまた熱くした。

けれど同時に、その男女を問わず振り向くような外見に僕はふと不安になる。

「そういえば今更なんですけど……人目とか大丈夫なんですか？」

言うまでもなくエリシアさんは有名人だ。

勇者の末裔《まつえい》。人族の切り札。アルメリア王国の至宝。そしてこの外見。

街なんて出歩いたらすぐ大騒ぎになるし、ましてや僕なんかと二人でいるところを見られるのは色々と不味《まず》い気がしてならない。

昨日、学校で騒ぎになりかけたことを思い出しながらそう心配すると、

「それなら大丈夫よ。特別なマジックアイテムがあるから」

エリシアさんはそう言って、首にかけられていたネックレスを持ち上げて見せた。

「これを身につけてる間は、私のほうからよほど強く干渉しない限り、誰も私をエリシア・ラファガリオンだとは認識できなくなるの」

「そ、そんなものが……」

道理で声をかけられるまでエリシアさんの接近に気づかなかったわけだ。いまも周りの人がエリシアさんの存在に気づく様子がないし。

リュドミラさんの秘薬といい、世界には僕の知らないものがたくさんあるんだなぁ……と驚いていると、

「ただ、私の護衛の人たちは対になるアイテムを持っていて、その人たちには認識阻害が通じないから、周りに注意しないといけないのは同じなの。……実は今日、護衛の人やお城の人には、内緒でここに来ているから」

「え」

エリシアさんが外套《ポンチョ》を深くかぶり直しながら驚くようなことを言った。そして、

「だから今日のことは、二人だけの秘密よ」

「……っ」

なんだか努めてそうしているような真面目な顔で、その人差し指を瑞々《みずみず》しい唇に押し当てるエリシアさん。その仕草と言葉にはち切れそうなほど心臓をバクバクさせる僕の脳裏に、そこで今更ある疑念が浮かぶ。

(あ、あれ？　もしかして今日のこれ、いわゆる逢い引きってやつになるんじゃあ……!?)

孤児院で女の子たち（九歳）が言っていた。

『男の人と女の人が二人でこっそり会うなんて、それはもう逢い引きだよ！』って。

実は僕も、今日エリシアさんに会うことはなんとなく気恥ずかしくてリオーネさんたちには秘密にしている。今日はちょうど何日かに一度ある完全休憩日で午後から修行がなかったの

で、僕は学校の友人と遊びに出かけることになっているのだ。

つまり今日のこれは僕もエリシアさんも周囲にウソをついての密会ということになる。逢い引き以外のなにものでもない。

そう結論づけてしまうと同時、僕の頭には「勇者の末裔《まつえい》は将来の伴侶《はんりょ》を探すために冒険者学校へ入学するのだ」という情報が巡り、さらに身体《からだ》が熱くなる。

（い、いやいやいや！　なに考えてるんだ僕は！　僕みたいな《無職》なんかと二人で会うのは良くないことだからエリシアさんは周囲に秘密にしてて、けどそんな中でわざわざお礼のために高価なマジックアイテムまで使って来てくれてるのに……落ち着け僕、いくらなんでも思い上がりが過ぎるだろ！）

と、僕は混乱しながらも必死に自分を落ち着けようとするのだけど、

「じゃあ、行きましょうか」

そう言ってエリシアさんが薄く微笑《ほほえ》む。

そんな異常事態を前に、どうやったって平静なんか保てるわけがないのだった。

＊

そうして始まったエリシアさんとのお菓子選びは、とても単純なものになる予定だった。僕

がいくつか知っているお店を案内し、そこでエリシアさんがめぼしいものを食べてみてジゼルへのお詫《わ》びの品にふさわしいか見定める。ただそれだけの単調な繰り返し。

実際、最初のお店から次のお店に向かうくらいまではそんな感じだったのだけど……。

「……」

「……あの、エリシアさん？　もしかしてあの屋台が気になってます？」

「え……あ、いや…………ええ」

寄り道。

「ねぇクロス。アレはなにかしら？」

「え？　ええと、確か王都にあるカフェってやつを真似たお店ですね。コーヒーとか軽食が楽しめるっていう。……えと、入ってみます？」

「す、少しだけ」

寄り道。

「なんだかあっちは雰囲気が違うのね。大きな建物がたくさんあるわ」

「あっちは劇場とか、演奏ホールとか、娯楽施設が密集してる区画なんですよ。僕みたいな孤児には縁の無い場所なんですけど……周りだけ見てみます？」

「……うん」

寄り道。

興味津々。子供のように周囲を見回すエリシアさんにつられて、お菓子選びは途中から種類を問わない買い食いとお店巡りの旅に変わっていた。最後の方なんてまだ開いてもいない劇場の外観を見るためだけに歓楽街まで足を伸ばしてたし……。

そうしてお菓子選びを終える頃にはすっかり日も暮れかけていて、僕はようやく選び終えたお菓子を抱えながら、最初の待ち合わせ場所である教会前広場のベンチにエリシアさんと並んで腰掛けていた。

相変わらず心臓はバクバクしていて全身が緊張しっぱなしだったけど、この頃になるとどうにか失礼がない程度にエリシアさんと雑談を交わせるようになっていた。

……本当にギリギリ取り繕っているだけで、いまも指先が震えているし、緊張しすぎて今日一日の記憶が曖昧《あいまい》だけど……。

「あなたはたくさんのお店を知ってるのね。よく誰かと行くの？」

「いえ、お店の場所や概要についてはそこそこ知ってるんですけど、自由に使えるお金が少ないので、実際に利用したことはほとんどないんです」

いろんなお店の情報を知っていたのは雑用クエストの際に街を探検していたのと、孤児院の先輩冒険者からたまに話を聞いていたからだ。

「なので実は今日、エリシアさんと一緒に入ったのが初めてで、結構楽しかったりして……」

「……私も楽しかったわ」

僕が頬《ほお》を染めながら呟《つぶや》くと、エリシアさんもぽつりと声を漏らす。

「こんな風にいろんなお店を回ったり、気ままに食べ歩きするなんて初めてで」

「え、でも、いままでいろんな街を修行で回ってたんじゃあ……」

「修行のためだけよ」

不意に、エリシアさんの声が硬くなる。

「こんな風に街を回る時間なんて、いままでほんの少しもなかったわ」

「……っ」

感情の抜け落ちたようなその声に僕は言葉をなくす。

それはあの日、『《無職》が冒険者になんかなれるわけない』と断言したエリシアさんと似通った雰囲気で……。

なんだか深く聞いてはいけないような様子に気圧《けお》されて、ただでさえ緊張しきっていた僕はなんと言えばいいのか全然思いつかなかった。

するとそんな空気を察したのか、はっとしたようにエリシアさんが顔を上げ、

「だから今日は、本当に楽しかった。あなたがいてくれたから知らないお店にもたくさん入れて……なんだかお礼とお詫《わ》びになってないんじゃないかってくらい」

「えっ、そ、そんなことないですって！」

急にそんなことを言って申し訳なさそうな顔をするエリシアさんに、僕は慌ててエリシアさ

んに選んでもらったお菓子を掲げる。

「……そう、ならよかった」

そう言ってエリシアさんが小さく笑ったとき。

カランカラン――カランカラン――。

狙い澄ましたかのように教会の鐘が仕事終わりの鐘をつく。夕暮れはいつの間にか夜に近くなっていた。

「さすがにもう帰らないといけないわね」

エリシアさんがベンチから立ち上がる。僕もつられて立ち上がり「あ、あの、今日は本当にありがとうございました！」と何度も頭を下げた。

けれどエリシアさんはいつまでもその場から動かない。そうして鐘の音が鳴り終わった頃、

「ねぇクロス。そのお菓子の結果、また教えてね。あなたがあのガラの悪い子とちゃんと仲直りしてくれないと、お礼とお詫《わ》びにならないから。……なにかあったら、また私に相談してね？」

これも、僕の思い上がりなのだろうか。

エリシアさんは柔らかい声音で名残惜しそうにそう言うと、この時間が終わるのを少しでも先延ばしにするようにゆっくりと僕に背を向け、人混みの中へと消えていった。

「……」

僕はそれから、エリシアさんが消えていったその人混みをバカみたいにずっと見つめていて。

そうして、ともすれば白昼夢かなにかだったのではないかと疑わざるを得ない時間は夜に沈む夕日のようにあっさりと終わってしまったのだけど――その翌日。


「どうだった?」

「え、ええと……」

その日の講義が終わった直後。講義室を出た僕はその瞬間、待ち伏せでもしていたかのようにして現れたエリシアさんに驚く間もなく攫《さら》われた。

一瞬にしてまた人気《ひとけ》のない闘技場の陰まで運ばれたかと思うと、エリシアさんは開口一番ジゼルとの顚末《てんまつ》を聞いてきたのだ。

(周りの目を気にするのはわかるけど、毎回こんなことされたら心臓がもたない……!)

エリシアさんに詰め寄られて小さくなりながら、僕は心の中で悲鳴をあげる。

けれどいま口にすべきはそんなことではなくて、

「それが……その、お菓子作戦は上手くいかなくて……」

僕はおずおずと、作戦失敗の顚末をエリシアさんに報告した。

リオーネさんたちにも悟られないようお菓子をギルド受付に預けていた僕は、朝一番にこれを回収してジゼルに渡そうと試みた。直接渡すのはどう考えても無理だったので、元ルームメイトに頼んで間接的に渡してもらったのだ。けれど結果は大失敗。ジゼルは僕からの贈り物と知るやお菓子を粉砕。その怒りは増すばかりだったらしい。

さすがにお菓子粉砕のくだりは言いづらかったので、そこは省いて説明する。けど、

「そう……」

それでもエリシアさんはしゅんと肩を落としてしまった。

一気に罪悪感が噴き出し、僕は大慌てで補足する。

「あ、でも、でもですね！　ジゼルの周りにいる孤児院組の評判は凄く良かったみたいなんです！　ジゼルが受け取らなかったお菓子をもったいないからって食べてくれたみたいなんですけど、そっちからはお礼の声が届きました！　エリシアさんの審美眼は確かだったんです！」

ぴくり。

「……いけるかも」

「え……？」

なにやら僕の言葉に反応したエリシアさんが瞳《ひとみ》に力を取り戻す。

「周りの人たちから切り崩していけば、少しずつあのガラの悪い子の態度も軟化していくはずよ。うん、こういうのは根気と誠意だから。同じ作戦を続けていけばきっと大丈夫。……多分」

エリシアさんは最後になにか付け足すと、

「だから、また付き合うわ、お菓子選び。すぐには無理だけれど、また周りの目を盗――都合の良い日を見つけてあなたに教えるから」

「え……でもそんな、エリシアさんに何度も付き合ってもらうなんてさすがに申し訳なさすぎるというか、畏《おそ》れ多いというか、いくらなんでもご迷惑をおかけしすぎるというか……」

「そんなことないわ」

エリシアさんはやたら力強く断言し、それからどこか悲しそうに目を伏せると、

「……それとも私とのお菓子選びは、もう嫌かしら？」

「いえそんなことないですこちらからもお願いします！」

辞退などできるわけがなかった。

こうして僕はエリシアさんの気迫（？）に押し負けるように、またしばらく彼女《憧れの人》との密会を続けることになったのだけど……それには一つ、大きな問題があった。

（お金、どうしよう……）

たった一度の、それもかなり自制していたはずの街歩きで孤児院時代の蓄えをほとんど使ってしまっていた僕は、正気に戻って途方に暮れるのだった。

4

そこは広い敷地を有する冒険者学校の中に数ある談話室の一つだった。

主に冒険者同士の情報交換の場として使われることの多い談話室はしばしば特定勢力の溜ま

り場となり、排他的な領域と化すことも少なくない。

その談話室も例に漏れず、冒険者ギルドの運営する孤児院からほど近いという理由で、代々孤児たちの中心グループが占有する排他的な空間と化していた。

夕方。その談話室には講義やクエストなどの用事を終えた十数人の孤児が集まっていた。

普通はこれだけ集まればなにかしらバカ話に花が咲くものだが、今日に限っては……いやここしばらくはそんな気配はみじんもなく、ピリピリとした空気が場を満たしていた。

その空気の発生源——集まった十数人の中でも飛び抜けて不機嫌で場の空気を支配していることが一目でわかる少女——ジゼル・ストリングは隣に座る孤児の一人に声をかける。

「で、準備はどうだ?」

「あ、ああ。使えそうなクエストはいくつか仮押さえしといた。簡単なクエストばっかだし、いざとなればすぐ消化できるから怪しまれることもないと思うぜ。西の森の順路《ルート》も採取クエストのついでに再確認しておいた。あ、けど一つ気になることがあって……」

「なんだ?」

「最近、西の森で獲物が減ってんだ。時期的に、下位の危険度《リスク》3モンスターかなにかが迷い込んで森を荒らしてんじゃねーかって話で、ちょっと危ねーかも」

「はっ、下位の危険度《リスク》3程度ならむしろ好都合じゃねーか。なにか不測の事態が起きて調子に乗った駆け出しが半殺しになっても、全部そのモンスターのせいってわけだからな。よし。じゃあとはあの0点野郎が調子に乗って動き出すのを待つだけだ」

報告を受けたジゼルが昏《くら》く笑う。

と、そんなジゼルを横目で窺《うかが》っていた取り巻きの一人が意を決したように口を開いた。

「な、なあジゼル。本当にやんのか？」

「……ああ？」

「さすがにちょっとやりすぎっつーかさ、ちょっとくらい加減してやっても……ほら、あいつが持ってきてくれたお菓子も美味《おい》しかったし」

「てめーアレ食ったのかよ!!」

ボゴォ！　制裁。ジゼルが椅子《いす》を蹴り飛ばし、取り巻きを何度も踏みつける。

「ぎゃあああああっ！　わ、悪いジゼル！　美味しそうでつい！」

「ったくバカが。その程度のことでほだされやがって」

ジゼルは吐き捨てるように言うと制裁を終え、その場にいた全員に鋭く目を向ける。

「手加減なんざありえねーし、中止なんざもっとありえねぇ。あの《無職》野郎は私の面子を潰《つぶ》しやがったんだぞ！」

孤児院組の頭を張っている自分の面子を潰す。

それがなにを意味するのか、ヘラヘラと復学してきやがったあのバカはなにもわかっちゃいない。だから、

「絶対にぶっ潰してやる……っ！」

どんな手を使っても。

当初、弱いくせに冒険者になりたいなどとほざいては弟のことを思い出させてくるクロスに苛立《いらだ》ち、「冒険者を目指す資格などない」とイビっていたときとはまるで違う。

揺るぎない本物の敵意とともにジゼルは低く呟《つぶや》いた。

「「「……」」」

そしてこの場に集められた孤児院組の面々は顔を見合わせつつ、しかしジゼルの言葉に逆らう者など誰もいない。《無職》に破れてもなお、ジゼルのリーダーシップは強烈に彼らを統率していたのである。ゆえに。

計画はもう止まらない。

第四章　無職覚醒

1

「……なんだか色々ありすぎて、修行に集中できる気がしないや……」

エリシアさんと密会を続ける約束を交わし、屋敷へと戻った昼下がり。

ここしばらく続いているあまりに非現実的な展開に頭がふわふわしっぱなしだった僕は、ついそんな不安を漏らしてしまっていた。

一昨日はエリシアさんと街にでかけるというのがあまりに唐突すぎて逆に冷静になれる部分もあったけど……いまは違う。ほぼ半日一緒に過ごしたことでエリシアさんの存在が急に現実的なものになってしまっている。そんな状態で密会継続なんて話になると……うぅ、またドキドキしてきた。

お金の心配もあるし、こんなことで普段どおりにちゃんと修行に打ち込めるんだろうか……そう思いながら僕はいつものようにレザーアーマーに着替え、いつものように中庭へと向かったのだけど……そこにはいつもと違う光景が広がっていた。

「あれ？　リュドミラさん？」

中庭ではリオーネさんとテロメアさんだけでなく、秘薬や食事の準備で忙しいはずのリュドミラさんが僕を待っていたのだ。

どうしたんだろうと僕が首をかしげていると、

「おうクロス。ちょっと今日から少しの間、修行の内容を変えるぞ」

リオーネさんがどこか不満そうにそう宣言した。

「あたしとの模擬戦が中心なのはまあ変わらねーけど、スキル鍛錬のほうはリュドミラとテロメアに全部任せることにする」

「え……？　それってもしかして……魔法スキルを教えてもらえるってことですか⁉」

僕は驚いてリオーネさんに聞き返した。

「でもどうして急に……？　魔法系スキルの習得はもっと先だってお話でしたよね？」

「あー……まあ、なんだ。どうせお前にはそのうちどの系統のスキルも習得させんだ。だったら近接スキルだけの戦闘に慣れすぎる前に可能な範囲でいろんなスキルを習得させて、少しでも戦いの組み立ての中に入れられるようにしたほうがいいんじゃねーかって話になったんだよ」

なんだか少し歯切れ悪くリオーネさんが方針転換の理由を語ってくれる。

その珍しい様子に僕が疑問を深めていたところ、

「まあ小難しい話はあとにして、ひとまず修行を始めようではないか」

「だねぇ。えへへ、やーっとリオーネちゃんの独り占め状態が終わったよぉ」

言って、リュドミラさんが僕の肩に手を触れる。するとそこから染み込んでくるのは、毎晩のマッサージでいつも感じている、リュドミラさんの操る魔力が体内で渦巻く熱い感覚。

「ひうっ⁉　ちょっ、リュドミラさん⁉　こんな場所で……⁉　……っ⁉」

僕は思わず声をあげながら、けどいつもと少し違うその感覚に意識を吸い寄せられる。

なんだ……？　体内で渦巻いていた魔力が、手の平を突き破って外の世界にあるもっと大きな力と繋《つな》がるような……。

「気づいたか？　これはいつもの《体内魔力操作》とは違う。《対外魔力操作》の感覚だ。我々魔導師はこうして体内と体外の魔力を繋げてより大きな力——魔法と呼ばれるスキルを行使する。毎日のマッサージで感度が上がっているから、薬液なしでもそれなりに魔力を感じるだろう」

言って、リュドミラさんがさらに僕の中に流れる魔力を強める。あううっ。

「さて、あとはこのまま君の体を介して魔法を発動させ、魔法スキルの感覚を身体《からだ》に覚えさせていくわけだが……クロス、君にはまず風属性の魔法を授けようと思っている」

「ふぇ……？」

「魔法には火、水、土、風の基本四属性が存在するが、多属性魔導師がクラスアップを急ぐ場合を除き、一つの属性を集中して伸ばしていくほうが成長しやすいのだ。そこでどの属性も習得可能であろう君は最初にどの属性を伸ばすべきかという話になってくるのだが……風は殺傷能力が比較的低いぶん応用が利く。最初に覚えておいて損はない属性だ」

そしてリュドミラさんは火、水、土の特徴についても軽く説明してくれたあと、僕に「最終的には君の意見を尊重しようと思うが、どうする？」と訪ねてくる。

僕は熱いものが身体を貫き続ける感覚に少し朦朧《もうろう》としながら、

「ええと、それじゃあ……風属性をお願いします」

リュドミラさんがオススメだというのと、なによりエリシアさんの放つ風切り音の記憶から僕はその属性を選択した。するとリュドミラさんは「うむ、わかった」と頷《うなず》き、僕の手の平を介して魔法を発動させる。

「我に従え満ち満ちる大気　手中に納めしくびき　その名は突風――」

「う、くうううううっ！」

リュドミラさんの口から初めて聞く呪文詠唱。それと同時に体内の魔力がざわつき、手の平に向けて形をなしていく。その感覚がまた妙に気持ち良くて変な声が漏れてしまい――無事に魔法が発動する頃、僕は顔を赤くして息を荒らげてしまっていた。

う、うぅ、なんか凄く恥ずかしい！

けど、いまのが魔法を使う感覚……と僕が自分の手の平を見ろしていたところ、

「よし、魔法発動の感覚はわかったな？　無論これから何百何千と同じことを繰り返し身体に

覚えさせていくが、同時に風の感覚を身体《からだ》に染み込ませる訓練も行っていく」

風の感覚？　風魔法発動の感覚となにが違うのだろう。

「ではクロス、服を脱ごうか」

「……えっ⁉」

なんで⁉

「どの属性でも言えることだが、魔法とは体内の魔力と体外の魔力を繋《つな》げ一体化させる技術だ。ゆえに扱おうとする属性とより多く触れあい、自らの身体の一部だと錯覚するほど慣れ親しみ、頭の中にその属性の手触りや色、形、存在を強く正確に思い描けるようになっていけばいくほど習熟しやすくなっていく。つまり――」

リュドミラさんの周りに風が逆巻き、僕の頰《ほお》を優しく撫でた。

「属性は全身で満遍なく浴び続けることが望ましい。さあ、わかったら訓練を始めようか」

「え、ちょっ、リュドミラさ――わあああああっ⁉」

僕が返事するのも待たず――これも風を感じる修行の一環なのか――リュドミラさんの操る風が問答無用で僕の装備を脱がしていった。数秒後、僕は中庭の真ん中でマッサージのときのように下着一枚にされていて……。

恥ずかしくて咄嗟《とっさ》に身体を隠そうとするのだけど、全身を風にもてあそばれてそれもままならない。風が肌を撫でるくすぐったい感覚に羞恥心《しゅうちしん》は増すばかりだった。さらに、

「よし。では再び風魔法発動の感覚をたたき込む。次に風を感じる際はこの感覚を反芻《はんすう》し、外の世界と自分の魔力を繋げることを意識するように。我に従え満ち満ちる大気――」

「ちょっ、リュドミラさんちょっと待っ――うううううううぅっ」

問答無用で注ぎ込まれる熱い感覚。青空の下で半裸にされて恥ずかしい声を漏らす僕。

もうその頃には良くも悪くもエリシアさんとのあれこれは完全に頭から吹き飛ばされてしまっていて、

「あ～～リュドミラちゃんズルいなぁ。……うぇへへ、クロスくぅん、わたしがスキル発動の感覚を教えるときも裸のほうが効率いいから、そのままの格好でヤろうねぇ……♥」

「お、お前リュドミラこれ、本当に魔法の修行に必要なことなんだろうな⁉　つーかテロメアてめぇは確実にウソだろ⁉　今度はあたしがてめぇのこと見張ってやるから滅多なことするんじゃねぇぞ……！」

なんだか僕と同じくらい赤面しているリオーネさんに思わず助けを求めそうになりながら、「修行に集中できるんだろうか」なんて当初の懸念とは裏腹に、僕は目の前の修行に没頭させられてしまうのだった。

＊

そうしてクロスが魔法系スキルの修行を始めてからおよそ二日。

中庭に朗々と呪文詠唱が響き渡る。だがその声の主はリュドミラではなく――

「――我が弾丸となりて敵を討て《ウィンドシュート》！」

ドゴン！　詠唱の担い手――クロスの手の平に凝縮された空気の固まりが発射され地面を抉《えぐ》った。その威力は魔法としては最弱レベルのものではあったが、それまで近接職のスキルしか学んでこなかったクロスからしてみれば破格の威力。

「す、凄い！　これが攻撃魔法スキルなんですね……！」

魔法スキルが発現したことはもちろん、自らが放ったその高威力を目の当たりにしたクロスは子供のように目を輝かせる。

しかしその一方。

「……っ！」

魔法スキルを発現させたクロスを見て、リュドミラは自身の目を疑うように表情をこわばらせたまま立ち尽くしていた。

「……？　リュドミラさん？」

と、そんな様子を不思議に思ったのだろうクロスが喜びとは一転、心配そうに見上げてくる。

「あ、ああよく頑張ったなクロス。これで君の戦闘スタイルはさらに広がりを見せるだろう」

リュドミラははっと我に返ると慌てて取り繕い、

「ただ注意点がある。魔法は見てのとおり高威力のものが多く、強力なモンスターや格上の人間と戦う際の切り札になりうる。しかしその一方、詠唱完了後に魔法を待機させておける時間はごく短く、そもそも詠唱そのものに非常に長い時間を必要とするなど使い勝手が悪い側面もある。上級特殊《エクストラ》スキルである《詠唱放棄》や《遅延魔法《マジックストッカー》》を獲得するまではよく戦況を俯瞰《ふかん》し、先を読みながらの運用を心がけるように」

「はい！」

リュドミラの講釈めいた教えを受けてクロスが素直に返事を返す。

それからクロスはリュドミラの指示のもと、発現した魔法の熟練度を伸ばすべく夢中で試し打ちを繰り返していた。

そんな愛弟子《まなでし》を尻目《しりめ》に、

「……おいおいマジか」

「やっぱりこれ、おかしいよねぇ」

リオーネとテロメアがクロスのステータスカードに記されたスキル欄を覗《のぞ》き込み、愕然《がくぜん》としたように声を漏らす。復学試験のあとに急成長を果たした近接スキルに変化はない。

だが一方で、新たにいくつものスキルがそこには出現していたのだ。

《攻撃魔力補正Ｌｖ１（＋７）》《特殊魔力補正Ｌｖ１（＋６）》

《ウィンドシュートLｖ1》　《ガードアウトLｖ1》
《体外魔力感知Lｖ1》　《体外魔力操作Lｖ1》

魔導師であるリュドミラが教えた下級風魔法《ウィンドシュート》。

邪法聖職者であるテロメアが授けた、敵の防御を低下させる下級邪法スキル《ガードアウト》。

そしてそれらの魔法スキル獲得と同時に発現したステータス補正スキルと魔力操作、感知系スキル。

明らかに異常だった。

この二日間はちょうど冒険者学校が週に二日ほど設けている休養日と重なったため、以前と同じように終日を育成に費やすことができたというのはあるが、それを差し引いても習得が早すぎる。事前にマッサージなどの下準備が入念に行われていたにしてもだ。

「……どうやら近接スキルにだけ特別な適性があるというわけではないらしい」

リュドミラがステータスカードを見下ろしながら、目の前の異常を分析するように呟《つぶや》く。

「みてーだな。……で、最上級鑑定スキルのほうはどうなってんだ？」

「いま、しかるべきルートからそれが可能なマジックアイテムを取り寄せている。数日以内に届くはずだ」

リオーネの確認にリュドミラが答え、それを受けてテロメアが声を漏らす。

「そっか～。じゃあひとまず、それが到着すればクロス君になにが起きてるのかわかるかなぁ」

逆に言えば、それが届くまではこれ以上深く考えてもあまり意味がないということで。

三人はそれぞれ思うところはありつつ、「あれ？　どうしました？」とこちらの様子に気づいたクロスに怪しまれないよう、いままでどおりに育成を進めるのだった。

2
「やっぱり師匠たちは凄いなぁ……この前までなんにもできなかった僕が、戦士系スキルだけじゃなくて、魔導師系や僧侶系の魔法スキルまで習得できるなんて」

休養日明けの昼下がり。

僕は学校の敷地内を歩きながら、感嘆するように呟いていた。

ここ最近ステータスプレートを確認するのがすっかりクセになってしまっていて、僕は歩きながらだというのに思わずスキル欄を眺めては子供みたいに頰《ほお》をほころばせてしまう。

特に昨日、魔法系と僧侶系のスキルを発現してからはスキル欄を確認する回数も激増していて、ステータスプレートを表示するたびにリオーネさんたちへの感謝と尊敬の念、そして修行へのやる気がぐんぐん増していくのだった。

……ただ、そうして修行が極めて順調である一方、僕は早急に解決しなければならない問

題を抱えたままでいた。それは、

「お金がない……」

そう、金欠問題である。

エリシアさんに協力してもらった先日のお菓子選びで孤児院時代の蓄えをほとんど使ってしまった僕にはいま、自由に使えるお金がほとんどない。

ジゼルへのお詫《わ》びにはまた何度も値が張るお菓子を買うことになりそうだし、そのための資金稼ぎはできるだけ早くはじめておく必要があった。

加えて、お菓子選びに付き合ってくれるというエリシアさんとの街歩きにはお金がかかるという事実も判明した。

というのも、エリシアさんは試食以外にも結構な買い食いをするのだけど、そのとき自分一人では悪いからと僕にその都度おごってくれようとするのだ。さすがにそこまでしてもらうわけにはいかないということで僕は自分の分のお金を出すのだけど、それが結構な額になる。

それならエリシアさんに余計な買い食いを控えてもらえばいいだけの話なのだけど……一度さみしそうにおなかを押さえるエリシアさんを見てそんな考えは一瞬で爆散。

僕の中にはもうお金を稼ぐ以外の選択肢などなくなっていた。

さて、そうなると次はどうやって稼ぐかという話になってくるわけだけど……冒険者の聖地バスクルビアで駆け出し冒険者がお金を稼ぐ方法といえば依頼《クエスト》一択。

　というわけで僕は学校の敷地内にあるレンガ造りの大きな建物——冒険者ギルドの掲示板前に足を伸ばしているのだった。

　昼下がりということもあり、掲示板前は多くの人でごった返していた。

　掲示板には依頼だけでなく周辺の異変や冒険者向けの催しものの告知などもあるため、用がなくとも掲示板前に立ち寄るのが冒険者の習慣なのだ。

　その例に漏れず……というか単に真似をして孤児院時代から掲示板前をちょろちょろすることの多かった僕は、人混みの中でも新しく張られた情報をすぐ読み取ることができた。

　東の帝国との国境付近で不穏な動きがあるとか、西の森で採れる魔物の数が減っていて常設依頼——依頼が出ていなくても、常に需要のある食肉用モンスターなどを狩れば一定の金額で買い取ってくれる仕組みのこと——の換金相場が良くなっているとか。

　そうして諸々の情報を拾ったあと、僕は掲示板の前で依頼を見繕いはじめたのだけど……ここでまた一つ大きな問題に直面した。

　常設依頼も含め、まともなお金になる仕事はほぼ街の外での活動を前提としたものばかりだったのだ。

　街の外での活動——すなわち護衛やモンスター討伐、素材採取といった依頼は命の危険が伴うため、パーティでの受注が大原則。特に僕みたいな駆け出し冒険者は四人以上のパーティを組まなければ依頼を受けられないようになっていた。

これについては依頼受注を許可してくれたリオーネさんたちからも「魔力溜まりにでも行かねー限りいまのお前なら大丈夫だろうが、念のためな」と厳命されている。

すなわち僕がいまお金を稼ごうとすれば、誰かとパーティを組むしかないのだけど……。

「実技講習で模擬戦をしてくれる相手もいないのに、パーティなんてどうやって組めば……」

ジゼルに睨《にら》まれて孤立している状況ではそんなことできっこなかった。

街の外から来た人たちのパーティに加えてもらおうにも、わざわざ遠くからこの街に来るような人たちはほとんどが中堅以上。

僕じゃあ実力が低すぎて相手になんかしてもらえない。

そうなるとやっぱり実力が近くて面識もある孤児院組の人たちとパーティを組めればそれが一番なんだけど、それにはジゼルとの和解が必須。

そしてそのためにはお詫《わ》びの品を持って行くための資金が必要で、それにはパーティを組む必要があるという……見事な堂々巡りだった。

うーん、こうなったら一か八かでパーティ募集を……けどレベル０の《無職》が呼びかけて一体どれだけの人が応えてくれるのか……と僕が掲示板前で悩んでいたときだった。

「よぉ、クロスじぇねえか。なにこんなとこで腕組みして唸ってんだ?」

「え?」

声をかけてきてくれた四人の男女に、僕は目を丸くした。

それはついこの前まで孤児院で一緒に暮らしていた顔見知りだったからだ。

え、僕に話しかけたりして大丈夫なの？　とジゼルが周囲にいないかキョロキョロしつつ、

「え、あ、ええと、ちょっと依頼を受けてみようかと思ってたんだけど……」

久しぶりに話しかけられて嬉しかったのと、途方に暮れていた心細さが手伝い、僕はみんなに事情を説明していた。もちろんエリシアさんやお菓子に関する諸々は伏せた上でだ。

すると四人は驚くぐらいあっさりと、

「じゃあ俺たちとパーティ組もうぜ。四人じゃちょっと心許ないと思ってたとこだしな」

「え!?　いいの!?」

僕は思わずギルド中に響き渡りそうな大声をあげてしまった。

周りの目が集まっていることに気づいてはっと息を潜め、

「で、でもさ、パーティを組むとどうしても目立つよ？　こうしてこっそり話すのとはわけが違うし……その、ジゼルは大丈夫なの？」

「あー、まあ問題ないだろ」

「あの子も色々素直になれないだけだしね……性格的にも立場的にも」

僕の懸念にみんなはなんだか拍子抜けするくらい軽く返してくる。

極めつけに、パーティリーダーをやっている男子は僕の肩を抱いて、

「ま、あんま気にすんなってこった。お前がジゼルに送ったあの菓子がすげー美味《うま》かったし、

そのお礼とでも思ってくれよ」

「……っ。う、うん！　ありがとう！」

僕はリーダーの手を取ってお礼を言う。

（こんなところで早速お菓子の効果が……エリシアさんのおかげだ！）

僕はそんなことを思いながら、みんながすでに確保しておいたという依頼をこなすべく、早速準備にとりかかるのだった。

＊

「わぁ……これが西の森……」

街から出て西へしばらく歩いたところに、そのうっそうとした森は広がっていた。

みんなが受けた依頼は、食肉用の野生角ウサギと羽飛びシカの狩猟。

主な生息域である西の森でこれらのモンスターが姿を見せなくなっているせいで肉の需要が増加し、常設依頼とは別に割の良い個別依頼がいくつも張り出されていたのだった。

西の森は僕たちみたいな駆け出し冒険者が資金と経験値を稼ぐためによく使われる、いわば初心者エリア。そのため上位の冒険者が立ち入って獲物を乱獲することはあまりよろしくないこととされていて、肉の需要が高まったいまも駆け出し冒険者ばかりが森に入っていくのが見てとれた。

「じゃ、とりあえず行くか。《騎士見習い》の俺を先頭に、《レンジャー》のエリンと《水魔術師》のコリーが後衛、《重剣士見習い》のダードとクロスは後衛の護衛についてくれ。《レンジャー》は獲物の探知に必須だし、《魔術師》はちょっと強い魔物が出たときの切り札だから、しっかり守ってくれよな」

「う、うんっ」

初めてパーティを組む僕への説明がてらリーダーが編成を確認し、それからパーティは森へと踏み込んだ。

魔力溜まりと呼ばれる〝本物〟ではないものの、初めて足を踏み入れた魔物の領域に僕はいろんな意味でドキドキしっぱなしだ。足手まといにならないよう緊張しながらショートソードを握り、落ち着きなく周囲を見回す。

ただ、こういう採取・狩猟系依頼で不測の事態が起こることなんてほとんどない。

大体がすでに開拓されているいくつもの順路を巡り、その周辺にいる獲物を狩るのが原則だからだ。なのでまだレベルの低い《レンジャー》であるエリンが探知し損ねたり、索敵範囲が狭くて急な接近に対応できなかったりしたときの不意打ちにだけ気をつけていれば良い……というのが座学で習った基本なんだけど――

「ね、ねぇリーダー。なんかどんどん順路から遠ざかってるみたいだけど大丈夫なの？」

踏みしめられた歩きやすい道が見えなくなってしばらく経った頃、たまらず僕は指摘した。

確か掲示板には「西の森で獲物の姿が減ってるのは時期的に少し強いモンスターが迷い込んできたからかもしれないので注意」とあったし……不用意な行動は避けたほうがいいはずだ。

けれど僕の心配なんて初心者の考えすぎだとばかりにみんなは笑い、

「大丈夫だって。西の森は《レンジャー》さえいれば遭難の心配もない規模だし、モンスターは精々危険度《リスク》2程度、一番ヤバくても3の下位だぜ？　俺たちなら十分対処できるって」

「そうそう。大体、普通の順路じゃ獲物が捕れないからこんな依頼が出てるんだし、ちょっとくらい深い場所にいかないとでしょ」

「俺らは何度も森に入ってるから、心配しなくても平気だって」

「そ、そうかな……？」

みんなは口々にそう言い、どんどん森の奥深くへと入っていった。

そうして他の冒険者の気配さえ一切感じ取れない森の深部へと踏み入った頃。

少し木々の密度が下がって開けた場所に出たところで、リーダーが立ち止まった。

「……よし、このあたりだな」

「え……？　でもこのへん、全然モンスターがいないみたいだけど……」

リーダーの言葉に僕は戸惑う。それとも僕が知らないだけで、巣穴かなにかがあるのだろうか。そう思って周囲を窺《うかが》っていると、

「悪いなクロス……けど、怪しい申し出や依頼を警戒するのは冒険者の基本だぜ」

「え――」

僕の前に立っていたリーダーたちが一斉に振り返り、行く手を塞《ふさ》ぐように僕の眼前で展開した、その瞬間。

「この依頼《クエスト》の狙いは角ウサギなんかじゃねぇ――てめぇだクロス」

「――っ!?」

背後からぞっとするような低い声が聞こえてきて咄嗟《とっさ》に振り返る。

そこで僕の目に入ってきたのは――十人以上の孤児院組を引き連れて茂みから飛び出してきた砂色の髪の少女が、僕めがけて巨大なバスタードソードを振り下ろす光景だった。

3

「ジゼル……!?　ぐっ!?」

その攻撃を《緊急回避》でどうにかかわし、僕はゴロゴロと地面を転がった。

追撃を警戒して即座に立ち上がるが、そのときにはもう手遅れ。

僕をパーティに誘ってくれたリーダーたちを含め、二十人近い孤児院の面々が僕を取り囲んでいた。

「これは……なに……どういうこと……!?」

僕は混乱したまま周囲に首を巡らせ、ショートソードを構えながら声を漏らす。

「まだわかんねーのか?」

と、この場を支配する少女――ジゼル・ストリングがバスタードソードを構え直し、敵意に染まった瞳《ひとみ》で僕を睨《ね》めつけた。

「全部、私が仕組んだんだよ。てめーを潰《つぶ》すためにな」

「潰す……!? なんで……!?」

真っ先に思い浮かんだ理由は、僕がジゼルの顔面を全力攻撃してしまった復学試験での一件。けどいくらなんでもそれだけでこんな真似をするだろうか。そう疑問を抱いた僕が混乱したまま次に思い至ったのは、《職業《クラス》》を授かったあの日、ジゼルが僕に容赦なく暴力を振るったときのことだった。僕みたいな《無職》の雑魚が冒険者を目指していることが気に食わないと言って、スキルまで発動させたジゼルの異常な怒り。

それ以外に理由が思いつかず、僕は必死に叫んでいた。

「僕は……僕なんかを拾ってくれた人たちのおかげで君と同じくらい強くなれたんだ……！もう君が苛《いら》つくような、0点クロスなんかじゃない！　冒険者を目指す資格は十分に――」

「相変わらずお花畑だな、てめぇは……！　てめぇが冒険者になろうがなるまいが、もうどうでもいーんだよ！」

僕の訴えを遮り、ジゼルが吠えた。

そして彼女はこの暴挙に至った信じがたい理由を口にする。

「てめぇはあの公開試験の場で私の面子《メンツ》を潰したんだ。この私がレベル０の《無職》に負けた。そんな舐《な》められる状況を放置しとくわけにはいかねーんだよ……！」

「面子!?　そんなことで……!?」

大勢の前で僕なんかに負けて悔しいというのはわかる。

けどそれだけのことでここまでするのはどう考えてもやり過ぎだった。

訓練以外で人にスキルを放つのはまだギリギリ喧嘩《けんか》の範疇《はんちゅう》だと捉えられなくもないけど、依頼を利用して冒険者にだまし討ちや私刑を行うなんて擁護しようのない重大な違反行為だ。

ジゼルのことだから色々と誤魔化《ごまか》す算段はあるのだろうけど……それでもプライドなんかと天秤にかけて実行するようなことじゃない。

あまりに予想外かつ理解不能な理由に僕が愕然《がくぜん》としていると、

「そんなことだぁ……!?　てめぇがそれを言うのかよ、０点クロス！」

「うわ……っ!?」

ジゼルが数人の近接職に合図を出し、一斉に襲いかかってきた！

「周りに侮られるってのがどういうことが、てめーが一番よくわかってんだろうが！」

「ぐっ⁉」

一斉に放たれる攻撃をどうにかかわす。あるいはスキルで耐えしのぐ。

けどその中でもジゼルの攻撃は特に苛烈で、鬼気迫る叫びがその威力と速度を何倍にも引き上げているかのようだった。

「周りから侮られたが最後、数の限られた訓練場、割の良い依頼、教えるのが上手い講師の実技授業、全部取られる！　いちいち奪い返してたってキリがねえ！　それになにより厄介なのは、周りからの目だ！　こっちを見下してバカにするクソみてーな視線だ！　そいつは心を腐らせる！　毒みてーにじわじわ染み込んで自信を奪う！　思考を奪う！　そんな毒がずっと続けばどうなると思う⁉　わかんだろ？　腐るんだよ！　落ちぶれるんだよ！　冒険者として人間として……！　だから私は、私に舐《な》めた真似したヤツがどうなるか、いまのうちにてめーをぶちのめして見せしめにしなきゃいけねえんだ‼」

「うあっ⁉」

ひときわ強い一撃がショートソードの守りを弾き飛ばす。

本気だ。ジゼルは本気で、面子《メンツ》とやらのために僕をここで潰《つぶ》す気だった。

ジゼルの常軌を逸した叫びと威力の乗った一撃がそれを僕に思い知らせる。

もう和解どころの話ではなかった。

けど、なにかがおかしい。

（ジゼルの面子……本当にそんなことのためだけに、これだけの人数が依頼を利用した私刑なんていう重大違反行為に従ってるのか……!?）

それも、僕に面子を潰されて周囲から軽んじられるようになっているというジゼルの命令で。

ジゼルの言葉に嘘《うそ》はない。けど、本当にいま話したことがすべてなのか。

……それともただ単に僕が自分で思っていた以上にみんなから嫌われていただけなのか。

疑問が頭をよぎるも、それ以上余計なことを考えている余裕はなかった。

（リオーネさんたちのおかげでようやく冒険者としてのスタートラインに立てたんだ……！　こんなところで潰されるわけにはいかない！）

体勢を立て直して反撃を試みる。

けどこれまでの攻防に引き続き、僕は防戦一方にならざるを得なかった。なぜなら、

（……っ！　やっぱりこれ、カウンター対策されてる……!?）

ジゼルたちの立ち回りは完全に僕の《クロスカウンター》対策を前提としたものだったのだ。

多方面からの同時攻撃。一撃で致命打を与えようとせず、決してこちらに踏み込みすぎない位置から繰り返される削り目的の軽い連撃。

とてもじゃないけど、まだ熟練度が5にも達していない《クロスカウンター》《一対一で真価を発揮するスキル》を発動できる状況ではなかった。さらに、

「っ!?」

一瞬も気の抜けない攻防の合間、僕の《魔力感知》が微《かす》かに異常を察知する。

「水神の御名　ネイトラの末裔《まつえい》　砕き清めし清浄の破槌《はつい》　流れ巡る生命のゆりかご――」

次いで耳に届くのは《水魔術師》の朗々とした呪文詠唱……！

止めようとするも、周りにはジゼルをはじめとした複数の近接職。

構築にかなりの時間を要するはずの呪文詠唱は止める間もなくあっさりと完成し、

「――下級水魔法《ウォーターカノン》！」

「いまだ！　散れ！」

詠唱完了と同時に、ジゼルの合図で全員が散開。

取り残された僕を目がけ、水の塊が押し寄せる！

（ただでさえ魔法は威力が高いのに、魔防ステータスが０の僕が一撃食らったら終わりだ！）

「う、わああああああああああっ!?」

咄嗟《とっさ》にスキルを重ねがけしてなんとか避ける。

けど一連の攻防で体力は削がれ、確実に疲労が蓄積されていた。逆に、いま散開した近接職は後方で待機していた《聖職者見習い《プリースト》》から軽い回復魔法を受け、早々に包囲網を形成し直す。

これがパーティでの戦闘。ただの多対一じゃない。一人一人が自分の役割を果たすことで全体の強さを何倍にも引き上げている。このままじゃ確実にジリ貧だった。

「だったら……！」

まばらに生えた木々に身を隠すようにして、ひたすら回避と防御だけに徹する。それと並行して、僕は小さく唇を震わせた。

「我に従え満ち満ちる大気　手中に納めしくびき　その名は突風　来たれ一陣の矢　一陣の風一掴《つか》みの木枯らし――」

ゆっくり、ゆっくりと。一瞬も気を抜けない実戦の中で、気の遠くなるような時間をかけて詠唱を組み上げていく。

魔法を使用する際の呪文詠唱は、ただ単に言葉を口にしてるだけじゃない。

呪文詠唱とは魔法という強大な力を使うための設計図をその場で組み上げ発動するための起動式。だから一言一言に意識を集中し、体内に満ちる魔力と体外に満ちる魔力を繋《つな》げるために多大な時間を必要とするのだ。

そして早鐘を打つ脈動が三十、四十と身体《からだ》を揺らした頃。

手の平に空気が集い、凝縮する。

「――集え風精　我が手中　一切の空なるものを掴みし我が弾丸となりて敵を討て――下級風魔法《ウィンドシュート》！」

魔法が完成し、僕はそれを撃ち出した。

「「なんっ!?　うああああああああああっ!?」」

近接戦の間合いから放たれる完全な不意打ち。

僕が長い時間をかけて構築した風魔法は近くにいた近接職三人をまとめて吹き飛ばした。

「よしっ！」

熟練度と攻撃魔力ステータスが低いことに加え、三人に当たって威力が分散したせいだろう。一撃で三人気絶とはならなかったけど、下級回復魔法では間に合わない程度のダメージを与えることができた。森の中で気絶させるわけにもいかないので、むしろこのくらいの威力がちょうどいい。これを何度か繰り返していけば、相手の連携と包囲網を完全に崩せるはず。

「我に従え満ち満ちる大気　手中に納めしくびき　その名は突風――」

僕は確信とともに再び呪文詠唱にとりかかる。

「嘘《うそ》だろ⁉　なんでこいつ、魔法スキルまで使えるんだ⁉」

驚愕《きようがく》の声が方々から上がる。

そしてその驚愕は動揺に繋《つな》がり、こちらへの攻撃は先ほどよりもずっと拙《つたな》いものになる。

その隙《すき》に僕はまた長い時間をかけて詠唱を終わらせるのだけど……そこで痛烈な違和感が僕を襲った。

（……っ⁉　なんだ⁉　どうしてみんな、詠唱が完成したのになんの対策もなく突っ込んでくるんだ⁉）

今度は隠すつもりもなかったので、威嚇《いかく》の意味もこめて普通に詠唱を口ずさんでいた。

にもかかわらず、全員がいままでと変わらず僕に攻撃を仕掛けてきたのだ。

なにかがおかしい。

けどせっかく完成させた魔法を使わないわけにもいかず、僕はこの状況を打開する唯一の切り札を近くにいた近接職に放つ――と見せかけて、包囲網を形成する控えの近接職やヒーラー目がけて魔法を放った。けれど、

「え……っ!?」

その瞬間、僕は自分の目を疑った。

なぜならいましがた放った風魔法がいきなり空中で制止し、僕のまったく意図しない軌道を描き始めたからだ。

一体何が……と周囲の攻撃を受けながら僕が目を白黒させていると、

「魔法スキルまで使えるたぁ、てめぇマジでなんなんだ」

いつの間にか少し離れたところで全体の指揮を執っていたジゼルが、愕然《がくぜん》としたように漏らす。けどその表情はいつもの強気な――ともすれば勝ちを確信したような凶悪な笑みで、

「だが、隠し球があるのはお前だけじゃねえ……！」

ジゼルがそう言って手を振り下ろした瞬間――空中に留まっていた《ウィンドシュート》が僕のほうへと飛んできた!?

「なんで……!?　うわあああああああああっ!?」

今度は僕が完全な不意打ちを食らう番だった。スキルを駆使してなんとか直撃は避けるも、風の余波で吹き飛び木に叩きつけられる。

「ぐ……うぅ……っ。どうして、なにが……っ!?」

わけのわからない現象に思わず声を漏らしながら、僕は追撃に備えて即座に立ち上がる。

「そういやてめえは知らなかったなぁ、クロス。私の固有《ユニーク》スキル《慢心の簒奪者《ロブリーマジック》》を」

すると視線の先ではジゼルが傲然《ごうぜん》とした笑みを浮かべており、挑発するように指先をくいくいと曲げる。

「おら、撃ってこいよ。さっきまで自信満々だったじゃねーか、ほら、この状況を打開するにはそのご自慢の魔法しかねーんだろ？　あ？」

その態度を見て、僕はほとんど反射的に確信する。

まさか……ジゼルの固有《ユニーク》スキルは他人の魔法の主導権を奪うのか!?

「は、反則じゃないかそんなの……！」

思わず声が漏れる。

さすがに回数制限かなにかはあるだろうけど……孤児院の先輩たちが規則違反を承知でジゼルを依頼《クエスト》に連れて行っていたことといい、ジゼルが《職業《クラス》》を授かる前に《職業《クラス》》持ちの冒険者に勝ったという噂《うわさ》といい、かなり格上の魔法まで奪える可能性が高い。

けどそれ以上の性質はわからず、僕は魔法を封じることを余儀なくされた。

そんな僕に「ようやく観念したか？」とばかりにジゼルたちが迫る。

「くそ……っ、こうなったら……！」

そこで僕は一か八かの賭けに出ることにした。

「うあああああああああっ！」

がむしゃらにリーダーであるジゼルに突っ込む——そう見せかけて急転身。

順路に向かう方角ではないゆえに比較的守りが薄くなっていた包囲網の綻《ほころ》びへと突っ込んだ。

「っ!?　こいつ!?」

当然、僕を食い止めようと数人が立ちはだかり、それで動きを止めた僕の背を討とうとジゼルたちが肉薄する。けどその攻撃が届く直前、

（——いまだ、《緊急回避》！）

回避スキルの応用。

本当にギリギリのところで包囲網をかわし、僕はそのまま森の中へと突っ込んでいった。

（《レンジャー》もつれていない状態で、初めての森の奥深く……包囲網突破をなにより優先したから方角もよくわからない……けど）

背後で怒号をあげる自分よりステータスの高い追っ手。森での行軍に僕よりずっと慣れた複数の冒険者。いつモンスターの足止めを食らうかわからない悪路。それらの悪条件に苦戦しながら、僕は唇をかみしめる。

（遭難する危険を冒してでも、逃げながら一対一に持ち込んで戦力を削っていくしかもう打つ手がない……！）

右も左もわからない。敵しかいない森の中で、僕は極めて分の悪い賭けに身を投じた。

4

「悪いジゼル！　まさかバカ正直に突っ込んでくるなんて……いますぐ追って――」

「待て！　慌てんな！」

包囲網を突破された孤児たちが顔色をなくしてクロスを追おうとするのを、指揮官であるジゼルが即座に止めた。

「あのカウンター野郎の狙いは私らの各個撃破だ！　乗るんじゃねえ！」

そしてジゼルは迷いなど一切ない声音で指示を下し、浮き足立っていた孤児院の面々を立て直す。

「いいか！　スキルを使うタイミングが上手いせいでそうは見えねぇが、あいつの身体能力はお前らとそこまで大差ねぇ！　少なくとも私よりは確実に下だ！　でもって森の中での移動はこっちのほうが経験豊富、あいつはどの方角に向かえばいいかさえわかってねぇんだ！　焦る必要はねぇ、三人以上で班を作って、ゆっくり包囲し直すぞ！」

《クロスカウンター》という隠し球があったからとはいえ、クロスは自分《ジゼル》を倒したほどの相手。包囲網を抜けられることなど最初から織り込み済みだ。

「だが油断だけはすんじゃねえぞ！　絶対にこの森から逃がすな！」

でないと私は……孤児院のガキどもは……っ!!

そんな言葉を飲み込み、ジゼルはバスタードソードを握り直した。

そして事前に取り決めていた班編制が一瞬で済んだことを確認すると、

「エリン！　《レンジャー》のてめぇはあの《無職》野郎の気配を探って私に知らせろ！　一番ステータスの高い私が回り込んで包囲しやすくしてやる！」

自身が先頭に立ち、クロスの追撃を開始しようとした――そのときだった。

「……え？」

ジゼルに言われて周囲の気配を探り始めた《レンジャー》のエリンが目を見開く。

「……なに……これ……!?」

そして愕然《がくぜん》と自失したように声を漏らした刹那《せつな》。

――バキバキバキバキバキッ！

「っ!?　なんだ……!?」

やがて聞こえてくるのは探知系スキルのないジゼルたちの耳にも届く、木々をなぎ倒すような異音。

最初、それはギルドが警告していた下位の危険度《リスク》3モンスターによるものと思われた。

だがエリンの尋常ならざる様子に加え、凄《すさ》まじい速度で近づいてくる破砕音。

なにかがおかしい——わずか数瞬の間にジゼルがそう直感したときにはすでに手遅れだった。

その巨大な怪物はジゼルたちが身構えるまもなく木々をなぎ倒し、突然のことに身体《からだ》を硬直させる新米冒険者たちの前に姿を現したのだ。


「ゴオオオオオオオオオオオオオオオオオオオオオオオオオオオオオオオオッ!!」


地を震わせる咆哮《ほうこう》。同時にその巨体から放たれるのは単純な——そして致命的な突進。

「え……?」

あまりにも唐突かつあり得ない光景に、誰もが反応さえできずに立ち尽くす。

「……っ!?　なにボーッと突っ立ってんだお前ら!!」

だがそんな中でただ一人、ジゼル・ストリングだけは例外だった。

目の前のあり得ない脅威に思考停止することなく、怯《ひる》むことなく身体を動かす。

必殺の一撃から救うべく、呆然《ぼうぜん》としていた取り巻きたちを突き飛ばす。だが、

「「「うわあああああああああああああっ!?」」」

間に合わなかった。

直撃からは守れたものの、突進の余波だけで何人もの近接職が吹き飛ばされる。

「があああっ!?」

特に取り巻きたちをかばったジゼルはひときわ強く吹き飛ばされ、何度も地面を転がってから木に背中を叩きつけられてようやく止まる。

「ぐっ、ふざけろ……っ！　一体なにがどうなって……!?」

そして全身の痛みをこらえて顔を上げたジゼルは自分たちを急襲した怪物の姿を改めて認め、今度こそ言葉を失った。その整った顔からみるみるうちに血の気が引いていく。

そこにいたのは、岩のような鱗《うろこ》に全身を隙間なく覆われた巨大な化け物だった。

それはまるで二足歩行になりかけのトカゲといった風貌《ふうぼう》。発達した前足で身体を支える二足歩行と四足歩行の中間のような姿勢ながら、その体高はゆうにジゼルの倍はある。横幅は三、四人分。その存在感は重厚の一言で、モンスターの名にふさわしい圧を放っていた。

（レベル28相当……！　下級冒険者がいくら束になっても敵わねぇ危険度《リスク》4モンスター、ロックリザード・ウォーリアーか!?）

瞬間、本来ならこの下級冒険者向けの森に出現するはずのないモンスターの詳細《プロフィール》がジゼル《レベル17冒険者》の脳裏にはじけ、同時にあらゆる思考が瞬く間に展開していく。

（下位の危険度《リスク》3モンスターなんかじゃねぇ、こいつが森の異変の本当の原因か！）

（なんでこんな化け物が⁉）

（まさか、一か月前の魔物暴走《スタンピード》の生き残りが角ウサギどもを食い散らかして身体《からだ》を休めてた⁉）

（だがこんなやつがいたならとっくに誰かが見つけて警報と討伐隊が……いや、わざわざこんなとこまで踏み込んで派手に暴れたのは私らが初めてだったから……⁉）

それはまるで走馬灯のように。

そして死の脅威を前に加速するジゼルの意識がその瞬間、ほんのわずかな猶予もない事態を視界全体に捉える。

「な……あ……」

それは、自分たちに確実な死をもたらす生きた厄災を前に呆然《ぼうぜん》と動けなくなっている孤児院の者たち。誰もが自らの精神の許容量を超えた状況に自失し、その場で完全に停止していたのだ。先ほど突進で吹き飛ばされた者など、武器を取り落としたまま座り込んでいる。

危険度《リスク》3と危険度《リスク》4。数字にすればほんのわずかな差に見えるが、実質的な危険度は天と地ほども違う。下位の危険度《リスク》3モンスターが精々レベル15程度と定義されているのに対し、危険度《リスク》4であるロックリザード・ウォーリアーのレベルはおよそ28。

その戦闘力は《職業《クラス》》を授かって一か月しか経っていないレベル10前後の冒険者が何十人集まろうが話にならないほどで、レベル17のジゼルがいようと焼け石に水。

まして戦う意思さえ折られてへたり込んでいる下級冒険者パーティなど怪物の餌でしかなく
——全滅という言葉がジゼルの脳裏をよぎる。瞬間、

「ボサっとしてんじゃねえお前らあああっ！　いますぐ逃げろおおおお！」

ほとんど反射的に、ジゼルは喉《のど》が裂けんばかりの怒号を叩きつけていた。

「順路の方角！　ただし全員微妙に方向をずらしてバラバラに森の外目指せ！　ひとかたまりになったら確実に全員追いつかれて全滅する！　ただ森の中で一人もヤベー！　近くにいるやつと二、三人で組んで逃げろ！　さっき組んだ班でもいい！　早くしろおおおおおおっ！」

「「う、うあああああああああああああああっ！」」

的確。

なにより一切の迷いも躊躇《ためら》いもないその大音声に、誰もが即座に従った。

頬《ほお》を張られるかのような怒号で硬直状態を脱し、恐怖に駆られるまま全員が一目散にその場から逃げ出す。

——逃げるよう指示を下したジゼル一人を除いて。

「よし、さっきのトカゲ野郎の突進で怪我《けが》した間抜けはいなかったみてーだな……私以外は」

ジゼルはバスタードソードを支えになんとか立ち上がる。

その右足は不自然に折れ曲がり、力なく地面を引きずっていた。完全に折れている。

それは下級の回復魔法でも、孤児が常備できるようなポーションでも治せない大怪我だ。

遅れてきた鈍痛に、ジゼルの全身から脂汗が噴き出してくる。

そして先ほどの大音声を自分に向けられた威嚇《いかく》かなにかと認識したのか。

「ガアアアアアアアアアアアアアアアアアアアアッ！」

危険度《リスク》4の殺意が、その巨体が、ジゼル目がけて真っ直ぐ突っ込んできた。

「クッソが……っ！」

咄嗟《とっさ》に回避スキルを発動することでその愚直な突進をなんとか避ける。

だが骨折のせいでろくな受け身も取れず、ジゼルは激痛に顔を歪めながらボロクズのように地面を転がった。

ドゴオン！　バキバキバキッ！　ジゼルが先ほどまで背にしていた木が突進を食らい、根元から掘り起こされるようにしてへし折れる。

ロックリザード・ウォーリアーは木々を簡単にへし折るほどのパワータイプ。しかしその反面、レベル28相当のモンスターにしては瞬発力に欠ける傾向があるようだった。いまのジゼルでも、単純な突進ならなんとか避けられるくらいに。

だが、片足が折れた状態ではそんな回避も長くは続かないだろうことは明らかで……。

「ちっ……クソッタレが……っ！」

再びバスタードソードを支えに立ち上がり、ジゼルはその絶望的な状況に悪態をつく。

とはいえ——もしジゼルが怪我《けが》などせず万全の状態で皆とともに逃げられていたとしても、

絶望的な状況に変わりはなかっただろう。必ず誰かが追いつかれ、犠牲になっていたに違いない。俊敏が比較的低いとはいえ、森の中で木々を避けずに直線で突き進んでくるこの化け物の移動速度はあまりにもデタラメだったから。

バラバラに逃げたところで絶対に誰かが追いつかれ、他の誰かが逃げる時間を稼ぐための生《いけ》贄《にえ》にされていただろう。

……だとすれば。怪我をした役立たずの自分が一人で時間稼ぎの役目を担えるこの状況は、まだマシなほうなのではないかとジゼルは思う。

こうして自分が粘っていれば、孤児院の者たちがモンスターに殺されることはないのだから。

冒険者に憧《あこが》れ、その夢を抱いたままモンスターに立ち向かって殺された弟のように、彼らが無残な末路を辿《たど》る様を見なくて済むのだから。

（ああクソ……思い出したらまた苛《いら》ついてきた……！）

雑魚のくせに冒険者になると息巻き、無駄な努力を続けていたクロス。

いくらイビっても、無駄死にするのが目に見えている夢を手放そうとしなかったバカ。

いちいち弟のことを思い出させる、胸くそ悪い同い年の少年の顔が脳裏をよぎる。

（けどあいつは……どんなイカサマ使ったのか知らねぇが、生意気にも強くなっていやがった。私たちがなにかしらの襲撃を受けて総崩れになったことには気づいてるはずだし、いまごろは喜んで逃げ出してんだろ。壊走する孤児院の連中を利用すれば遭難はしねぇだろうし、こ

のトカゲ野郎からは難なく逃げ切れるはずだ。そっちは問題ねぇ）

心残りがあるとするなら……それは孤児院の者たちだった。

リーダー格である自分がこのまま死んだら、彼らは『《無職》の雑魚にやられたあげく汚名挽回《ばんかい》する間もなくモンスターにあっさりやられた』ようなヤツ《ジゼル》をリーダーとして仰いでいた孤児ということになる。舐《な》められないわけがない。

これが常日頃のバスクルビアなら特に問題はなかった。ギルドの支援で引き続き孤児としては破格の教育を受け続け、不安定ながら冒険者として問題なく生活できるようになっていたはずなのだ。

だが運のないことに、いまは勇者サマが配偶者を探しに来ているはた迷惑な時期。

いまはまだ様子見の段階ゆえに学校内は静かだが、いずれ貴族同士の勢力争いが本格化してくる。そうなれば平民――それも孤児などという木っ端は上手く立ち回ってようやく待遇の良い手駒。悪ければ侮られ搾取される便利な捨て駒にしかなり得ない。

かかわらないよう息を潜めていても、いずれ必ず争いの火の粉は降りかかってくるだろう。

勢力争いとはそういうものだ。

そんな中でリーダーを失った孤児など、それも《無職》に負けたリーダーを仰いでいた孤児など、どんな扱いを受けるか目に見えている。

だったらせめて――。

「リーダーの私が格上のモンスターに一矢報いたってのがわかるように、残ったあいつらが舐められねぇように、てめぇの汚ねぇ顔面に傷の一つでも残してやらぁ……っ！」

この命と引き換えに。

ジリ貧でしかない回避スキルなど選択肢から除外。ジゼルは手持ちのスキルの中で最も破壊力のある《二連切り》に全身全霊を込めるべく、守りを捨てて剣を構える。

（ああ、でも……）

しかしその壮絶な覚悟の中に、ふと一つの思いが浮かぶ。

（私は……こんなところで死ぬのか……たった一人で、モンスターに嬲《なぶ》られて）

面子《メンツ》を守るためにクロスを叩き潰《つぶ》そうとした、これが報いか。

そんなやり方でしか生きていけない、生きる場所を守れないゴロツキの末路か。

死の間際に孤児院のリーダーとしての仮面がひび割れ、泣き出しそうな思いがどうしようもなくにじみ出る。

「ガアアアアアアアアアアアアアアアアアアアアアアッ！」

だがそんな感傷など関係ないとばかりにロックリザード・ウォーリアーが猛《たけ》り、目の前の獲物を肉片に変えるべく三度目の突進を繰り出した――そのとき。

「ジゼル――――――――――――――――ッ!!」

一人の少年が。逃げ出したはずの最弱が。どこまでもお人好しなレベル0の《無職》が。

少女とモンスターの間に立ちはだかっていた。

5

森の中を下手に逃げ回るのは体力を消耗するだけ。《レンジャー》に感知されない範囲を見極めつつの待ち伏せ戦術で少しずつ相手を削っていくのがおそらく理にかなっているだろう
――そう考えて森に潜んでいたクロスの耳にも、その異音ははっきりと届いていた。

木々をなぎ倒すような破砕音。ビリビリと鼓膜を揺らす咆哮《ほうこう》。ジゼルの怒声。

続けて木々の間に見えるのは、自分《クロス》を包囲するでもなく悲鳴をあげて逃げ惑う孤児院の面々。

「なんだ……？」

最初はなにかの罠《わな》かと思った。

だが罠を疑うにはなにもかもが真に迫りすぎており、なにかとてつもない異常が起きているのは明らかだった。

モンスターの領域で活動する冒険者は、いつどんな不測の事態に遭遇するかわからない。危機察知能力はときに戦闘力以上に重要であり、なにか異常を察知したらすぐ逃げるのが鉄則だ

と学校でも繰り返し教えられている。

だからクロスも即座に逃げるべきだった。

なんらかの脅威にさらされて総崩れになった孤児たちに「これ幸い」と逃げる以外の選択肢などあり得ないはずだった。

しかし、そこでクロスはある違和感に気づく。

（一番ステータスの高いジゼルが、先頭どころか殿《しんがり》にもいない……？）

見落としたのか。それとも別方向に逃げているのか。

わからない。だが猛烈に嫌な予感がした。気づけば身体《からだ》が動いていた。

「我に従え満ちる大気　手中に納めしくびき　その名は突風――」

杞憂《きゆう》ならそれでいい。危険に巻き込まれる前に引き返して逃げるだけだ。

念のために詠唱を口ずさみながら、クロスは先ほどジゼルたちに囲まれていた場所へと戻る。

そして――クロスは見つけたのだ。

この駆け出し冒険者向けの森に出現するはずのない巨大なモンスターを前に一人、足を引きずる少女の姿を。

そこからはもう、迷いなど何一つない。

「ジゼル――――ッ!!」

身体強化スキルも使い全力で、クロスはジゼルの元へ飛び出していた。

「下級風魔法《ウィンドシュート》！」

クロスは詠唱を終えて待機させておいた風魔法を全力で発動させた。

今度は使い方を工夫し、土や小枝を巻き込むようにしてからモンスターの顔面にたたき込む。

「ガアアアアアアアアアアアアアアッ⁉」

不意打ちを食らったモンスターが咆哮《ほうこう》をあげて盛大に怯《ひる》む。

その隙《すき》にクロスはジゼルを抱え、モンスターから距離を取った。

金属鎧《よろい》とバスタードソードを装備するジゼルはそれなりに重いが、スキルを発動させた肉体はなんとかジゼルを避難させることに成功する。

「ジゼル、大丈夫⁉　……っ！」

クロスは言いながら、呆然《ぼうぜん》とするジゼルを見下ろした。そしてその怪我《けが》の度合いを見て、ただでさえ余裕のなかった少年の表情がさらに険しいものになる。酷《ひど》く折れ曲がったジゼルの右足は、とてもではないがすぐにどうこうできる状態ではなかったのだ。

「……できるだけここから離れて、モンスターの視界に入らないよう隠れてて！」

逼迫《ひっぱく》した声でクロスは叫び、剣を握る手にぎゅっと力を込める。

「な……にを……なにをやってんだてめぇ……⁉」

だがジゼルはそんな指示など耳に入らないといった様子でクロスを見上げ、愕然《がくぜん》と口を開く。

「なんでお前が私を助けんだ!?　さっきまでお前を潰《つぶ》そうとしてた私を!?」

「いまはそんなこと言ってる場合じゃないだろ!!」

それは常のクロスなら考えられないほどの激情が込められた怒声だった。

しかしそれも仕方がない。

ジゼルの危機に一も二もなく駆けつけたクロスだったが、その内心にはひとかけらの余裕もありはしなかったから。

いま自分たちの目の前に立ち塞《ふさ》がっているモンスターの脅威を、彼もよく理解していたから。

（ロックリザード・ウォーリアー……っ！）

それは本来《深淵樹海》の比較的深い領域に出現するはずの危険度《リスク》4モンスター。

通常であれば、E級冒険者パーティ＝レベル20以上の中級職だけで構成されたパーティによって対処しなければならないモンスターなのだ。つまり、

（本当なら、僕やジゼルより強い人たちが前衛、後衛、回復や補助としっかり役割分担して戦わなきゃいけない相手だ……！）

クロスの頬《ほお》を汗がつたう。心臓が跳ねる。ヒューヒューと喉《のど》が鳴る。

（その証拠に、顔面に当てたはずの魔法でまともにダメージを受けてる様子がない……！）

見れば、ロックリザード・ウォーリアーは目や口に入った砂塵《さじん》に不快そうな咆哮をあげるだけで、その鱗《うろこ》にはヒビの一つも入っていない。

魔法とはつまるところ、長い詠唱と多大な魔力消費を引き換えに、格上さえ倒しうる威力を秘めた必殺の一撃だ。

発現したばかりで熟練度も攻撃魔力ステータスも最低レベルであるクロスの風魔法でも、危険度《リスク》3に決定打を与えるくらいの威力はこもっている。

だが、守りに秀でた危険度《リスク》4には通じない。できることなど砂塵《さじん》による目くらましが精々だ。

こんなもの勝負にすらならない。普通なら逃げるしかない。戦闘など自殺行為だ。

けれど……とクロスは周囲の有様に目を向ける。そこにあるのは、ロックリザード・ウォーリアーが力尽くで木々をなぎ倒して作った恐ろしいほど真っ直ぐな獣道。

敵は、木々を無視して真っ直ぐ突き進んでくる怪物なのだ。

普通に逃げることさえ難しいだろうに、足の折れたジゼルを抱えて逃げるなどおよそ現実的ではなかった。

だから、

「かかってこい……！」

クロスは剣を構えた。構えるしかなかった。それ以外の選択肢など最初《ハナ》からありはしなかった。

「グウウウウウウウウッ！」

砂塵による目くらまし状態から脱し、こちらを敵と認識した危険度《リスク》4に真っ向から対峙《たいじ》する。

「バカヤロウ!!」

そんなクロスの背中を見上げて、喉《のど》が張り裂けんばかりにジゼルが叫ぶ。

「勝てるわけねーだろうが！　死人が増えるだけだ！　とっとと逃げ――」

「わかってるよそんなこと!!」

ジゼルの懇願をクロスが遮る。

そうだ、わかっている。

S級冒険者の庇護の元、核を破壊しさえすればよかったヒュドラ戦とは違う。周囲の目や威圧感さえはねのければ死の危険などまったく意識せず戦えた復学試験とは違う。

勝ち目などなく、負ければ死ぬ。

ろくな回復アイテムはなく、《聖職者《プリースト》》による補助もない。装備は貧弱なショートソードにレザーアーマー。

立ちはだかるのは本能のままに容赦なく人を襲う遥《はる》か格上の怪物だ。

明確な死の気配に身体《からだ》は震え、いまにも剣を取り落としてしまいそうになる。だが、

（僕はあの日、強く思ったんだ。あの人みたいな守る冒険者になりたいと。いつも誰かを守っている誰かがピンチになったとき、それを助けられるくらい強い冒険者になりたいと）

なにもできないのは嫌だったから、あんな気持ちは二度とごめんだったから。

それに、それに……！

「もしいまここで君を見捨てたら、僕なんかを拾ってくれた人たちに！　憧《あこが》れたあの人に！

一生顔向けできなくなる‼」

だから、僕は。

「ここで君をおいて！　逃げ出すわけにはいかないんだああああああああああああああああああああああああああああっ‼」

「ガアアアアアアアアアアアアアアアアアアアアアアアッ！」

戦いの始まりは両者突進。

木々を震わせる雄叫《おたけ》びを二重奏のように響かせ、《無職》と怪物が真正面からぶつかり合う。

しかし当然、クロスの狙いは無謀な真っ向勝負どではない。

「……っ！」

見極める。こちらに突っ込んでくる巨大な岩のような身体《からだ》の速度を。その間合いを。命を投げ捨て踏み込むためのギリギリの瞬間を。

そして衝突の直前。クロスは身体を捻《ひね》り、暴風さえ伴うモンスターの突進を産毛がかするような紙一重でいなす。同時、

「《クロスカウンター》！」

狙いは岩の鱗《うろこ》が薄く見える首の根元。

凄《すさ》まじい突進の威力が上乗せされたショートソードの先端が無防備な首筋にたたき込まれる。

だが――ガキンッ!!

「っ!?」

当たり前のようにはじかれた。それどころか、

「剣が――!?」

危険度《リスク》４の固い鱗に全力でたたき込まれた安物の剣に亀裂が走る。

クロスが愕然《がくぜん》と声を漏らす一方、鱗に大した傷も負っていないロックリザード・ウォーリアーは洒落臭《しゃらくさ》いとばかりに急制動をかけ、クロスのほうを振り返る。

同時に振るわれるのは発達した腕の先端に生えた鋭い爪だ。

「ガアアアアアアアアアアッ!」

「うあっ!?」

もう使い物にならない剣を盾に、スキルも併用してなんとかしのぐ。

モンスターと距離を取るように地面を転がりながら、孤児たちが落としていった剣をほとんど反射的に拾っていた。新しい剣を構え、クロスは苦しげな声を漏らす。

「くっ、いくらなんでも硬すぎる……っ!」

《クロスカウンター》をたたき込んだ際に伝わってきた衝撃で両手がビリビリと痺《しび》れていた。

ロックリザード・ウォーリアー。レベルこそ28相当と、危険度《リスク》４に分類されるモンスターの中ではそう高くないが、その防御に偏ったステータスから冒険者の間では要注意モンスターと

して有名だ。そのぶん近距離戦における瞬発力は比較的低く、いまのクロスでもなんとか攻撃をかわせる程度ではあるのだが……いかんせん装甲が厚すぎる。

魔法はおろか、クロスの最大火力である《クロスカウンター》さえ無効化されるのでは話にならなかった。リオーネが言っていたように、ダメージが入らないのではどうやったって勝てはしない。武器や命がいくつあろうと勝機はない。

「だったら……っ！」

追撃を仕掛けてくるモンスターを前に、クロスはまなじりをつり上げる。

一撃でも食らえば確実に終わる攻防の最中、その口が朗々と詠唱を口ずさむ。

「我に従え満ち満ちる大気　手中に納めしくびき　その名は突風　来たれ一陣の矢　一陣の風
一摑《つか》みの木枯らし　集え風精　我が手中　一切の空なるものを摑みし我が弾丸となりて敵を討て――《ウィンドシュート》！」

気の遠くなるような時間をかけて紡がれる魔法式。

手の平に凝縮する空気の固まりにたっぷりと土砂や小枝を含ませ、怪物の顔面に叩きつける。

「グウウウウウウウウッ！」

結果は先ほどと同じ。

長い時間と魔力を注ぎ込んで組み上げた魔法は大したダメージにはならず、ロックリザード・ウォーリアーは二度目の目潰《めつぶ》しに怒りを引き上げるだけ。

しかしそれは狙いどおり。クロスはがむしゃらに暴れ回る怪物から少しばかり距離をとり、再び呪文を口にした。先ほどとは違う呪文を。

「其は黄昏《たそがれ》の慟哭《どうこく》　地に落ち　地に沈み　砕かれた自愛に頭を垂れよ――」

それは攻撃魔法とはまったく異なる系統。

直接的な威力は皆無。射程も短い。そのぶん術式構築に必要な時間は攻撃魔法に比べてかなり短く、接近戦に適した特殊な体系魔法。人族が扱うことなどほとんどないそのスキルの名は、

「――下級邪法スキル《ガードアウト》！」

詠唱を完了したクロスの手の平から黒い霧のようなものが噴出した。

その効果は対象の防御低下。

黒い霧がロックリザード・ウォーリアーの巨体を包み込むように直撃し、そのとてつもない防御を引き下げる。

「よし、これで……！」

少しはダメージが通るようになるはず！

「ガアアアアアアアアアアッ！」

苛立《いらだ》ちに満ちた咆哮《ほうこう》とともに危険度《リスク》４が地を踏み鳴らし、野太い腕を振るう。

そうやって冷静さを失うことも計算どおりだとばかりに、クロスはその単純な攻撃に自分から飛び込んでいった。

狙うのは先ほどと同じ首筋。痛烈な一撃が防御の低下した怪物を襲う。だが――

「なっ⁉」

結果は先ほどとほとんど同じ。

剣の切っ先が衝撃に負けて大きく欠ける一方、モンスターの鱗《うろこ》はほぼ無傷。攻撃を加えたクロスの手のほうがじんじんと痺《しび》れる始末で、防御が低下しているようには思えなかった。

「嘘《うそ》だろ……⁉」

クロスの口から愕然《がくぜん》とした声が漏れる。

だがそれも当然の結果だった。

《ウィンドシュート》と同様、発現したばかりである《ガードアウト》はLｖ1。

さらに邪法スキルの威力を決定づける特殊魔力のステータスはわずか一桁。

そして敵は防御に秀でた危険度《リスク》4。

所詮は下級スキルでしかない《ガードアウト》の直撃を食らわせたからといって、ダメージが通るほどの防御低下など望めるべくもなかった。

そのどうしようもない基礎ステータスの差に、覆しようのない絶望に、クロスの足がすくむ。心が折れそうになる。いますぐ逃げろと叫ぶ本能に従いそうになる。だが、

「……っ！　だからって……」

「《クロスカウンター》！」

クロスはさらに強く剣を握り、自らを鼓舞するように弱音を吐く心をたたき伏せる。

「だからって、諦《あきら》めてたまるかあああああっ！」

突撃。口ずさむのは唯一の突破口である邪の唄。

「其は黄昏《たそがれ》の慟哭《どうこく》　地に落ち　地に沈み　砕かれた自愛に頭を垂れよ――《ガードアウト》！」

発生する黒い霧。しかしそれを突き抜けて襲い来る人外の巨体。

スキルで避け、かわしきれない部分は強引に剣でいなし、再度紡がれるのは美しき調べ。

「――一切の空なるものを摑《つか》みし我が弾丸となりて敵を討て――《ウィンドシュート》！」

膨大な時間と魔力を注ぎ込んで放たれる風の固まり。

《ガードアウト》で下がるのは防御だけであり、魔法を食らった際のダメージに関係する魔防のステータスに一切の変化はない。ゆえに《ウィンドシュート》ではやはりダメージなど与えられず、多大な魔力と引き換えに行われるのはわずかばかりの目潰《めつぶ》しのみ。

だがそうするしかなかった。それしかなかった。

ガードアウト！　ガードアウト！　ガードアウト‼

連発。目くらましを食らって怯《ひる》むモンスター目がけ、ひたすら邪法スキルをたたき込む。

重ねがけするたびに効果が落ちるとわかっていても、もはや本当に防御が下がっているのかわからなくとも。ただ愚直にスキルをたたみかける。

《身体能力強化【小】》と《身体硬化【小】》、《緊急回避》で攻撃をしのぎ、《なぎ払い》で牽制《けんせい》し、《ウィンドシュート》で強引に隙《すき》を作っては《ガードアウト》を食らわせる。

そして時折、今度こそ攻撃が通じると信じて自らの命を危険にさらし《クロスカウンター》を繰り出すも、そのたびに剣は折れ手が痛み、心がくじけそうになる。

それでも、

「あああああああああああああああああああああああああっ！」

ひたすらスキルを繰り出す。繰り返す。勝機が見えなくとも。

守るべきものがあるから。なりたいものがあるから。

なにもできない自分とは決別したのだから！

だが当然、レベル0の《無職》がそんな無茶を続けていつまでも無傷ではいられない。

「ガアアアアアアアアアアアアアアアアアアアアアアアッ！」

「ぐ……っ!?　うああああああああああっ!?」

連綿と続く攻防の中で必殺の一撃がかすり、それだけで大きく吹き飛ばされる。岩のような鱗《うろこ》に覆われた太い腕が地面を抉《えぐ》り、避けようのない土砂の弾幕がクロスを痛めつけた。

あっという間にボロボロになり、最早趨勢《すうせい》は明らかだった。

「だから言わんこっちゃねぇ……っ！」

そのいまにも死にそうなクロスの絶望的な戦闘に、足を引きずってモンスターから距離を置いていたジゼルが掠《かす》れた声を漏らした。

「スキルも考えなしに乱発して……あんなんじゃすぐバテるだけだろうが……！」

最早ヤケクソにしか見えないクロスの特攻に、ジゼルは怒りを滲《にじ》ませるような、泣き出しそうな声を振り絞る。

だが――事態はジゼルの予想に反して推移していく。

「な……んだ!?」

おかしい。いつまで経ってもクロスの勢いが衰えない。

ロックリザード・ウォーリアーの攻撃を食らってダメージが蓄積し、時間が経つごとに死へと近づいているはずのクロスの悪あがきが止まらない。

魔力が枯渇する気配などなく、それに伴うスキルの威力低下も発動頻度の低下も見受けられなかった。それどころか――

「……っ!?」

スキルを繰り出すごとに、威力が、速度が、精度が……上がっている!?

ジゼルは最初、それはなにかの見間違いかと思った。死の間際、痛みで涙がにじむ視界に見えた都合の良い幻だと。だが、

「《ウィンドシュート》！」

「ガアアアアアアアアアアッ!?」

相変わらずダメージは皆無。だがそれまで目くらましでしかなかった風魔法が、怪物の姿勢

を大きく崩した。どうひいき目に見ても威力が上がっている。

成長しているのは魔法だけではない。傷つきボロボロになっているはずのクロスの動きが先ほどよりも速く見えるのは、身体強化スキルの威力が上がっているからだろう。

それはどう考えてもあり得ない現象だった。スキルとはそうポンポン伸びるものではない。修羅場で成長するといっても、物事には限度というものがあるのだ。

だがこれは……目の前で起きているこの現実は……。

「ど、うなってやがる……!?」

「ああああああああああああああああっ!!」

愕然《がくぜん》としたジゼルのつぶやきは、その激しい雄叫《おたけ》びと戦闘音にかき消された。

6

「なんだこりゃ……」

言葉をなくすリュドミラとテロメアの気持ちを代弁するように、リオーネが唖然《あぜん》とした様子で声を漏らした。

ここはアルメリア王立冒険者学校の学長室。

クロスのステータスプレートに現れた黒いシミを解析するためのマジックアイテム入手をサ

リエラ学長に強要――もとい依頼していた三人はアイテム到着の報を受け、愛弟子《まなでし》が通う学校の見学もできるからとお忍びで校内に入り込んでいたのだ。
そして学長室で希少な高等鑑定アイテムを受け取ると部屋の主であるサリエラ学長を問答無用で追い出し、少しでも早く謎《なぞ》を解明しようとクロスのコピープレートに鑑定を施したのだが
……その鑑定結果はおよそ信じがたいものだった。
スキル欄に記載される数々のスキル。それらのスキルから離れた場所にぽつんと現れていた黒く小さなシミ。そのシミがあった場所に浮き出たスキルが、三人から数瞬、言葉を失わせていた。

固有《ユニーク》スキル《持たざる者の切望《シンデレラグレイ》Lｖ１》
効果：スキルの習得速度および習熟速度の上昇

鑑定アイテムによって名称だけでなく効果効能まではっきりと表示されたその異常なスキルに、テロメアが困惑した声を漏らす。

「スキルの成長を促すスキルって……そんなのあり得るのぉ……？」

「……少なくとも私は聞いたことがないな。いくら固有《ユニーク》スキルには特殊な効果を持つものが多いとはいえ、こんな能力は前代未聞だ」

リュドミラが半ば予想どおり、しかしやはり信じがたいとばかりに努めて冷静に語る。

「つーかそれ以前によ……こんな力《スキル》があって、なんでクロスのやつは落ちこぼれだったんだ?」

たとえ適性が《無職》しかなかったとしても、こんな固有《ユニーク》スキルがあったならスキルの早期発現、ひいては《職業《クラス》》の早期授与など造作もなかったはずだ。

そんなリオーネの疑問を受け、リュドミラが仮説を述べる。

「そうだな……実はこの固有《ユニーク》スキル自体はそこまで強力ではなく、私たちの育成が上手く嚙《か》み合いクロスの急成長に繋《つな》がったか。……あるいは、あのポイズンスライムヒュドラの一件がなにか関係しているのか」

固有《ユニーク》スキルは一般的に生まれつきのものであるとされているが、実は後天的に目覚める例も0ではない。特殊なアイテムやなんらかの魔術、あるいは臨死体験などの極限状態をきっかけに力が目覚めたという例は少なくないのだ。

特級の《咆哮《ハウル》》をはねのけ、死の淵をさまよう一撃を食らい生還したクロスが、それをきっかけになんらかの固有《ユニーク》スキルに目覚めたとしても不思議ではない。

これだけ破格のスキルが突如目覚めたのなら、ステータスプレートの異常もうなずける。

……ただ、今回の一件を通常の後天覚醒《かくせい》だと結論づけるにはどうも違和感を拭いきれないが……それについてはいまここで考えても仕方がないだろうと三人は思考を切り替える。

それよりもいま検討すべき問題は――

「これさぁ、クロス君に説明しておいたほうがいいかもだよねぇ」

「ああ……けど迷うとこだな」

テロメアの言葉を受け、リオーネが困ったように頭を掻《か》いた。

固有《ユニーク》スキルを持つ者は早い段階から往々にして高い実力を有するため、慢心によって身の丈に合わない死地へと赴き早死にする例が少なくない。

そのため本来なら慢心を避けるためにしっかりと教育を施しておくべきなのだが……いさめるために知らせた強力な固有《ユニーク》スキルの存在が傲慢に繋がってしまう場合もあり、この隠されたスキルをクロスに伝えるかどうかは悩ましいところだったのだ。

さてどうしたものかと三人が頭を付き合わせていた、そのとき。

「誰か！　早く中級以上の冒険者を呼んでくれ！」

学長室のバルコニーから見下ろせる広場がなにやら騒がしい。

そのあまりに逼迫《ひっぱく》した声に興味を引かれた三人がバルコニーに出てみれば、広場では十人近い駆け出し冒険者が血相を変え、息も絶え絶えに叫んでいた。

「西の森に危険度《リスク》4が出たんだ！　いますぐ中級以上の冒険者を集めて、討伐隊を結成してくれ！　早く！」

その騒ぎを見下ろし、リュドミラたちが顔を見合わせる。

「危険度《リスク》4……？　西の森といえば、駆け出しの森ではなかったか？」

「この前の魔物暴走《スタンピード》の生き残りかなんかじゃねーの？　ったくサリエラのやつ、いくらポイズンスライムヒュドラで混乱してたとはいえ、適当な仕事しやがって。危ねーし、あたしらが行ってさくっと片付けてやるか？」

クロスの件で頭を悩ませているときに面倒だが放置するのも悪いし、とリオーネがいまいち緊張感に欠ける調子で言ったとき、

「……あれ？　ねぇそういえばさぁ、確かクロス君が今日から依頼《クエスト》を受けはじめるとかって言ってなかったたっけ……？」

「「え……っ？」」

テロメアのその言葉に、リオーネとリュドミラから表情が消えた。

いやまさか、と三人が冷静になろうとした直後。

「誰でもいいから早く応援を送ってくれ！　俺たちは逃げ切れたのに、ジゼルとクロスが、いつまで経っても森から出てこないんだ！」

「「「――っ！」」」

――ドゴオオオオオオオオオオオオオオオオオン！

「ギャアアアアアアアアアアアアッ!?　なぜまた学長室を吹き飛ばしたんだお前らあああああ!?」

先ほどまでとは一転。顔面蒼白になった三人は学長室を爆砕する勢いで飛び出し、悲鳴をあげるサリエラなど完全無視。人外の速度で西へと突き進んでいった。

7

「ああああああああああああああああああああああっ!!」

極度の集中状態が続いていた。

一度でも判断を誤れば即死。失われるのは自分の命だけではなく、救援など望むだけ無駄。

その極限状態がクロスの意識から戦闘以外の一切を排し、眼前で吠えるモンスターとの苛烈な殺し合いに全神経を集中させていた。

だがそんな中でも、クロスの脳裏で響くいくつもの優しい声がある。

――いいか？　《切り払い》は自分の体の外、つまり武器にも魔力をまとわせる感覚で使ったほうがいいんだ。けどちょっと魔法とも感覚が違ってな、武器を自分の身体《からだ》の一部だと考えて魔力を流してみろ。

――《身体能力強化》を使うときは身体全体に魔力を充満させる感覚だな。速さを重視したいときは足腰、攻撃力を重視したいときには足腰から腕にかけて魔力を繋《つな》ぐよう意識すんだ。そら、やってみろ。

（はい！）

「《身体能力強化》！　《切り払い》！」

怪物の太い腕による攻撃に攻撃スキルをぶつけることでかろうじていなす。

《力補正Lv6（+47）》　↓《力補正Lv7（+55）》
《俊敏補正Lv6（+47）》　↓《俊敏補正Lv7（+58）》
《切り払いLv7》　↓《切り払いLv8》
《身体能力強化【小】Lv3》　↓《身体能力強化【小】Lv4》
《体内魔力操作Lv3》　↓《体内魔力操作Lv4》

──クロス、魔法スキルを使う際は、それぞれのスキルの特性をよく理解することが重要だ。《ウィンドシュート》は風を圧縮し敵にぶつける魔法。風に乗せた魔力をひたすら固く手の内に凝縮させることを意識するのだ。そうすれば風はより固くより早く、敵を打ち砕く弾となる。

（やってみます！）

「──一切の空なるものを摑《つか》みし我が弾丸となりて敵を討て《ウィンドシュート》！」

「ガアアアアアアアアアアアッ！」

目くらましのために放たれた魔法が危険度《リスク》4の顔面に直撃し、その巨体を大きくよろめかせる。

《攻撃魔力補正Lv1（＋7）》↓《攻撃魔力補正Lv4（＋32）》
《ウィンドシュートLv1》↓《ウィンドシュートLv3》
《体外魔力操作Lv1》↓《体外魔力操作Lv2》

——邪法スキルで大事なのはねぇ、相手をこれ以上ないくらい苦しめてむごたらしく殺してやるっていう強い気持ちだよぉ。はぁい、クロス君の嫌いな人を思い浮かべてみてねぇ。

（そういうの苦手ですけど……！）

「くたばれえええええええ！　《ガードアウト》！」

黒い霧がクロスの手の平から放出し、固い鱗《うろこ》に覆われたロックリザード・ウォーリアーを包み込む。

《特殊魔力補正Lv1（＋6）》↓《特殊魔力補正Lv4（＋33）》
《ガードアウトLv1》↓《ガードアウトLv4》

スキルを放つ、撃つ、繰り出す、何度も何度も何度も何度も。

頭の中に響く優しい教えを反芻《はんすう》し、授かった技を洗練させていく。

より強く、より早く、より正確に。目の前の怪物に限界を超えた一撃をぶつけ続ける。

それは生死の狭間にのみ存在する極上の修行。

地面を転がり、血反吐《ちへど》を吐き、何度武器が壊れて手の平がイカれそうになろうとクロスは止まらない。クロスの成長は止まらない。

《防御補正Lv6（+50）》→《防御補正Lv7（+58）》
《緊急回避Lv6》→《緊急回避Lv7》
《クロスカウンターLv4》→《クロスカウンターLv6》
《体内魔力感知Lv3》→《体内魔力感知Lv4》
《体外魔力感知Lv1》→《体外魔力感知Lv2》

スキルを放つたびに熟練度が上昇し、その威力を、速度を、消費魔力効率を上昇させていく。

いまのクロスに自らのステータスプレートを確認する術《すべ》などありはしない。

だがどんどん軽くなっていく身体《からだ》が、重くなっていく攻撃が、息をするように容易《たやす》く繰り出せるようになっていくスキルが、戦いの中で急激に成長する自分の変化をクロスに伝えていた。

最早クロスの戦闘は、ジゼルたちに襲われたときとは別次元。

前衛スキルで敵の攻撃を耐え、その合間に攻撃魔法と補助魔法をたたき込む。熟練度の上昇で繰り出しやすくなったスキルの連撃は、たった一人でパーティの連携を再現しているかのようだった。

だがしかし――それはどこまでいっても下級冒険者の範疇《はんちゅう》でしかない。

「ガアアアアアアアアアアアアアアアアッ！」

何十回とスキルを食らい続けた危険度《リスク》4が忌々しげに咆哮《ほうこう》を響かせる。

岩のような鱗《うろこ》に覆われたその身体には未だ大した傷もなく、ギラギラと光る怪物の瞳《ひとみ》から漏れる殺意は小揺るぎもしない。

（これでもまだ……届かないのか……!?）

クロスの表情が苦しげに歪む。

自分が戦いの中で成長している感覚はある。スキルの威力は確実に上がり、補正スキルによって底上げされたステータスの影響で素の戦闘能力も先ほどまでとは比べものにならない。

だがそれでも、未だに一発の有効打も与えられないでいた。

精々が《クロスカウンター》で武器があまり壊れなくなった程度で、敵の固い鱗には傷の一つもついてはいなかった。まともなダメージなど与えられる気がしない。

（リュドミラさんたちのおかげで魔力はまだたっぷりある……！　けどそれがこいつを倒せるようになるまで持つかと言われれば……）

確実に持たない。魔力も、体力も。

確信に近い焦燥がクロスの集中をほんのわずかに途切れさせた、そのときだった。

「グルルルルルッ！」

ロックリザード・ウォーリアーがまるで業を煮やしたかのように喉《のど》から異音を鳴らした。

続けて、ちょこまかといつまでもうっとうしい羽虫に対する怒りを示すかのようにむき出しになった牙《きば》の隙間から覗《のぞ》くのは、真っ赤な焔《ほむら》。灼熱《しゃくねつ》の息。戦いの終焉《しゅうえん》を告げる業火。

「――っ!?」

瞬間、走馬灯が如く遅延した時間の中でクロスの脳裏によぎるのは、延々と続く近距離肉弾戦の中ですっかり失念していたリザード種の特性。

竜に連なるモンスターが有する必殺の切り札。

所詮は竜の劣化である上に溜めも短いので威力は低いが、それでも中級冒険者にさえ大ダメージを与えるロックリザード・ウォーリアーの強力な広範囲スキル――炎の吐息《ファイアブレス》。

「ゴオオオオオオオオオオオオオオオオッ！」

咆哮《ほうこう》。砲声。まき散らされる火炎放射。

「しま……っ!?」

避けることも防ぐこともできない広範囲の火炎が視界を埋め尽くし、クロスが自らの死を覚悟した、そのときだ。

「え……!?」

自分を焼き尽くそうと迫っていた炎が突如逆巻き、あらぬ方向へとそれていく。

「ったく。わけわかんねーくらい強くなってくかと思えば、肝心なとこが抜けてやがる」

一体何が、というクロスの疑問は背後から聞こえた声によって解消された。

「私の《慢心の簒奪者《ロブリーマジック》》はモンスターの魔法スキルも奪うんだよ……！」

瞬間、クロスを焼き尽くすはずだった焔がジゼルの意思に従いモンスターの眼前へ殺到する。

「ガアアアアアアアアアアアアアアアアアアアッ!?」

響き渡るモンスターの悲鳴。

呆れたことにそれでもなおロックリザード・ウォーリアーの装甲は多少焦げ跡がつく程度ではあったが、それでも命の危機を脱したクロスは啞然《あぜん》と声を漏らす。

「ジゼル……凄い！」

「うるせえ！　まだ終わってねぇぞ！　ぼさっとしてねぇでてめえの風魔法もよこせ！」

「う、うん!?」

ジゼルの怒号に従い、クロスはわけがわからないままに詠唱を開始した。

「ガアアアアアアアアアアアアアアアッ！」

直後、混乱から脱したモンスターが殺意にまみれた雄叫《おたけ》びをあげる。

一体何が起こった、だが今度こそ、とばかりに頭を振ると、再び口内から灼熱の息を漏らし
一気に解き放つ。だが、

「《慢心の簒奪者《ロブリーマジック》》！」

「《ウィンドシュート》！」

孤児院の最強と最弱が声を重ねる。

そして巻き起こるのは信じがたい現象。

ジゼルの意思によって風の固まりと炎の壁がその軌道をねじ曲げ、空中で合流。

火勢が増し、周囲の木々を燃やし尽くしてしまいそうな熱が吹き荒れた。

「合わせろクロス！」

「っ！　うん！」

短いやりとりではあったが、ほとんど直感的にクロスは動いていた。

攻撃スキルを発動させ、敵の巨体へと斬りかかる。

瞬間、滞空していた炎の風がクロスの武器へと収束する。威力を増した風炎の魔法と剣撃が互いを高め合い、危険度《リスク》4の固い鱗《うろこ》へと叩きつけられた。

「グルァアアアアアアアアアア!?」

絶叫。それはいままでの苛立《いらだ》ち混じりの叫びとは違う。驚愕《きょうがく》と痛みに満ちた悲鳴。

クロスがジゼルとともに攻撃をたたき込んだ太い腕に大きな亀裂が走り、流れ出た血液が熱でじゅうじゅうと音を立てていた。

「っ！　やった……！」

ここにきて初めての有効打。

ようやく見えた光明にクロスが声を弾ませた、そのときだ。

モンスターの様子が一変したのは。

「――グルルルルルルッ！」

《魔力感知》、もしくはそれに類する生体機能でいまなにが起きたのか、誰がなにをしたのか察したのだろう。危険度《リスク》4の視線がぎょろりと、これまでとは違う方向へと向いた。

すなわち、必殺の吐息を二度も防ぎ、あまつさえ跳ね返してきたジゼルへと。

「ガアアアアアアアアアアアアアアアアアアアッ！」

「なっ⁉」

「……っ！　くそっ、やっぱそう都合良くはいかねぇか……⁉」

《慢心の簒奪者《ロブリーマジック》》でクロスを助けるために戦線へ近づいていたジゼルへ、モンスターの巨体が突進を放った。

クロスは驚愕し、ジゼルはあらかじめ懸念していたとばかりに《緊急回避》を発動させる。

「ぐ……っ！」

かろうじて避けるが、折れた右足が激痛を発しジゼルは表情を歪める。そしてモンスターの突進は一度だけでは終わらない。

「グオオオオオオオオオオオオオオオオオッ！」

「この……！　こいつ！　僕を狙え！　僕と戦えこの野郎おおおおおおおおおっ！」

クロスが絶叫してそれを追いかけるが、完全なる火力不足。

どこを狙ってもはじかれる攻撃は完全に無視され、長い時間をかけてようやく放つ風魔法は体勢を崩すのみ。がむしゃらに突進する相手には目くらましもあまり機能しない。

「ぐっ、がはっ!?」

そして限界はすぐに訪れた。

片足が折れた状態での《緊急回避》では突進を避けきれず、吹き飛ばされたジゼルが何度も地面を転がる。

激痛が体力と気力を奪う。さらに《慢心の簒奪者《ロブリーマジック》》で大量の魔力を消費していた彼女は最早、まともにスキルを繰り出すことさえままならない。

「ジゼル!!」

「バカよせ!　もう無理だ!」

そんなジゼルを、クロスがなんとか抱えて逃げる。

だがそれはもう悪あがきですらなかった。

「ガアアアアアアアアアアアアッ!」

「うあああああああああああああああっ!?」

突進。鈍重とはいえ、それは木々さえ容易《たやす》くなぎ倒して進む危険度《リスク》4の機動力。

怪我人《けがにん》を抱えた下級冒険者が逃げられる道理などありはしない。

案の定クロスはジゼルとともに跳ね飛ばされ、ボロボロの状態で地面に投げ出された。

希望が見えたのは一瞬、戦線は崩壊。形勢は逆転。

最初から決まっていた敗北という結末が、当たり前のように二人の前に立ち塞《ふさ》がった。

（くそ……！　どうする⁉　どうすれば⁉　他になにか手は⁉　どうしたら……⁉）

地面に倒れたクロスの脳裏に焦燥と絶望がはじけ、立ち上がる気力さえなくしそうになる。

だが、そんな少年のすぐ隣で、

「ああ、くそっ。だから言っただろうが、無理だって……っ」

倒れ伏したジゼルが朦朧《もうろう》としながら掠《かす》れた声を漏らす。

「いいからもうお前だけでも逃げろよ……なんのために私が《慢心の簒奪者《ロブリーマジック》》を使いに出てきてやったと思ってやがる……だから、頼むから……私の目の前で死ぬんじゃねえよ……っ」

「……っ！」

皮肉なことに、それは最早逆効果でしかなかった。

（ああそうだ……どうするかなんて、最初から決まってる）

剣を握り、地を踏みしめ、クロスはジゼルを背に立ち上がる。

（逃げるなんて選択肢がない以上、やれることなんて一つしかないだろうが！）

突進後に振り返り再びこちらに突っ込んでこようとする怪物を前に、クロスは次の一撃に己のすべてを込めんとまなじりを決する。

迫り来る死を前に加速する思考によぎるのは、先ほどジゼルとともに放った合わせ技。すなわちスキルの同時発動。

（そうだ……一つ一つのスキルの威力が足りないなら、ただの連撃では無意味だというなら、いまある僕のありったけを全部同時に……！）

ショートソードを構えるクロス目がけ、怪物が再び突っ込んでくる。

地響きと雄叫《おたけ》びが木々を、鼓膜を、心を恐怖で揺らすなか、集中はさらに増していく。

（振り絞れ！　研ぎ澄ませろ！　あの人たちからもらったすべてをいまここで！　全力で体現しろ！）

それはもう、無茶苦茶としか言いようのないスキル発動だった。

《身体能力強化【小】》や《クロスカウンター》をはじめとした近接スキルをがむしゃらに発動させながら、口では《ウィンドシュート》の詠唱を口ずさんで手の平に風を凝縮させる。さらにもう片方の手で並行して《ガードアウト》を発動できないかと、脳内では邪の唄を謳《うた》い奏でていた。

「ガアアアアアアアアアアアアアアアアアアアアッ！」

そうしてすべてのスキルを同時にたたき込まんと、突っ込んでくるモンスターから一切目をそらさずに対峙《たいじ》した――そのときだ。

「――っ⁉」

すべてがゆっくりと進む圧縮された時間のなか、クロスの体内でなにかがはじけた。

いや、結実した。

それは《クロスカウンター》が発現したときと似通った感覚。しかし明らかに異質ななにかがクロスの中で実を結んでいた。

その異形の果実は言の葉となり、クロスの口からひとりでに流れ出す。

「其は黄昏《たそがれ》の木枯らし　一切の空なるものを摑《つか》みし我が邪道に頭を垂れよ――」

《ウィンドシュート》と《ガードアウト》を掛け合わせたような短い詠唱。

途端、クロスの手の平から染み出た黒い霧が空気と共に圧縮される。

深い闇のような密度となった黒霧は少年の剣を包み込み、クロスはそのままカウンターの体勢へと移行する。

（な、んだ……これ……!?）

いままで感じたことのない異質な感覚。

戸惑いと疑問が脳裏をよぎるも、しかしクロスはそのスキルが発動するまま、ある種の確信を持って踏み込んだ。

こちらにトドメを刺そうと迫る巨大な怪物へと。

「ガアアアアアアアアアアアアアアアアッ！」

突進と同時、ロックリザード・ウォーリアーはその発達した前足を振り上げる。

丸太よりもなお太い岩の腕が鋭い爪とともにクロスに迫る。

豪腕がかすめた際に暴風がまぶたを揺らし、爪の先端が首筋を抉《えぐ》りそうになる。

だが当たらない。死さえいとわず前進したクロスが紙一重で攻撃をいなした、その瞬間。

「……っ！」

剣を包む濃密な黒霧がさらに凝縮した。切っ先で点のようになった黒い固まりは、まるで剣と怪物の首を糸で繋《つな》ぐように空を走る。

狙うべきは黒糸が繋がったその一点。

そう直感したクロスの口から、再び勝手に言葉が漏れる。

「不在《エラー》スキル――」

――それは、この世に存在するはずのないスキル。

《職業《クラス》》制限によって同時に習得することなどできないはずのスキルが統合されて生まれた、《無職》にのみ可能な特殊すぎる特殊《エクストラ》スキル。

しかし本来なら、スキルをまともに伸ばせない《無職》にはたどり着けるはずなどない異形の力。

あり得ない固有《ユニーク》スキルとあり得ない育成環境が生んだ、その不在《エラー》スキルの名は
「――《イージスショット》！」

それは空気とともに防御力低下の霧を極限まで圧縮し、対象の身体《からだ》に致命的な弱点を一瞬だけ作り出すカウンター。こちらの攻撃力がわずか1であろうと、敵の防御力が0であれば打ち倒せるという暴論を具現化した大物食らいの一撃。特殊《エクストラ》スキルの特性として、元となったスキルをただ同時発動するよりも遙《はる》かに効力の増した反則技だ。

《クロスカウンター》と同様に相手の突進の威力さえ利用した剣撃が、極限まで防御の低下したその一点にたたき込まれた。

「ガ――ッ⁉」

針の穴のように小さな黒い点に突き刺さる剣先。

それまで一切の攻撃を通すことのなかった岩の鱗《うろこ》がまるでバターのように引き裂かれる。

怪物の口からなにが起こったのかわからないといった微《かす》かな断末魔と、それをかき消すような血潮があふれ出す。直後、

「これで……終わりだあああああああああああああああああっ！」

ザンッ！

雄叫《おたけ》びをあげたクロスの剣が怪物の首を大きく切り裂き、その巨体を地に落とした。

それまで激しく響いていた戦闘音と怪物の咆哮《ほうこう》が嘘《うそ》のように途絶え、違和感さえ抱くほどの静寂が森に満ちる。

「――かはっ……はぁっ…………はぁっ……！」

微かに響くのは極限の集中状態を超えて怪物を打ち倒した少年の激しい息づかいのみで——

二人を死に追いやろうとしていた絶対の脅威は、その傍らでぴくりとも動かず絶命していた。

「……な……あ……嘘、だろ……？」

そんななか、異常に気づいて顔をあげたジゼルは愕然《がくぜん》と声を漏らしていた。

「勝ち……やがった……？」

その視線が呆然《ぼうぜん》と見上げるのは、肩で息をする《無職》の少年。

全身から血と汗を流し、極度の疲労と集中の反動か、いまにも倒れてしまいそうなほど激しく肩で息をするレベル０の大物喰らい。

その横顔はつい一か月前までジゼルのイビりに負けて半べそをかいていた少年のものなどではない。死地を超えて成長を果たし、守るべきものを守り抜いた、雄々しい冒険者のそれで。

ジゼルが思わず時を止めていると、

「……やった……」

やがてその口が微かに動いた。そう思った瞬間、

「やった……やったよジゼル！」

たくましい冒険者の顔は一瞬で崩壊。

瞬く間に年相応の無邪気な笑顔になったクロスはほとんど崩れ落ちるように跪《ひざまず》き、子供の

ような声をあげてジゼルの手をとった。

「凄いや！　凄いよジゼル！　僕たち、たった二人であの怪物に勝てたんだ！」

「な……っ⁉」

ジゼルは盛大に困惑した。

無遠慮に手を握り脳天気に笑う少年へ、様々な思いがよぎる。

（いやほとんどお前が一人で倒したようなもんだろ！　てかなんだよいまのスキル⁉）

（大体こいつ、さっきまで私に潰《つぶ》されそうになってたの完全に忘れてるよな⁉）

（てかマジなんで最後まで逃げなかったんだこいつ殺すぞ！）

しかし胸にあふれる様々な思いはほとんど言葉にならなかった。なぜなら、

「……っ‼」

先ほど垣間見た雄々しい冒険者の横顔が、同一人物とは思えないいまの無邪気な笑顔が、助けられたという事実が、その呆れるほどのお人好し具合が——そのすべてが握られた手から熱となって全身を駆け巡り、ジゼルの顔を真っ赤に染めあげていたからだ。

「な、なに気安く手ぇ握ってんだてめぇ！」

心臓をバクバクさせながらかろうじて言葉にできたのはそんな悪態だけ。

「あ、ご、ごめんっ⁉」

そして罵倒《ばとう》とともに手を振り払われたクロスは当然のようにしゅんと肩を落とす。

「あ……」

そのクロスの様子になんだかもうかつてないほどに狼狽《うろた》え胸を締め付けられるジゼルだったが、14歳の少女である彼女にそんな気持ちを上手く制御する心得などなく、

「え……と、あっ、こ、こんなことしてる場合じゃねーっつーの！　おい、お前まだスキル出せるよな？　いますぐロックリザード・ウォーリアーを解体して素材とんぞ！」

「え？　なんで？」

「まだ他に強いモンスターが紛れ込んでっかもしれねーし、弱くてもいまの私らが集団で囲まれたらヤベーだろ！　だからこいつの素材を雑魚避けにして、とっとと森を脱出すんだよ！」

「あ、なるほどっ」

ジゼルは色々と誤魔化《ごまか》すようにクロスへ指示を出し、その隙にどうにか顔の熱を冷まそうと苦心するのだった。

8

――冒険者には不測の事態がつきものだから慣れておいたほうがいい。

弟子を育成する際にそんなことをのたまっておきながら、リオーネをはじめとした三人のS級冒険者はかつてないほどに焦っていた。

全員が顔色をなくし、ともすればポイズンスライムヒュドラ事件のとき以上の速度で西の森を目指す。

西の森は街から比較的近い場所にある。

しかしそれでも助けを呼びに来た下級冒険者たちの移動速度を考えると、クロスが危険度《リスク》4と遭遇してからすでにかなりの時間が経っていることは間違いなかった。逃げに徹していたとしても、クロスが無事でいる可能性は決して高くはない。

全速力で森へと向かいながら、特に焦燥を顔に浮かべるのはリオーネだ。

(クッソ！　ジゼルってガキと一緒に森にいるってことは、報復の私刑かなんかだよな……!?)

復学試験の一件で、孤児院のボス猿が報復を企てることは予想していた。それもまたクロスへのちょうどいい試練になるだろうと放置していたが、まさかこんな大事故に繋《つな》がるなど夢にも思っていなかったのだ。

予想することなど不可能に近かったとはいえ、自分の指導方針がもととなった大事故にリオーネは冷や汗を流す。そして西の森に到着するやいなや、全力で叫んだ。

「よーしリュドミラ！　森全体を危険度《リスク》4ごと風魔法でぶっ飛ばせ！　クロスのやつが死なねぇよう、吹っ飛ばしたもんは全部空中に待機させてな！」

「ちょっとくらいの致命傷ならすぐ治せるから、速さ重視で少し乱暴にしちゃっても大丈夫だよぉ」

「落ち着けバカども！　そんな雑なやり方でクロスにとどめを刺すことになったらどうする！」

どうにも平静さを失っているような二人にリュドミラが怒鳴るが、彼女自身「私も人のことは言えないな……」と頭を押さえる。

（慌ててここまで来てしまったが、よく考えれば私たちだけでクロスを探すのは容易ではない。多少時間はかかってもバスクルビアで腕利きの《レンジャー》か《盗賊》を攫《さら》って……いや脅して……もとい雇って連れてくるべきだった）

だがこの広大な森を効率良く探索できるほどの手練《てだ》れがすぐ確保できるはずもなく、いずれにせよ時間はかかってしまっていただろう。そうリュドミラは切り替え、極限まで鍛えた《体外魔力感知》でクロスの気配を探りはじめた。

とはいえリュドミラの《職業《クラス》》はあくまで魔導師系。優にバスクルビアの倍はあるだろう森の中からクロスを見つけるにはどれだけの時間がかかるか、と焦燥感を強めていたとき。

「……むっ!?」

魔力感知を使うまでもなく、森の入り口に人影を発見した。

「「あっ！」」

同時にリオーネとテロメアもその人影に気づいたようで、三人は一目散に森の入り口へとすっ飛んでいった。

森の入り口。獣道と街道を繋《つな》ぐ境界線に、クロスとジゼルは座り込んでいた。

その有様はズタボロの一言。ロックリザード・ウォーリアーを討伐した直後よりもさらに憔悴《しょうすい》しきっており、どちらも体力の限界を迎えていることは明らかだった。

あのあと、頑なにクロスとの接触を嫌がったジゼルは肩を借りることもせず、バスタードソードを杖《つえ》代わりに森を踏破。クロスは「お前の成果だ」と譲らないジゼルに《岩トカゲの頭》を背負わされ、ふらふらになりながら森を脱出。両者入り口でほとんど力尽き、二人で助けを待っていたのだった。

と、そんな二人のもとへ、凄《すさ》まじい速度で接近する三つの人影。

「な、なんだ⁉」と驚愕《きょうがく》するジゼルなど完全無視し、三人の世界最強はクロスに駆け寄った。

「クロス！　大丈夫かおい！　ボロボロじゃねーか！」

「いますぐ回復してあげるからねぇ……！」

「……⁉　ちょっと待て、それはロックリザード・ウォーリアーの素材⁉　まさか倒したのか⁉」

リオーネが心配そうに取り乱し、テロメアがクロスに抱きつきながらちょっとヤバいレベルの回復魔法をぶち込み、それを引き剝《は》がしながらリュドミラが愕然《がくぜん》と詰め寄る。

大騒ぎである。

だがそんな三人の到着で完全に気が緩んでしまったのだろう。

「師匠……助けに来てくれてありがとうございます……僕は大したことないので、ジゼルを先に、治してあげてください……」

とっくの昔に体力気力ともに限界を超えていたクロスはそう言い残し、完全に気を失ってしまう。

そのまるで死んだかのような様子に慌てふためくのは世界最強の冒険者たちである。

「あ、あれぇ!?　しっかり回復したのに気絶しちゃったよぉ」

「ポーションはどうだ!?　目立った外傷がないならいっそ私が口移しで……！」

「このクソガキがぁ！　てめぇがわざわざ森の中で囲むなんつー回りくどい報復しやがるからこんなことになったんだろうが……！」

テロメアとリュドミラは大慌てでさらなる処置を施そうとし、クロスにしてやれることのないリオーネは先ほどまでの反省など完全に棚上げしてジゼルに詰め寄る。

「ひっ!?」

それはロックリザード・ウォーリアーと相対したときとは比べものにならない威圧感、確実な死の恐怖。いくらジゼルが荒くれ者をまとめ上げる若きリーダーとはいえ、命を失いかけた修羅場の直後に耐えられるものではなかった。

「あっ!?　こいつ気絶しやがった!?　……おいテロメア、このクソガキの命使ってクロスになんかしてやれねーのか!?」

「ふえぇ、クロス君が目を覚まさないよぉ、死んじゃうよぉ」

「いや待て、回復魔法だけでなく《体力譲渡》《気力譲渡》《魔力譲渡》も試してみては……」

――その後、ただ気絶しただけのクロスを前にした大騒ぎはしばらく続き。

ようやく平静を取り戻したS級冒険者たちの手によって、クロスとジゼルは無事、バスクルビアへと帰還を果たすのだった。

＊

「……ん？」

クロスが目を覚ますと、そこはすっかり見慣れた屋敷の広い自室だった。

ただいつもの起床時と違うのは、ベッドの両脇から三人の美女が覗《のぞ》き込んでいたことで、

「おい！　目ぇ覚ましたぞ！」

「クロス、ゆっくりでいい、どこか調子のおかしなところはないか？」

「ふえぇ、良かったよぉクロス君～」

「わ、わわっ、わあぁぁぁあっ!?」

一緒に暮らしてもう一か月以上とはいえ、それぞれが絶世の美女である。

リオーネ、リュドミラに両脇から至近距離で顔を寄せられ、さらにテロメアがのしかかるよ

うに抱きついてきたものだから、クロスは目を覚ますと同時に顔を真っ赤にして悲鳴をあげた。

それからしばし。リオーネがテロメアを引き剝《は》がしたことで落ち着くことができたのか、クロスはようやく自分が森を抜けて無事に帰ってこれたのだと認識する。そして、

「あっ、ジゼルは……ジゼルは大丈夫でしたか⁉」

開口一番、一緒に苦難を乗り越えた少女の安否を確認する。

そんなクロスに三人は顔を見合わせ、

「……お前はほんと、会ったときからいっつも他人のことばっかだな」

リオーネが半ば呆れたように、半ば嬉しげに笑う。

そして三人の口からクロスへ、事の顚末《てんまつ》が軽く語られた。

ジゼルはテロメアの手で完全に治療され（かるーくなごやかーに三人から事情を聞かれたあと）孤児院へ返されたこと。西の森へ派遣された討伐隊兼調査隊いわく、ロックリザード・ウォーリアーのような化け物は他におらず、私刑に加担した孤児たちも全員無事に帰ってきたこと。

「そうですか……良かった……」

それらの話を聞いてクロスがほっと胸をなで下ろした。

それからリュドミラとテロメアはクロスにいくつか問診をし、体調には問題がないと判断。

クロスが肉体的にも精神的にも完全に回復したと見るや「本題」とばかりにリュドミラがあるものを取り出した。

「クロス。君はどうやらこいつに挑んだようだな」

それはジゼルの指示でクロスが持ち帰っていた《岩トカゲの頭》。

少年が無謀にも危険度《リスク》4に挑み、信じがたいことに討ち取ったことを示す動かぬ証拠だ。

ジゼルの曖昧《あいまい》な証言から判断するに、恐らく《持たざる者の切望《シンデレラグレイ》》による急成長で死地を切り抜けたのだろうが、それがまず間違いなくうぬぼれや過信に繋《つな》がるだろうと、三人はその固有《ユニーク》スキルについてクロスに説明すると決めたのである。

そしてその真面目な話を切り出すために《岩トカゲの頭》を持ってきたわけだが……リュドミラが本題を口にするより先に、《岩トカゲの頭》を見たクロスが顔を輝かせた。

「あっ、そうだ！　聞いてくださいよ皆さん！」

そう言って、少年はいま思い出したとばかりに興奮した様子でまくし立てる。そしてリオーネたちが見てきた中でも格段にまぶしい満面の笑みを浮かべると、

「ジゼルの協力があってではあるんですけど……僕、危険度《リスク》4のモンスターに勝てたんです!!　皆さんの教えをしっかり反復したらなんだか凄くスキルが伸びて、そのうえ聞いたことのないスキルまで出て……！」

それからクロスは人なつこい犬のような、好感度と尊敬と感謝と懐き度が頂点に達したようなキラキラした瞳《ひとみ》を三人に向け、

「やっぱり師匠たちは凄いです！　ほんとに、僕なんかが危険度《リスク》4にまで勝てるなんて……

全部皆さんのおかげですよ！　世界一の冒険者は指導者としても一流なんですね!!」

一点の曇りもない好意全開の眼で真っ直ぐ三人の瞳を射貫いた。

「「「……っ」」」

と、先ほどまでクロスに固有《ユニーク》スキルの存在を知らせて「慢心しないように」と真面目に諭そうとしていた三人は――

「……ま、まあな！」

「……うむ。その調子でこれからも修行に励むように」

「……えへへぇ、もっと褒《ほ》めてくれてもいいいんだよぉ」

急遽方針転換。

《持たざる者の切望《シンデレラグレイ》》について説明しなければという気持ちが完全になくなったというわけではなかったものの、

(((…………………………可愛《かわい》いからまあいっか)))

全部師匠のおかげだと思ってて変なうぬぼれはないし……。

と、あくまで「無茶はするな」とキツめに言い含めるに留め、その後は常識外れの大物食らいを果たした愛弟子《まなでし》を盛大に甘やかしまくった。

エピローグ　世界最強たちの戸惑い

クロスが目を覚ました翌日。

食堂に集まったリオーネ、リュドミラ、テロメアの三人は硬い顔をして、テーブルの上に置かれたそのステータスプレートを見下ろしていた。

つい今朝方、学校に顔を出しに行こうとするクロスに渡すよう言っていたもので、スキル欄も含めてすべてが最新状態のオリジナルプレートだ。

「あー……つまりまとめるとこういうことか？」

と、それまで愕然《がくぜん》と言葉を失っていたリオーネが口を開く。

「いくら危険度《リスク》4を相手にしたギリギリの戦いだったとはいえ、クロスのやつはたった一戦でスキル熟練度を合計40以上もあげて、その上わけのわかんねースキルまで発現させたと」

とんとん、と彼女が指さすステータスプレートのスキル欄には、以下の内容が記載されていた。

《力補正Lv6（+47）》　↓　《力補正Lv8（+64）》

《防御補正Ｌｖ６（＋50）》　↓　《防御補正Ｌｖ８（66）》
《俊敏補正Ｌｖ６（＋47）》　↓　《俊敏補正Ｌｖ８（＋67）》
《攻撃魔力補正Ｌｖ１（＋７）》　↓　《攻撃魔力補正Ｌｖ５（＋40）》
《特殊魔力補正Ｌｖ１（＋６）》　↓　《特殊魔力補正Ｌｖ５（＋41）》
《切り払いＬｖ７》　↓　《切り払いＬｖ９》
《緊急回避Ｌｖ６》　↓　《緊急回避Ｌｖ９》
《身体硬化【小】Ｌｖ４》　↓　《身体硬化【小】Ｌｖ７》
《身体能力強化【小】Ｌｖ３》　↓　《身体能力強化【小】Ｌｖ６》
《ウィンドシュートＬｖ１》　↓　《ウィンドシュートＬｖ５》
《ガードアウトＬｖ１》　↓　《ガードアウトＬｖ６》
《体内魔力操作Ｌｖ３》　↓　《体内魔力操作Ｌｖ５》
《体内魔力感知Ｌｖ３》　↓　《体内魔力感知Ｌｖ５》
《体外魔力操作Ｌｖ１》　↓　《体外魔力操作Ｌｖ３》
《体外魔力感知Ｌｖ１》　↓　《体外魔力感知Ｌｖ３》
《クロスカウンターＬｖ４》　↓　《クロスカウンターＬｖ８》

あまりにも信じがたい「直近のスキル成長履歴」の表示。
そして極めつけは――、

《イージスショットLｖ1》

スキル欄の最後尾に表示されたそのスキルだ。

半ば文字が崩れるかのように表記されたそれは不在《エラー》スキルなどと分類され、スキル欄の端にはっきりと存在していた。

クロスいわく、このスキルのおかげでロックリザード・ウォーリアーを倒せたとのことだが……戦士スキルと魔法スキル、および邪法スキルが統合されて生まれたらしいその意味不明な特殊《エクストラ》スキルは最早三人の想定を完全に超えていた。

そんなスキル、いままで見たことも聞いたこともない。下手をすると有史以来クロスが初めて発現した可能性さえある。

スキルの成長を促す固有《ユニーク》スキル《持たざる者の切望《シンデレラグレイ》》。

そしてそんな反則級のスキルをもった《無職》が秘めていた不在《エラー》スキルというあまりに底の知れない力に、三人は言葉を失っていた。

そしてこの破格の将来性を秘めた旦那候補を前に、考えることは一つである。

(((こうなったらクロスを確実に手に入れるため、こいつらをここでぶちのめしてクロスを攫《さら》うという手も……)))

あまりにリスキー、だがそれをやるだけの価値はある……と三者三様に殺気を募らせていたとき。

「あっ、探しましたよ三人とも！」

学校から帰ってきたのだろう。

食堂に入ってきたクロスは三人の姿を認めると笑みを浮かべ、

「もう体調も万全ですし、今日から修行再開するんですよね!?　なんだか長いこと修行をしてないような気がしてそわそわしちゃって……あ、でも、もしかしてなにかありました……？」

と、三人の殺気を遅れて察したらしいクロスの表情が曇る。

「あ、いや、問題ねーよ。着替えて先に中庭行ってなって」

「う、うむ、私たちもすぐに向かう」

「回復スキルの効果は完璧だけど、病み上がりなんだから無理しちゃダメだよぉ」

そんなクロスの表情を受け、三人は慌てたように取り繕った。

すると三人の言葉を受けたクロスは「はい！」と飼い主に遊んでもらえることになった子犬のような明るい返事をし、それから照れたように、こんなことを言うのだ。

「あの、いまさらですけど僕、師匠たち三人に、拾ってもらえて本当によかったです」

そして未だ覚めやらぬ危険度《リスク》4討伐の喜びを新たな決意に変えるかのように、

「また今日から、よろしくお願いしますね！」

無邪気な笑みを浮かべ、着替えのために食堂をあとにする。

そうして残された三人はといえば、

（……ちっ、まあ色々と考えなきゃいけねーことはあるが）

（いまのところは……）

（ひとまずこのままでいいかなぁ）

毒気を抜かれたように、あるいは驚くほどあっさりと殺意を払拭されてしまった自分の内面に戸惑うように顔を見合わせ――結局、これまでと変わらずに育成を続けていくことにするのだった。

あとがき

うわああああああああああああああ!?

大森藤ノ先生の帯コメントだあああああああああ!?

……すみません、取り乱しました。

初めての方は初めまして、赤城大空《あかぎひろたか》と申します。

いやあのですね、本当にびっくりしたんですよ、「ダンジョンに出会いを求めるのは間違っているだろうか」の大森先生から帯をもらったことに。

今作を書くにあたってはいろいろな作品からモロに影響を受けているんですが（わかる人はわかってくれるはず！）、その中でもダンまちは結構な割合を占めていまして。

それまでほとんどファンタジーに触れたことのなかった僕にファンタジーの面白さをこれでもかと刻み込んだ作品。それを生み出してくださった方から帯をもらえて、はしゃぐなというほうが無理なわけです。恐縮しすぎて消えてしまいそうです。

なんというかもう僕は今回、この帯をもらえただけで大満足でありまして……少し長くなりましたが、それはもう嬉しかったという話なのでした。

大森藤ノ先生、本当に本当にありがとうございました！

さて、そんな本作ですが、はじまりは完全に作者の趣味でした。

年上の強いお姉さんに養われたいな……色々と手ほどきされたいな……。

↓

じゃあタイトルは「僕を成り上がらせようとする最強女師匠たちが育成方針を巡って修羅場」にしよう！

↓

ならキャッチコピーは「逆光源氏計画を目論む最強師匠たちの手で世界最強にさせられる!?」だな。

と、完全にタイトルとコンセプト、そして欲望から生み出された感じです。

実はこういう企画の作り方をしたのははじめてだったのですが、ブレない軸があると企画って作りやすいものですね。みんなも自分の好きを増やしておくときっと役に立つぞ！

ちなみに僕はちょっとアウトロー気質な強い年上ヒロインに見初められて成長していく話が好きなようです。デビュー作である「下ネタという概念が存在しない退屈な世界」も実はそんな感じだったし。完全に性癖だこれ。

そんなこんなで純度百％の欲望から生まれた本作。今後も強くて美人なお姉様たちとの甘い絡みと修羅場が続いていくと思われますので、タイトルに惹かれた方、中身を読んで満足してくださった方、是非続刊にご期待ください。もちろんバトルもあるよ。

それでは以下、謝辞です（冒頭からがっつり謝辞でしたが）

まずは帯コメを依頼してくださった担当様。

最初は「大森先生に依頼？　本気か？」と思っていたのですが、まさか本当にお話を通してしまうとは……もう頭が上がらねぇ……。

他にもファンタジーに不慣れな筆者に基本的な盲点を指摘してくださったりと、今回も大変助かりました。次巻もよろしくお願いします！

そして今作を非常に美麗なイラストで彩ってくださったタジマ粒子様。

キャラデザ段階で色々とご迷惑をおかけしてしまって申し訳ありません。そしてめちゃくちゃ素敵な師匠ズを描いてくださり本当にありがとうございました！　特に表紙のリュドミラが強そうなクールビューティすぎる……しゅき……。

また、今回の企画を詰めていくにあたって、同期の森月先生には大変お世話になりました。迷っていた部分で相談に乗ってもらったり良いアイディアをもらったりと、なんだかもう感謝してもしきれません。これまた頭が上がらねぇ……。

……しかしこうしてみると、師匠ズに拾われたクロス君並みにいろんな人のお世話になりまくりですね僕は……。クロスがあまりの至れり尽くせりっぷりに申し訳なくなる気持ちがわかる、わかるぞ……。

さて、最後になりましたが他シリーズの宣伝も。

現在ガガガ文庫様で並行して執筆させてもらっている「出会ってひと突きで絶頂除霊《ぜっちょうじょれい》！」シリーズの第7巻が9月に発売予定となります。タイトルに反して全年齢向けですし（嘘《うそ》じゃないよ！）、漫画配信アプリマンガワン様や裏サンデー様でコミカライズもやってますので、興味のある方は是非ご一読を！

作者のＴｗｉｔｔｅｒアカウント@akagihirotakaもありますので、新刊情報のチェックなどにご活用ください。

それでは。次は最強師匠の2巻か、あるいは絶頂除霊でお会いできますように。

ガガガ文庫7月刊

君はヒト、僕は死者。世界はときどきひっくり返る

著／零真似《ぜろまに》

イラスト／純粋《じゅんすい》

天空に浮かぶ「世界時計」を境に分かたれた「天獄」と「地国」。地国で暮らす死者の僕はある日、常夜の空から降ってくる彼女を見つけた。だからこの恋は、きっと実らない。

ISBN978-4-09-451855-9（ガせ1-1）　定価:本体640円＋税

現実でラブコメできないとだれが決めた?

著／初鹿野《はじかの》 創《そう》

イラスト／椎名《しいな》くろ

「ラブコメみたいな体験をしてみたい」と、誰しもが思ったことがあるだろう。だが、現実でそんな劇的なことは起こらない。なら、自分で作るしかない！　これはラノベに憧れた俺が、現実をラブコメ色に染め上げる物語。

ISBN978-4-09-451856-6 (ガは8-1)　定価:本体660円＋税

このぬくもりを君と呼ぶんだ

著／悠木《ゆうき》りん

イラスト／仲谷《なかたに》 鳰《にお》

地下都市で生きる少女レニーは、ある日不良少女のトーカと出会う。彼女と過ごす日常は全てがフェイクの街で唯一、リアルの手触りで。けれど謎の発火体『太陽の欠片』が降ってきて、日常は音を立てて崩れ始める――。

ISBN978-4-09-451854-2 (ガゆ 2-1)　定価:本体640円＋税

コワモテの巨人くんはフラグだけはたてるんです。3

著／十本《とおもと》スイ

イラスト／U35《うみこ》

学園一有名なコワモテ巨人。だけど見た目に反して心優しい不々動悟老。これまでの出会いから本当の彼を知ってくれる人も増えてきました。巨人くんが頼りにされ次に向かう先はコミケに京都!?

ISBN978-4-09-451858-0（ガと4-3）　定価:本体640円＋税

僕を成り上がらせようとする最強女師匠たちが育成方針を巡って修羅場

著／赤城大空《あかぎひろたか》

イラスト／タジマ粒子《りゅうし》

最弱の少年がとある事件をきっかけに逆光源氏計画を目論む最強女師匠たちに目をつけられ、世界最強へと育てられていく！　最強お姉様たちと最弱の少年が織りなすレベル0のヒロイックファンタジー！

ISBN978-4-09-451859-7（ガあ11-20）定価:本体640円＋税

GAGAGAGAGAGAGAGAG

ガガガ文庫7月刊

君はヒト、僕は死者。世界はときどきひっくり返る

著／零真似《ぜろまに》

イラスト／純粋《じゅんすい》

定価：本体 640 円＋税

天空に浮かぶ「世界時計」を境に分かたれた「天獄」と「地国」。
地国で暮らす死者の僕はある日、常夜の空から降ってくる彼女を見つけた。
だからこの恋は、きっと実らない。

GAGAGA

ガガガ文庫

僕を成り上がらせようとする最強女師匠たちが育成方針を巡って修羅場

赤城大空

発行　2020年7月22日　初版第1刷発行

発行人　立川義剛

編集人　星野博規

編集　小山玲央

発行所　株式会社小学館
〒101-8001 東京都千代田区一ツ橋2-3-1
[編集]03-3230-9343　[販売]03-5281-3556

カバー印刷　株式会社美松堂

印刷・製本　図書印刷株式会社

Printed in Japan　ISBN978-4-09-451859-7